El noveno círculo de hielo

El noveno círculo de hielo

James Thompson

Traducción de Jorge Rizzo

Rocaeditorial

Título original: *Lucifer's Tears*

Primera edición: marzo de 2011

© de la traducción: Jorge Rizzo
© de esta edición: Roca Editorial de Libros, S. L.
Marquès de l'Argentera, 17, Pral.
08003 Barcelona
info@rocaeditorial.com
www.rocaeditorial.com

Impreso y encuadernado por Rodesa
Villatuerta (Navarra)
ISBN: 978-84-9918-229-2
Depósito legal: Na. 255-2011

Para Nat Sobel y Judith Weber.
Y, como siempre, para Annukka.

1

El bebé me da una patadita en la mano y me despierta de mi siesta. Kate y yo dormimos abrazados. Su cabeza está encajada sobre mi hombro, y yo tengo la mía hundida en su larga melena pelirroja. Su cuerpo, largo y pálido, pegado al mío. Mi mano la rodea, apoyada en su abultado vientre. Kate no se mueve. Con el avance del embarazo, su sueño se ha ido volviendo más profundo, y el mío, más ligero. Ahora que está de ocho meses y medio, apenas duermo; me limito a sumergirme en un estado de semiinconsciencia. Por la ecografía hemos sabido que vamos a tener una niña.

Cojo una bata, calcetines de lana y zapatillas, enciendo un cigarrillo y salgo al balcón de nuestro apartamento, en Helsinki. La nieve, iluminada por las farolas, crea una cortina de luz que atraviesa la oscuridad. Un viento implacable me golpea, se cuela bajo mi bata y me congela las pelotas, me deja sin aliento y me hace reír. Me agarro a la barandilla para evitar la embestida y no caer a la acera. Estamos a veinte bajo cero.

Mi hogar, Finlandia. El noveno y último círculo del infierno. Un lago helado de sangre y culpabilidad creado con las lágrimas de Lucifer, convertido en hielo con el aleteo de sus correosas alas. Aterido, vuelvo adentro. Este frío hace que la rodilla mala se me quede tan tiesa que, más que caminar, voy arrastrando la pierna izquierda.

La cabeza me va a estallar. Voy renqueando hasta el baño,

saco un par de comprimidos de paracetamol de un frasco, los mastico para que actúen antes, arrimo la boca al grifo y trago agua para que bajen. No sé por qué me molesto. Ya no funcionan. Las migrañas empezaron poco después de que Kate perdiera a los gemelos, hace poco más de un año, y han empeorado con el tiempo. Llevo sufriendo el mismo dolor de cabeza, sin interrupciones, casi tres semanas. Está empezando a volverme loco.

Me siento en una mecedora junto a la cama y observo cómo duerme Kate. Del mismo modo que la Beatriz de Dante era el objeto de su amor incondicional, Kate es el mío. Kate, mi reina de las nieves de cabellos color canela y piel clara. Kate: mi bella americana. Desde que la conocí, ella ha sido el principio y el fin. Para mí, solo existe Kate.

El embarazo ha hecho que Kate esté más radiante que nunca. Siento la espina que tengo clavada por la muerte de nuestros gemelos, y vuelvo a pensar si habré sido yo quien hizo que los perdiera. Me pregunto si piensa en ellos tan a menudo como yo, y si me culpa por la pérdida. Kate me rogó que dejara el caso de Sufia Elmi. Decía que era demasiada tensión para los dos. Yo me negué.

Conseguí resolver el asesinato, pero a costa de un gran desgaste. Cinco cadáveres acumulados durante el caso, incluido el de mi amigo, el sargento Valtteri, y el de mi ex esposa. Dos mujeres se quedaron viudas y siete niños perdieron a sus padres.

Y recibí un tiro en la cara. La bala me dejó una fea cicatriz, que podría haberse corregido con una pequeña operación de cirugía plástica, pero no quise. La llevo como símbolo de mi culpa, por no haber podido resolver el caso antes. Podía haberle evitado a toda esa gente muchas muertes y un gran dolor. Aún veo a Valtteri apretando el gatillo. Su sangre y sus sesos esparcidos por el hielo. El eco del disparo resuena por el lago. Me mira con expresión inerte y cae. Su sangre tiñe el hielo, que en la penumbra cambia su color gris perla por un negro intenso. Aún me niego a hablar de ello. Kate cree que sufro un *shock* postraumático.

Me dediqué al caso de Sufia Elmi dando la espalda a todo y a todos los demás. Incluso a Kate. Ella abortó dos días más tarde, el día después de Navidad: perdió a los bebés. Yo considero que es culpa mía. Creo que el estrés que le causé le provocó el aborto. Nunca le he hablado a Kate de mi sentimiento de culpa, no consigo ponerlo en palabras.

Kate no era feliz en Kittilä, mi ciudad natal, en el Círculo Polar Ártico. Quería trasladarse a Helsinki y empezar de cero. Como recompensa por resolver el asesinato de Sufia Elmi, me dieron una medalla al valor y me ofrecieron el puesto que quisiera. Yo ya había vivido en Helsinki años atrás, y había tenido mis motivos para irme. Aún tengo malos recuerdos de este lugar. Aun así, se lo debía a Kate, así que nos mudamos y me incorporé a la Brigada de Homicidios de Helsinki.

Esta noche van a llegar los hermanos de Kate, John y Mary. Viven en Estados Unidos, y Kate no los ha visto desde hace años. Me alegro de que tenga ocasión ahora, pero van a quedarse varias semanas, para acompañar a Kate durante los últimos días de su embarazo y ayudarla cuando nazca el bebé. ¿Quién demonios hace algo así? Nunca he oído que una familia haga tal cosa. A Kate no se lo puedo decir, pero no me gusta que estén aquí. Eso cambiará la dinámica de la casa. Y además, quiero a Kate toda para mí durante esos días tan íntimos. No necesito que nadie venga a cuidar a mi mujer y a mi hija.

Al cabo de un rato, vuelvo a la cama. Deslizo el brazo bajo su cabeza y ella se gira hacia mí, da un leve resoplido y luego abre los ojos, somnolienta, y esboza una mueca.

—¿Quieres hacer el amor? —me pregunta.

—Sí —respondo—. Claro que quiero.

El embarazo y los cambios hormonales han potenciado su libido y, a pesar de las migrañas, yo me adapto sin problemas. De todos modos, tengo un miedo irracional a que el sexo le pueda hacer daño al bebé, así que la penetro con más suavidad de la que ella desearía. Después, ella se queda apoyada sobre mi hombro y prosigue su siesta.

Espero hasta asegurarme de que está dormida antes de volver a moverme. A ella le gusta que me quede despierto en la cama hasta que se duerme. Le hace sentirse segura. Hoy tengo turno de noche; miro la hora. Son las siete de la tarde. Tengo que estar en el trabajo dentro de una hora. Me doy una ducha y me visto. Kate sigue dormida. La destapo un momento, le doy un beso en el vientre y vuelvo a arroparla antes de salir.

Voy en coche hasta la comisaría de Pasila; las calles están casi vacías. Juego con mi Saab en la nieve, dando un volantazo para hacerlo patinar, acelero y vuelvo a enderezar. Un juego temerario.

2

Es domingo por la noche. Son las diez. Me toca el turno de los muertos, que suele asignárseles a los novatos. Puede que lleve en Homicidios poco tiempo, pero contando el tiempo que pasé haciendo de policía durante el servicio militar obligatorio, a los diecinueve años, llevo veintidós años como agente de la ley. No se me pasa por alto el desaire que supone el que me asignen estos turnos de mierda. Trabajo con Milo Nieminen, el otro nuevo, recién ascendido a sargento, lo que refuerza aún más mi estatus en la brigada.

Rauha Anttila, setenta y ocho años de edad. Hallada muerta por su hijo en la sauna de su casa. El hijo no ha podido soportarlo y se ha ido. Un solitario agente vigila la casa, a la espera de que lleguemos. Le doy permiso para que se vaya. Milo y yo estamos solos en el piso. Llevamos guantes de látex, atravesamos el baño y abrimos la puerta de la sauna. Tampoco estoy seguro de si Milo podrá soportarlo. Emite unos ruidos guturales; está a punto de vomitar.

En realidad, Milo y yo no hemos tenido aún tiempo de conocernos mucho. Él tiene unos veinticinco años, es más bien bajo y delgado. Lleva el pelo muy corto. Bajo sus ojos oscuros, tiene unas ojeras que parecen permanentes.

—Podrías probar a usar una mascarilla —le sugiero—. Algunos polis las emplean en estas situaciones.

—¿Sirve de algo?

—No.

Calculo que Rauha llevará muerta diez días. Su sauna es eléctrica y tiene un temporizador con un máximo de cuatro horas, así que no debió de cocerse demasiado tiempo, pero el calor hizo que el proceso de descomposición se activara más rápido de lo normal. Su cuerpo ha pasado por la fase de hinchado y está hacia el final de la fase de oscurecimiento y putrefacción. Ha adoptado un tono verde oscuro. Sus cavidades corporales se han desgarrado y los gases salen al exterior. Debe de haber sido peor hace un par de días, pero el olor a descomposición es sobrecogedor.

Milo tiene un aspecto algo mejor; debe de estar acostumbrándose.

—Dios santo, ¿por qué no ha llamado ningún vecino hace días? —pregunta.

—La puerta de la sauna estaba cerrada, y la del baño también. En su mayor parte, el hedor ha ido saliendo por el tubo extractor, que evacúa por encima del tejado. Probablemente notarían algún olor, pero pensarían que era un ratón muerto o algo en los conductos de ventilación.

La formación de gases en el abdomen le ha hecho expulsar fluido y heces. Los gases han ascendido hasta la cara y el cuello, por lo que se le ha hinchado la boca, los labios y la lengua. Tiene la cara desfigurada, casi inidentificable. Le han salido pústulas en la piel. Milo hace acopio de valor y se aproxima para mirar más de cerca.

—Estate atento.

—¿A qué?

—A los bichos. Llevan días poniendo huevos en el cuerpo.

Rauha está tirada en el suelo, de costado. Milo hace un esfuerzo para examinarla. La mueve, intenta mirar debajo en busca de posibles señales de violencia. Algunas pústulas estallan y sueltan el líquido que contienen. Del culo salen gusanos que caen, retorciéndose, sobre el banco de madera.

Veo que intenta hacerse el duro. Se estremece, pero no se echa atrás. Mueve la cabeza de la mujer. El cuero cabelludo se le desprende. Él aparta las manos en un gesto de asco. Supongo que no se le ocurre nada más que investigar, y usa un depresor lingual para mirar en el interior de la boca, en busca de alguna obstrucción de las vías aéreas que indique asfixia intencionada. Cuando la abre, de entre los dientes salen pequeñas avispas recién nacidas que se lanzan contra su rostro. Él pierde el control, se tambalea y las aparta a manotazos.

—Te avisé —le digo.

Me echa una mirada e inmediatamente se gira. Si seguimos ahí, en la sauna, con el cuerpo, puede acabar por venirse abajo. Le ahorro la humillación:

—Vamos a buscar por ahí —propongo.

Registramos la casa de Rauha en busca de medicinas, recetas, documentos hospitalarios, cualquier cosa que nos pueda dar una pista sobre el motivo de su muerte. No hay nada destacable. Cuando acabamos, llamo a Mononen, la empresa que se dedica a transportar cuerpos para la policía. El operador nos dice que tendremos que esperar unos cuarenta y cinco minutos.

Nos sentamos en la cocina, en extremos opuestos de la mesa de Rauha. Entre nosotros hay unos cuencos de galletas rancias y fruta podrida.

—¿Quieres un cigarrillo? —le digo.

—No fumo.

Milo se queda mirando fijamente el cuenco lleno de naranjas enmohecidas y plátanos negros.

—Supongo que es la primera vez que te encuentras con un cuerpo así.

Él asiente sin levantar la mirada.

—No te preocupes —le digo—. Con el tiempo resulta más fácil.

Él establece contacto visual.

—¿Ah, sí?

Le miento para que se sienta mejor. No resulta más fácil, es que uno se acostumbra con el tiempo.

—Sí.

—No la hemos examinado —observa.

—Claro que sí, en la medida de lo posible. Tendrán que sacarla de aquí, y si ha sido víctima de un crimen, se verá en la autopsia.

Cojo una taza de café de la alacena de Rauha y le echo un poco de agua para usarla como cenicero; luego vuelvo a sentarme y enciendo un cigarrillo.

—A los demás miembros de Homicidios no les gusto —comenta Milo—, y ahora que tengo que investigar una muerte rutinaria me comporto como una nenaza.

No me gusta compartir emociones con extraños. Es un signo de debilidad y me hace sentir incómodo. Pero necesita hablar y no creo que vayamos a ser extraños mucho tiempo, así que le doy lo que necesita y le dejo explayarse:

—Solo ha sido tu estreno en Homicidios. No seas tan duro contigo mismo.

Él se queda mirando la fruta podrida, así que insisto:

—¿Qué es lo que te hace pensar que no les caes bien?

Él se recuesta en la silla, saca un cigarrillo del paquete que he dejado sobre la mesa y lo enciende.

—Pensé que no fumabas.

—Lo dejé. Supongo que acabo de retomarlo. —Da un par de caladas y observo esa satisfacción que solo puede dar la recaída—. Me dieron una fiesta de bienvenida hace un par de días. Bolera y copas. Se creen que soy un cerebrito repelente, no un investigador.

Yo estaba de servicio, no pude acudir a la fiesta. Sé algo de Milo por los periódicos. Fue ascendido en detrimento de otros con un largo historial de méritos, así que es fácil entender el resentimiento que propicia. Milo es un tipo inteligente, miembro de Mensa. Consiguió su puesto en la Brigada de Homicidios porque, como agente de patrulla, detuvo a un pirómano y a dos violadores en serie. No eran casos suyos. Lo hizo como entretenimiento, para divertirse, triangulando las zonas de residencia probables de los delincuentes. Una vez hasta los quinientos metros, otra hasta los doscientos y la tercera hasta dar con el edificio exacto.

—¿Por qué dices eso? —pregunto.

Las marcas oscuras bajo sus ojos parecen manchas de carbonilla. Hace una mueca.

—Porque me fijo en la gente, y mi enorme capacidad de empatía me permite mirar en el corazón y en la mente de los demás. —Eso me hace reír, y él también se ríe un poco—. Créeme —añade—, estoy seguro de que no les gusto.

—¿Cómo resolviste esos casos por los que te ascendieron? —pregunto.

—Un par de psicólogos expertos en patrones criminales desarrollaron un programa de triangulación por ordenador. El Departamento de Policía se muestra reticente a usarlo porque es caro, y porque muchos polis están convencidos de que sus brillantes técnicas de investigación criminal, también conocidas como corazonadas, son superiores al método científico.

—Si es tan caro, ¿cómo lo conseguiste? Y ¿cómo es que yo no me enteré?

—Pirateé el programa, y como lo robé, tuve que mentir al respecto.

Vuelvo a reírme. Es un tío raro, pero tengo que admitir que el cabrón es de lo más entretenido.

—Bueno, yo ni siquiera tuve una fiesta de bienvenida —señalo—. En eso me ganas.

—Tú tampoco les gustas.

—¿Eso también lo sabes por tus dotes de percepción y empatía?

—Cuando se emborracharon, echaron pestes sobre ti. Los chicos no confían en ti porque te dieron un puesto en una unidad de elite por motivos políticos, y eso se supone que no puede pasar. Disparaste a un tipo y has recibido dos tiros. Eso es indicativo de tu falta de atención. Por ambas cagadas te dieron medallas. Eso les toca las narices. Como inspector, recibes un sueldo mayor que el resto de nosotros, que somos sargentos. Ganas más, y eso les toca aún más las narices. No quieren trabajar contigo. Recuerdo haberles oído decir que eres un peligro y un «paleto lapón folla-renos».

Yo pensaba que simplemente guardaban las distancias porque soy nuevo y aún no he demostrado mi valía, que aquello pasaría cuando lo hiciera. Pero quizá me equivocaba.

—En realidad —puntualiza Milo—, Saska Lindren dijo algo bueno sobre ti. Les dijo a los demás que pensaba que había que darte una oportunidad.

Saska es medio gitano. Ha sufrido el rechazo por su raza. Tiene lógica que se muestre más receptivo hacia alguien como yo. Muchos me han dicho —entre ellos mi jefe— que es uno de los mejores polis de Homicidios de toda Finlandia. Sirvió en las fuerzas de paz de la ONU en Palestina, trabajó para el ICTY —el Tribunal Criminal Internacional para la Antigua Yugoslavia— investigando crímenes de guerra, ejecuciones y fosas comunes en Bosnia, e identificó cuerpos en Tailandia tras el tsunami de 2004 que devastó la región. Sus numerosos diplomas de reconocimiento cubren las paredes de su despacho y dan constancia de las muchas conferencias de formación para policías que ha dado en todo el mundo. También es uno de los mayores expertos en análisis de patrones de manchas de sangre. Además, participa en muchas obras sociales. Es un tipo tan recto que hasta ahora me ha parecido aburrido. Quizá tenga que replantearme mi opinión.

—Como somos las ovejas negras —concluye Milo—, por exclusión, puede que acabemos trabajando juntos a menudo.

Por fin llegan los tipos de Mononen para llevarse el cuerpo de Rauha Anttila. Observamos cómo lo recogen del suelo y salimos de allí.

3

Volvemos en coche a la comisaría de Pasila atravesando un mar de nieve y llegamos a las once y media de la noche.

Milo y yo recorremos el largo pasillo. Abro la puerta de mi despacho y me encuentro al comisario superior de policía, Jyri Ivalo, sentado a mi mesa, en mi silla. Milo me echa una mirada socarrona de respeto y sigue su camino hasta su despacho.

Jyri y yo hemos hablado muchas veces por teléfono, pero no le había visto en persona desde 1996, cuando me ascendió y me concedió una medalla al valor después de que yo recibiera un disparo en acto de servicio.

Yo era agente de patrulla en Helsinki y respondí a una llamada por un robo a mano armada en Tillander, la joyería más cara de la ciudad, en Aleksanterinkatu, en el corazón de la zona comercial del centro, a mediados de junio. Mi compañero y yo llegamos justo cuando dos ladrones salían de la tienda cargados con mochilas llenas de joyas. Sacaron las pistolas. Uno de ellos nos disparó, luego se separaron y corrieron. Yo perseguí al que había disparado por una calle llena de compradores y turistas. El ladrón se paró, se giró y disparó. Yo tenía la pistola en la mano, pero me pilló por sorpresa. Estaba corriendo cuando la bala me dio y me reventó la rodilla izquierda, que ya me había lesionado jugando al hockey en el instituto. Caí a plomo en la acera. El ladrón decidió rematarme, pero yo conseguí disparar antes y la bala le dio en el costado. Cayó, pero volvió a levantar la pistola para disparar. Le ordené que bajara el brazo. No lo hizo. Le reventé la cabeza de un tiro.

Jyri va vestido de punta en blanco, con esmoquin, y tiene una petaca abierta en la mano. Es un cincuentón atractivo. Puede que esté un poco achispado. A juzgar por el olor, está bebiendo coñac.

—Inspector Vaara. Por favor, pasa.

—Qué amable —observo, y entro.

—¿Cómo está tu encantadora esposa americana? —pregunta—. He oído que está embarazada.

Conozco a Jyri lo suficiente como para dudar de que le importe un comino, y paso de sus falsos comentarios de cortesía.

—Kate está bien. ¿Qué te trae por aquí?

—Tenemos negocios de los que hablar. —Mira a su alrededor—. El mobiliario de tu despacho no es el estándar. No estoy seguro de que cumpla con las normas. ¿Qué ha dicho Arto al respecto?

Se refiere a mi jefe, Arto Tikkanen. El ambiente de oficina clásica me ahoga, así que he decorado el despacho con mis cosas, la mayoría procedentes de mi antiguo despacho en Kittilä, en Laponia, donde dirigía el Departamento de Policía. Un escritorio de roble pulido. Una alfombra persa. Una reproducción de la pintura *Día de diciembre*, de Albert Edelfelt, artista finlandés del siglo XIX. Una foto que tomé yo mismo de un ahma, un lobo ártico en peligro de extinción, sobre el lomo de un reno, mientras intenta llegarle al cuello.

—No le he preguntado a Arto —respondo—, así que no ha tenido ocasión de decirme que no.

A Jyri le importan un carajo los muebles de mi despacho. Solo está haciéndose el importante, estableciendo su autoridad. Deja el tema.

—Pórtate bien con Arto —me aconseja—. Los dos tenéis el mismo rango. Técnicamente, eso no debería pasar. Puede que le resulte desconcertante.

—Arto es un buen tipo. No creo que mi situación le suponga un problema —replico, aunque no estoy del todo seguro de lo que digo.

Jyri da un sorbo a su petaca.

—Te prometí este puesto en Homicidios. ¿Qué tal te va?

Su tono deja claro que debería darle las gracias. Me prometió este trabajo hace un año, así que Kate y yo nos trasladamos a Helsinki el pasado marzo. Yo esperaba empezar en Homicidios inmediatamente, pero él me dejó aparcado en Personal y me pasé tramitando papeles una temporada porque, según decía, había que esperar a que se liberara un puesto. Era mentira. La Brigada de Homicidios de Helsinki —la *murharyhmä*— estaba corta de personal, y les habría ido bien que me integrara antes.

—Hicimos un trato y me diste por culo —rebato—. Me tuviste sentado en una oficina once meses.

—Tenía mis motivos, y algunos de ellos en tu favor. Por cierto, esa cicatriz que tienes en la mandíbula está muy fea. ¿Por qué no haces que te la arreglen?

Mi sargento en Kittilä me disparó accidentalmente antes de saltarse la tapa de los sesos. Yo estaba intentando apaciguarlo. Cuando se le disparó el arma, la bala me entró por la boca abierta, se llevó dos muelas por delante y salió por la parte posterior de la mejilla. Mala suerte. La herida de salida me dejó una cicatriz irregular.

—Como tú, tengo mis motivos.

—Probablemente sea bueno para el negocio. Apuesto a que hace que los malos se caguen encima.

Me siento en la silla para las visitas, al otro lado de mi mesa, en silencio.

—Lo que te pasó es para traumatizarse —prosigue él—. Yo quería que tuvieras ocasión de desconectar, y pensé que una buena dosis de terapia te iría bien antes de empezar en un nuevo cargo lleno de tensiones.

Coge un cigarrillo. Yo saco un cenicero de un cajón del escritorio. Ambos nos ponemos a fumar. Está prohibido en la comisaría, salvo para los reclusos. Ellos pueden fumar en sus celdas.

—En el futuro, confía en mí y deja que yo me ocupe de mi salud emocional.

—Yo tenía que pensar en el bien del equipo, y para mí eso es algo más importante que herir tus sentimientos. En la Brigada de Homicidios de Helsinki trabajan algunos de los policías más eficientes. Quizá, como grupo, sean los mejores del mundo. En Helsinki no ha quedado ningún asesinato sin resolver desde 1993. Un historial perfecto desde hace dos décadas. Eso supone una gran presión. En la unidad nadie quiere que ese historial impecable se altere, y yo no iba a dejar que llegaras tú y lo jodieras por tu situación. Además, la *murharyhmä* de Helsinki es la niña de mis ojos.

Jyri siempre encuentra la manera de ponerme de los nervios. Cambio de tema:

—¿A qué se debe el pingüino?

Él se recuesta en la silla y apoya unos lustrosos zapatos de piel sobre mi mesa. Debe de saber que me toca las narices. Otra vez marcando el territorio.

—Vengo de una fiesta de etiqueta —responde—. Estaba el ministro del Interior. Es él quien me ha pedido que viniera a verte y a charlar contigo.

Supongo que tendrá algo que ver con el modo en que la policía finlandesa ha vendido mi imagen como héroe nacional tras el caso de Sufia Elmi.

—No sabía que despertara ningún interés en las altas esferas.

—No lo despiertas. Has salido a colación debido a tu abuelo.

Eso sí me deja perplejo.

—Muy buena presentación. ¿Por qué no me lo cuentas ahora, después de quitar los pies de mi mesa?

Sonríe y lo hace.

—Ten paciencia. Es una historia un poco larga. ¿Cuánto sabes sobre las relaciones entre Finlandia y Alemania en la Segunda Guerra Mundial?

—He leído libros de historia.

—Hasta hace poco, esto no estaba en ningún libro de historia. En septiembre de 2008, un historiador llamado Pasi Tervomaa publicó su tesis doctoral: *El Einsatzkommando Finnland y el Stalag 309: connivencia entre la policía secreta finlandesa y la alemana durante la Segunda Guerra Mundial.*

»Afirma que, en 1941, nuestra policía secreta (la Valpo) y la Gestapo crearon una unidad especial, el Einsatzkommando Finnland, para destruir a los enemigos ideológicos y raciales en el extremo norte del Frente Oriental alemán.

—¿Y qué? La presencia de finlandeses enrolados voluntariamente en las filas alemanas en el Frente Oriental está bien documentada. El batallón Nórdico Libre de las SS. El batallón Vikingo. Otros. Tenía sentido. Para Finlandia y Alemania, la Rusia soviética era un enemigo común. Y no fue solo Finlandia. Las SS incorporaron a soldados de todos los países nórdicos.

—Esto es diferente —aclara Jyri—. Alemania abrió un campo de prisioneros de guerra en Salla: el Stalag 309. Ahora el lugar pertenece a Rusia, pero en aquella época se encontraba en el norte de Finlandia. Tervomaa afirma que la Valpo y el Einsatzkommando Finnland colaboraron en la ejecución de comunistas y judíos. Los ponían en fila, les disparaban y los enterraban en fosas comunes. Si sus acusaciones son ciertas, las acciones finlandesas constituyen crímenes de guerra.

—¿Qué tiene eso que ver con mi abuelo?

—Al parecer, el padre de tu madre trabajó en el Stalag 309.

—¿Cómo ibas tú a saber si un tipo que trabajó en un Stalag era mi abuelo?

Jyri suspira.

—Yo. El ministro del Interior. Tenemos conexión con los servicios de inteligencia. Nos enteramos de cosas. Sabemos cosas.

—Y aunque así fuera, ¿qué? Está muerto.

—Como todos los otros finlandeses que trabajaron allí, salvo uno: Arvid Lahtinen. Tiene noventa años. Hay testigos presenciales que afirman que él, entre otros finlandeses, tomó parte en las ejecuciones personalmente. El Simon Wiesenthal Center ha enviado una petición formal para que Finlandia investigue el asunto, algo que no hemos hecho tan a fondo como habrían querido, y ahora Alemania ha pedido su extradición. Quieren acusar a Lahtinen de complicidad en los asesinatos.

—¿Cómo coño puede acusarle de nada Alemania? La acusación consiste en que trabajó para ellos.

—Ah, sí. Pero ya ves, ahí está el problema. Alemania concedió una amnistía general por crímenes de guerra a sus ciudadanos en 1969, así que tiene que expiar sus pecados castigando a otros. Hace poco presentaron cargos similares contra otro anciano, acusándolo de haber trabajado como guardia en Sobibor y de participar en el asesinato de veintinueve mil judíos. Lo extraditaron desde Estados Unidos.

—¿Y cómo puede ser que el mundo no se haya dado cuenta

de que Finlandia tenía un Stalag en su territorio hasta sesenta y cinco años después del final de la guerra?

—La posible culpabilidad de Finlandia se ha pasado por alto en gran medida debido a la barrera idiomática. No queremos hablar de ello y, aparte de nosotros, muy poca gente en este mundo es capaz de leer nuestros documentos. Parece que alguien en el Wiesenthal Center ha aprendido a leer finlandés y ha dado con la tesis de Tervomaa.

—Sigo sin ver qué tengo que ver yo con todo eso.

—Finlandia y Alemania tienen un tratado de extradición. El Ministerio del Interior al menos tiene que investigar el asunto. Y el ministro quiere que interrogues a Arvid Lahtinen.

Ahora todo queda claro.

—Porque si descubro que el viejo tomó parte en el Holocausto, significa que mi abuelo también lo hizo. Muy bien maquinado.

—A mí también me ha gustado. Lahtinen es conocido por su mal carácter y tiene la costumbre de mandar a la gente a la mierda. Necesitamos que coopere. Tú gánatelo, cuéntale que tu abuelo sirvió con él y consigue que te hable. O vuelves con pruebas de su inocencia, o entre los dos ideáis una mentira lo suficientemente convincente como para quitarnos a los alemanes de encima.

—Y si es culpable, ¿para qué vamos a mentir?

—Arvid Lahtinen es un héroe nacional. Cada 6 de diciembre, el Día de la Independencia, le invitan a la gala en el Palacio Presidencial. El presidente le da la mano y le agradece sus servicios al país. Lahtinen estuvo en la guerra de Invierno de 1939 y 1940. Se enfrentó a seis tanques soviéticos y se los cargó con cócteles Molotov. Luchó a una temperatura de casi cincuenta grados bajo cero y acabó s a tiros con cientos de ruso. Mató comunistas en la batalla de la Carretera de Raate y contribuyó a salvar este país. Finlandia necesita a sus héroes. Hazle una visita al tipo, y ten todo eso en mente mientras hablas con él.

Jyri sorbe las últimas gotas de su petaca, se pone en pie, saca un papel del bolsillo y lo deja en mi mesa.

—Aquí tienes los datos de contacto. Informaré al ministro del Interior de que has prometido cooperar al máximo. Mantenme informado. Me vuelvo a la fiesta. Había unas cuantas nenas de primera categoría, y me muero por enchufársela a alguna. Bienvenido a la *murharyhmä*.

Mientras sale, me suelta una sonrisita burlona y me guiña el ojo.

4

Como si no tuviera suficiente en que pensar, Jyri, cuya aparición nunca presagia nada bueno, me ha obligado a considerar la posibilidad de que mi *Ukki* —mi abuelo— fuera un asesino de masas. Yo le quería muchísimo. Antes de jubilarse era herrero. Me daba helado cuando lo visitábamos en verano, y siempre me dejaba sentarme en sus rodillas. Solía echarle sal a la cerveza. Nunca habló de la guerra. Recuerdo que alguien le preguntó por ella una vez —supongo que esperando que *Ukki* nos contara alguna historia heroica—, pero él no soltaba prenda.

A mí la imagen de los políticos no me importa lo más mínimo, pero Jyri se lo ha montado bien para manipularme. El deseo de conocer la verdad sobre *Ukki* me obligará a hablar con Arvid Lahtinen.

Ahora mismo hay cadáveres que examinar. He descolgado mi teléfono mientras hablaba con Jyri. Atravieso el pasillo hasta el despacho de Milo para ver si los del transporte han llamado, pero no puedo dejar de pensar en *Ukki*. La migraña vuelve a atacar con un dolor punzante. Abro la puerta de Milo. Por la cara que pone, parece como si le hubiera pillado haciéndose una paja.

—Ya podías llamar —protesta.

No tengo ni idea de por qué he entrado así. No es própio de mí.

—Lo siento —me disculpo—. Tenía la cabeza en otra parte.

Su pistola reglamentaria, una Glock de 9 mm, está desmontada, esparcida por encima de la mesa. Al lado tiene un taladro Dremel y una caja de munición. Junto a un frasquito tiene unas cuantas balas expansivas semiblindadas dispuestas en fila. Uno de los cajones del escritorio está abierto. Tengo la impresión de que lo ha dejado así para poder meterlo todo ahí dentro de golpe si alguien llamaba de pronto a la puerta.

La cara de pocos amigos que tiene es comprensible.

—Bueno, pues ya puedes irte por donde has venido.

Se ha arremangado la camisa. Observo que, a pesar de su corta estatura, está muy musculado.

—¿En qué estás trabajando? —pregunto.

—No es asunto tuyo.

Sea lo que sea, lo que está haciendo por lo menos debe ir contra el procedimiento habitual de la policía, o quizás incluso contra la ley. Verlo tan turbado me divierte. Reprimo una sonrisita socarrona y espero a que me lo cuente. Nos quedamos mirándonos un rato.

—Estoy intentando averiguar si es posible instalar un selector para cambiar a modo de ráfaga de tres balas en una Glock modelo 19 —explica.

—¿Por qué?

—Porque, como todo soldado sabe, una ráfaga de tres balas de 9 mm abate a cualquiera. Con un solo disparo no suele bastar.

—Una ráfaga de tres balas suele ser mortal. Eso no forma parte de nuestras competencias.

Se me queda mirando con cara de gallito.

—Enséñame dónde pone eso en el manual del policía.

No existe ningún manual del policía, ni un listado de normas o código de conducta. Se está quedando conmigo.

—No seas capullo —respondo.

Él no dice nada.

—Bueno, ¿y se puede?

—¿Si se puede qué?

—Instalar ese selector.

—Sí.

—Si disparas contra alguien, puede que examinen tu arma. Si ven el selector, perderás el trabajo y quizás hasta seas procesado.

—El selector se puede quitar, y el orificio se puede tapar con un tornillito que nadie notará.

Yo ya no puedo disimular más. Sacudo la cabeza y se me escapa la risa.

—¿Y las balas?

Él hace una mueca de fastidio. Ver que me rio de él debe de resultarle más duro que modificar su arma.

—Estoy haciendo unos orificios en las puntas de plomo y llenándolos de glicerina. Cuando una bala impacta contra la carne, se vuelve más lenta. El líquido del interior conserva la inercia y libera el exceso de energía saliendo por la parte anterior de la bala. Deja una rebaba irregular, y los fragmentos de plomo siguen rasgando los tejidos. Crea una herida mayor que una bala normal, y provoca un *shock* hidrostático intenso.

Eso ya lo había oído antes en algún sitio. Por fin caigo en dónde, y le tomo el pelo:

—En una película que se llamaba *Chacal*, el asesino llena las balas con mercurio. ¿Por qué no lo haces tú también? Así, cuando dispares a los malos, de paso los envenenas.

No le ve la gracia.

—Evidentemente, porque cuando hicieran la autopsia, me pillarían.

A este chico le faltan unos cuantos tornillos.

—¿Qué tiene de malo disparar balas con la punta hueca?

—Se expanden al penetrar, pero tienden a quedar intactas. La glicerina es más efectiva.

—Ya veo. Déjame que te enseñe una cosa. Dame una bala.

Me tira una y la agarro al vuelo. Saco una navaja, le hago una cruz en la punta de plomo y se la enseño.

—No hay más que grabar una cruz. Hay quien las llama «balas dum-dum». Al impactar, la bala se deforma y se abre por las líneas de corte. Consigues esos grandes canales de laceración, múltiples puntos de salida, una gran pérdida de sangre y una lesión importante, y para que lo detectaran tendrían que buscarlo.

Parece al mismo tiempo impresionado y decepcionado.

—Mi modo es más divertido —dice—, pero tengo que admitir que el tuyo es más práctico. ¿Dónde lo aprendiste?

—Mi abuelo me lo explicó cuando me enseñó a disparar.

Mis propias palabras me pillan por sorpresa. Mi *Ukki*, ahora acusado de asesinato en masa, enseñó a un niño a hacer balas dum-dum. Supongo que un hombre de su tiempo —nacido justo después de la guerra civil finlandesa, en 1918, y después veterano de la Segunda Guerra Mundial— debió de pensar que la siguiente generación tenía que estar preparada para sus propias guerras.

—Tu abuelo debe de haber sido un tipo interesante.

—Sí que lo era.

Cierro la navaja y vuelvo a metérmela en el bolsillo. Pienso en su procedencia, y de pronto todo el buen humor que me ha provocado lo de Milo desaparece. Es la navaja que usó el hijo de Valtteri para destripar a Sufia Elmi. Valtteri me dijo que había ocultado el arma homicida guardándosela en el bolsillo, porque era el único sitio donde nadie la buscaría, y como recordatorio constante de sus fracasos. Al cerrarse el caso, robé la navaja del archivo de pruebas y, al igual que Valtteri, me la guardé en el bolsillo para no olvidar mis propios errores.

—¿Vas a hablarle a alguien de mis *hobbies*? —me pregunta Milo.

—¿Te das cuenta de que, aunque sigas en el cuerpo hasta que te jubiles, las probabilidades de que tengas que usar la pistola en acto de servicio son de una contra mil?

—Tú la usaste —me recuerda. Tomo nota.

—Tú deja de hacer eso —le digo.

Asiente.

Con manos ágiles, Milo vuelve a montar la Glock en menos de un minuto. Se ve que tiene práctica.

—¿Qué quería pedirte el gran jefe?

—Demasiado.

La visita del jefe le intriga. Veo que querría insistir en el asunto, pero se contiene.

—¿Algún cadáver que examinar? —pregunto.

—Sí, alguno.

La Brigada de Homicidios de Helsinki es una factoría de cuerpos. En un turno normal examino tres o cuatro cadáveres. Los tres equipos de la *murharyhmä*, siempre cortos de personal, cuentan con un total de unos veinticinco agentes que tienen que ocuparse de unas mil trescientas muertes al año. La mayoría de ellas son de «abuelos», como solemos llamarlos los policías, ancianos que fallecen de muerte natural. Una cantidad considerable de las demás son accidentales. De esas mil trescientas, una docena serán consideradas homicidios e investigadas, frente a los casi cuarenta que se investigaban hace una década, gracias a la mejoría en los análisis forenses *in situ* y en los tiempos de respuesta. Eso ha salvado muchas vidas. Por otra parte, imagino que debido al enorme volumen de las investigaciones de muertes, algunos asesinatos premeditados con mayor detalle deben de pasar desapercibidos.

También seguimos una media de ciento veinticinco suicidios cada año. Helsinki tiene una tasa mayor que el resto de Finlandia, en parte debido a las minorías sexuales. Acuden desde todo el país a la capital, buscando la aceptación y la promesa de una felicidad que no han encontrado en comunidades más pequeñas. Como presentan un nivel mayor de depresión y trastornos mentales que el resto de los habitantes de la ciudad —y, por tanto, una mayor propensión a la autodestrucción—, presumo que muchos de ellos no deben de encontrar lo que buscaban. En el par de semanas que llevo trabajando en Homicidios, he examinado veintisiete cadáveres, pero aún no he tenido que emprender ninguna investigación de asesinato.

Durante las horas siguientes, Milo y yo examinamos a un yonqui muerto por sobredosis, a un hombre de mediana edad que ha muerto de un infarto mientras veía la televisión y a una adolescente que se ha emborrachado, se ha desmayado en la nieve y ha muerto congelada. Son las ocho y media de la mañana. Teníamos que haber salido del trabajo hace una hora. Suena mi teléfono. Es Arto, mi jefe.

—Sé que vuestro turno ya ha acabado —dice—, pero andamos cortos de personal. Tengo un asesinato para vosotros, si queréis haceros cargo.

Eso me pilla por sorpresa. No pensé que estuviera preparado para confiarnos un asesinato a mí o a Milo, arriesgando así la preciosa racha de éxitos de la *murharyhmä* y su reputación, a menos que nos saliera al paso durante la investigación de una muerte normal y no pudiera quitárnoslo de las manos.

—Cuéntame.

—Han matado a palos a una mujer en Töölö. Los agentes que han acudido dicen que pinta mal.

Se lo consulto a Milo. Él está a punto de dar botes de alegría. Si acepto el caso, significa que no tendremos ocasión de dormir esta noche, pero resolver un asesinato podría ayudarme mucho a disipar las dudas que tienen sobre mí el resto de los miembros de Homicidios. Qué narices. Total, probablemente tampoco podría conciliar el sueño.

—Sí —respondo—, nos lo quedamos.

Arto me da la dirección y añade:

—Ya hay un equipo forense de camino. Id para allá.

5

Milo y yo pedimos un coche en el garaje y nos ponemos en marcha. El Departamento no repara en gastos. Nos dan un Ford Fiesta. Milo quiere conducir, y teniendo en cuenta el estado de la carretera, va más rápido de lo necesario. La escena del crimen solo está a unos minutos de allí. Un reloj-termómetro en el lateral del edificio indica las ocho cuarenta y cuatro de la mañana y veinticuatro grados bajo cero. La nieve cae como una manta en la oscuridad de la noche.

Europa está viviendo su peor invierno en treinta años. Incluso Helsinki, siempre preparada para el frío, es un caos. La escarcha lo cubre todo. Las quitanieves han dejado montones de nieve y algunos coches han quedado enterrados. La estación central de ferrocarril está fuera de servicio. A los trenes que aún funcionan tienen que quitarles el hielo a menudo, y eso está creando un caos en los horarios. Las conducciones de agua han explotado y han inundado las calles. El agua se ha convertido en enormes capas de hielo y eso ha cortado las vías de los tranvías. Los accidentes de tráfico son frecuentes.

Esa es la antítesis de los inviernos normales que viví en Helsinki años atrás. Generalmente, en enero, la temperatura ronda los cero grados, y se mantiene la mayor parte del invierno, aunque a veces puede bajar hasta menos veinte o menos treinta. Nieva, y luego se funde la nieve. Nieva y se funde, nieva y se funde, nieva y se funde. Hace que moverse por la ciudad sea como pisar un barro helado grisáceo la mayor parte del invierno. Aun así, en algún momento la nieve se acumula. Entonces, con el deshielo primaveral, sale a la luz toda la mierda de perro acumulada durante el invierno, y el hedor invade la ciudad una semana o dos. Durante los siete años que pasé aquí echaba de menos el invierno del Ártico, ese par de metros de nieve que reflejaban la luna y la luz de las estrellas. La belleza de los bosques cubiertos de nieve. Este año experimentamos por fin un invierno de verdad en Helsinki, y eso me alegra el alma.

Töölö es un barrio de moda. No es de los más caros, pero tiene fama de buen vecindario. Paramos detrás de un furgón policial, junto a un montículo de nieve, frente a un bonito bloque de pisos amarillo, en la dirección que me ha dado Arto. Suena el teléfono. El patólogo del equipo forense me dice que su vehículo se ha visto implicado en un choque con otro automóvil, sin consecuencias. Uno de los criminalistas no llevaba cinturón y se ha golpeado la cabeza contra el parabrisas. Necesita puntos. Tienen que llevárselo al hospital, y deberemos esperar hasta que lo suturen.

—Pues pasamos —respondo.

—¿Perdón?

—La investigación empieza ahora, con o sin vosotros.

—Eso va contra el procedimiento.

—Estamos perdiendo el tiempo. Sentaremos un nuevo precedente en el procedimiento.

Pausa.

—¿Lleváis el equipo necesario?

—Sí.

—Vale. Llegaremos en cuanto podamos.

Milo y yo entramos en el edificio y tomamos el ascensor hasta la cuarta planta. En el rellano hay un agente de uniforme.

—¿Sois los investigadores? —pregunta

—Nosotros mismos —respondo.

—¿Dónde están los de Criminalística?

—Llegan tarde. Han tenido un problema con el coche. Ponnos al día.

—Este apartamento pertenece a Rein Saar, ciudadano estonio. Él mismo denunció el asesinato. Afirma que un asaltante desconocido le golpeó por detrás y le dejó inconsciente. Cuando se ha despertado, estaba en la cama junto a su amante, Iisa Filippov. La han matado a palos, y él estaba cubierto de sangre de ella.

—¿Dónde está él?

—En nuestro furgón.

Echo algo de menos.

—¿Dónde está tu compañero? —le pregunto.

—Ha ido a buscar café.

Para que luego nos preocupemos por el procedimiento.

—¿Habéis dejado a un sujeto herido, solo y sin vigilancia, encerrado en vuestro vehículo?

Se sonroja. Lo dejo estar.

—¿Qué te parece la situación? —pregunto.

—Rein Saar tiene un corte profundo en la cabeza, producido con un instrumento romo. Da la impresión de que tuvieron una pelea de enamorados y acabó mal. Ella le golpeó con algo, él la mató y no se le ha ocurrido una mentira mejor.

—¿Necesita puntos?

—Por lo menos no de forma urgente. La hemorragia ha cesado. Puede que sufra una conmoción.

Milo y yo nos ponemos guantes estériles y trajes completos de papel, con fundas para el cabello y para los pies, para evitar contaminar la escena del crimen con huellas, pelos o fibras. Entramos en el apartamento y echamos un vistazo. El piso está limpio y cuidado, en gran parte decorado con muebles baratos de Ikea. Tiene una cocina independiente.

Vuelvo al vestíbulo y le entrego al agente las llaves del Ford Fiesta.

—En el maletero de nuestro coche hay más guantes y trajes de papel. Coge para ti y para el sospechoso, pónselos y siéntalo en la cocina. Sobre todo no toquéis nada.

—Eso no es de libro —responde.

Yo recurro a la frase de Milo:

—Enséñame dónde pone eso en el manual del policía.

El agente no sabe qué responder.

—Ahí fuera hace un frío de perros —argumento—, nuestro sospechoso está herido, y quiero hablar con él antes de que lo examinen y le curen las heridas. Preferiría que no estuviera cabreado, hundido o traumatizado cuando llegue el momento.

—Es vuestro caso —responde el agente, encogiéndose de hombros. Baja a buscar a Rein Saar al furgón.

Milo y yo examinamos la cocina, para asegurarnos de que la víctima pueda sentarse en ella sin contaminar pruebas cuando vuelva a entrar. Veo a Rein Saar en el vestíbulo, mientras el agente y él mismo se ponen los trajes de papel. Parece como si se hubiera dado una ducha de sangre.

Milo y yo nos acercamos a él.

—Soy el inspector Vaara. Este es el sargento Nieminen. ¿Cree que necesita atención médica inmediata, o puede quedarse aquí un rato para que podamos hablar?

Asiente. Puede esperar. Les indico a él y al agente de uniforme que se sienten a la mesa de la cocina, y luego me dirijo a Milo.

—Vamos a ver a Iisa Filippov.

—El dormitorio está hecho una mierda —nos advierte el agente—. Que os divirtáis.

Entramos en la habitación. El agente no exageraba. El cadáver está en la cama, bañado en sangre. Las paredes y el techo también presentan finas salpicaduras de sangre. Es evidente que el asesinato se ha perpetrado metódicamente y con rabia. Hay un olor intenso a sangre fresca y a carne chamuscada, a cigarrillos mentolados, a orina y a heces.

Necesitamos documentarlo todo por duplicado para que no haya posibilidad de que se pierda ninguna prueba de nuestra investigación inicial. Saco un grabador digital y un cuaderno del bolsillo de mi abrigo.

—¿Cuál quieres? —le pregunto a Milo.

—Yo escribo —responde.

Yo empiezo a grabar:

—La víctima, identificada como Iisa Filippov, se encuentra en el dormitorio de un hombre identificado como Rein Saar. La habitación tiene unos doce metros cuadrados y no presenta ninguna característica especial. Contiene una cama de matrimonio estándar en una esquina, con el cabezal y el lado izquierdo pegados a la pared. El cuerpo de la víctima yace en el lado derecho de la cama. En la habitación también hay un tocador, una silla de madera y una mesita de noche con una lámpara y un bolso encima. Hay un armario, aún sin inspeccionar. A media altura, la puerta del armario presenta un agujero de unos cuatro centímetros. La habitación no presenta ningún indicio de lucha.

Abro el bolso y echo un vistazo dentro.

—El bolso contiene un pasaporte finlandés a nombre de Iisa Filippov. Por la fotografía, creo que la víctima es realmente Filippov. También contiene un monedero, maquillaje y otros accesorios de cosmética, un paquete de cigarrillos Belmont y un encendedor Bic, un teléfono móvil y una cámara de vídeo compacta Samsung. —Abro una hoja de papel doblada—. Y una copia del horario de trabajo de Rein Saar.

Le doy un segundo a Milo para que acabe de escribir y prosigo.

—Filippov parece ser una mujer de unos treinta años y metro sesenta y cinco de altura, de complexión atlética y unos cincuenta y siete kilos de peso.

Voy con cuidado con lo que digo, porque la grabación puede acabar considerándose una prueba. Antes de que la hicieran papilla la mujer debía de tener muy buen aspecto. Bronceada. Una larga melena negra con flequillo. Tiene un ojo perforado por una quemadura, supongo que hecha con un cigarrillo, pero el otro está abierto y también es casi negro. Unas formas espléndidas, algo así como 90-60-90.

—Está desnuda y tendida boca arriba en la cama. Tiene los pies atados con varias tiras de cinta adhesiva muy apretada, y las manos tras la espalda, bajo el cuerpo. Me arrodillo a mirar. Están atadas del mismo modo. El rollo de cinta restante está en la mesilla de noche. Dentro de la boca tiene unos calcetines de mujer. Su ropa (vaqueros, suéter, pantis y sujetador) está hecha un ovillo sobre la silla, pero no veo sus calcetines, así que supongo que deben de ser los que tiene en la boca.

Entonces le pregunto a Milo:

—¿Quieres añadir algo más?

—Aún no —responde, sacudiendo la cabeza.

Aunque la escena del crimen es horripilante, Milo no parece impresionado, no da señales de venirse abajo como anoche, cuando investigamos la muerte de Rauha Anttila.

—Filippov ha sido golpeada repetidas veces con un instrumento romo. Tiene la frente abierta y el brazo izquierdo roto justo por encima del codo. El hueso asoma a través de la piel. La parte derecha del tórax está hundida, lo que sugiere que tiene varias costillas rotas. No hay nada en la habitación que parezca lo suficientemente duro o sólido como para haber infligido este tipo de lesiones.

Milo echa un vistazo alrededor. Aún no se ha espolvoreado el lugar para tomar huellas, así que con un dedo, enfundado en el guante, abre la puerta del armario. Miramos dentro. Solo veo ropa de hombre y zapatos en el suelo. Dentro hay un taburete; resulta extraño encontrárselo dentro de un armario ropero.

—Aquí tampoco —dice.

Entonces observo que hay ropa de equitación en el estante superior del ropero: camisas, pantalones de montar, una chaqueta y una gorra. Interesante. Volvemos al cuerpo de Iisa:

—Filippov tiene unas cincuenta quemaduras en el cuerpo. La mayoría de ellas están localizadas en el abdomen, en la zona genital, en los pezones y en el rostro, y una de ellas le atraviesa el ojo izquierdo. El diámetro y la forma circular de las quemaduras indican que la han quemado con cigarrillos. Las heridas pudieron haber sido realizadas tras su muerte, pero creo que probablemente se usaron para infligirle dolor. Ella vació el intestino mientras la mataban, de miedo, de dolor, o ambas cosas, o quizás en el momento de la muerte. Las sábanas, entre las piernas, están cubiertas de heces y orina.

—Esto haría vomitar a un perro —sentencia Milo.

Le hago un gesto, señalando el grabador; me llevo un dedo a los labios en señal de advertencia y prosigo:

—El patrón de salpicaduras alrededor de la víctima indica que había otro cuerpo tendido a su lado mientras sangraba. Se observa claramente el perfil de una cabeza, un brazo y un torso. El ocupante del apartamento, Rein Saar, afirma que se ha despertado junto a la víctima y que se la ha encontrado muerta. Esto da cierta credibilidad a su historia. Lo más sorprendente es que Iisa Filippov ha sido golpeada decenas de veces, quizá más de un centenar, con un instrumento poco pesado y a gran velocidad. Llama la atención que la zona de su rostro más próxima a los labios ha sido golpeada con especial encono.

El tono de mi descripción es neutro, pero el escenario huele a tortura, a terror y a agonía. Iisa tiene la cara prácticamente destrozada por las quemaduras de cigarrillo y los golpes, y está llena de marcas y verdugones. Heridas anchas y profundas que han sangrado.

—Ha sido golpeada en las mismas zonas, sobre todo el rostro y el torso, repetidas veces. Parece que con el primer golpe han erosionado la carne, y los golpes siguientes aumentaban la profundidad de las heridas. Eso ha creado una cantidad considerable de salpicaduras de sangre. Las paredes y el techo están cubiertos de miles de gotas, que calculo que tendrán una media de dos milímetros de diámetro.

Oigo el sonido de la puerta principal al abrirse y unas voces. Ha llegado el equipo forense.

—Mira esa manchita en la pared —observa Milo—. Sea lo que sea lo que usara el asesino para golpearla, dio con la pared y dejó una mancha de sangre de un par de centímetros en forma de lengüeta. Teniendo en cuenta la ropa que hay en el armario, yo diría que Rein Saar la mató azotándola con una fusta.

—Bien visto. Es una posibilidad.

Voy al armario, me pongo de rodillas y miro por el suelo. Hay una fusta manchada de sangre apoyada contra la pared interior. No la toco; la dejo donde está para que los forenses la fotografíen.

—Ahí está.

Milo se acerca y echa un vistazo. Yo sigo grabando:

—En el armario del dormitorio hemos descubierto el arma que probablemente se usó para azotarla. Se trata de una fusta de equitación, de poco más de un metro de longitud, con una lengüeta de cuero en el extremo. Parece que es de fibra de vidrio, con la empuñadura de cuero y una cinta al final para asegurar el agarre.

Volvemos junto a la cama. Ambos nos quedamos mirándola un momento. Milo me pregunta:

—¿Cuál crees que habrá sido la causa de la muerte?

—Le dieron una paliza terrible, pero no hay salpicaduras de sangre arterial. Dudo que hubiera una hemorragia. Tiene esos calcetines metidos en la boca. Yo creo que la golpeó con la fusta hasta que se aburrió y luego quizá se limitó a taparle la nariz hasta que se ahogó y murió.

—A mí también me lo parece.

—Quizá tendríamos que llamar a Saska Lindgren para que venga a echar un vistazo —propongo—. Es el experto en patrones de manchas de sangre.

—Y una mierda —responde Milo, sacudiendo la cabeza.

—¿Por qué no?

—Este es mi primer caso de asesinato importante y no voy a compartirlo con nadie.

Levanto las cejas. Él se sonroja, avergonzado por su metedura de pata.

—Excepto contigo, desde luego. Mira, voy a contarte algo personal.

Otra vez no, por favor. Ojalá no lo hiciera. Me quedo a la espera.

—Probablemente habrás oído que tengo un alto cociente intelectual. La gente da mucha importancia al hecho de que forme parte de Mensa.

—Vale. ¿Y?

—Tengo una gran capacidad de análisis y cálculo de las relaciones espaciales. Los forenses van a entrar aquí, harán mediciones precisas y tomarán fotografías, y luego lo meterán todo en un programa de ordenador que más o menos recreará la agresión. Yo no necesito el programa de ordenador. Puedo hacerlo de cabeza.

No me lo creo del todo.

—Pues hazlo.

Alguien llama golpeando el marco de la puerta del dormitorio. Levanto la mirada y veo a una forense del grupo.

—Perdón por llegar tarde. ¿Nos dejáis pasar?

—Dadnos un par de minutos más —responde Milo—. ¿Puedes dejarme una lupa y una cinta métrica?

Ella se los trae.

Milo mira de cerca unas cuantas gotas de sangre en diferentes puntos de las paredes y mide distancias. Se sube a una silla y examina el techo. Me siento tonto, como si fuera el doctor Watson contemplando a Sherlock Holmes.

Suena mi teléfono. Es Kate.

—¿Dónde estás?

—En el escenario de un crimen.

—Hace tan mal tiempo que estaba preocupada.

He cometido un error aceptando este caso. Lo que quiero ahora mismo es estar en casa con Kate, y podría estar allí. La he cagado.

—Estoy bien. Debería haberte llamado, pero me he liado con esto.

—John y Mary llegarán esta tarde. ¿Cómo vas a poder pasar tiempo con ellos si no has dormido?

Parece molesta, no se da cuenta de que yo apenas duermo. No se lo he dicho. Mientras ella duerme, yo me quedo tumbado a su lado y pienso.

—Estaré bien. Volveré a casa cuanto antes, y pasaremos una noche agradable.

—Por favor, inténtalo. Te echo de menos.

Cuelgo. Milo está esperando, sonriente y expectante. Se supone que yo debería compartir su alegría.

—Muy bien —dice—. Ya lo tengo.

—No quepo en mí de impaciencia.

—Las trayectorias son tridimensionales, así que tienen tres ángulos de impacto. He calculado gamma, el ángulo más fácil, porque es el de la trayectoria de la sangre medida a partir de la superficie vertical y el ángulo largo. Luego he calculado alfa: el ángulo de alejamiento de la salpicadura con respecto a la superficie. Y por último beta: el ángulo de la sangre tomando la vertical como eje de rotación. Los tres ángulos están conectados a través de ecuaciones trigonométricas que determinan los ejes mayor y menor y el ángulo de impacto.

—Por favor, ve al grano —le interrumpo.

—La trayectoria tangencial de las gotas de sangre se determina a partir del ángulo de impacto y del ángulo de partida de la salpicadura. Convergen en la intersección de dos líneas de salpicadura, y las manchas proceden de lados opuestos del patrón de impacto. El área de convergencia está formada por la intersección de manchas de lados opuestos del patrón de impacto.

—Ve al grano.

—Eso intento. El área de origen es la zona del espacio tridimensional donde se encontraba inicialmente la sangre en el momento de la agresión...

Las manchas oscuras que tiene bajo los ojos parecen haber adquirido un pálido brillo. He observado que eso ocurre cuando se emociona.

—Milo, por favor. Ve al grano de una puta vez.

Él aprieta los labios, decepcionado. Le he aguado la fiesta.

—El asesino no la golpeó al azar. Escogió puntos precisos de su cuerpo, y los golpeó repetidamente para causar el máximo dolor y los máximos daños posibles, con lo que provocó gran cantidad de salpicaduras, para después escoger un nuevo punto como blanco de sus azotes.

—Gracias —suspiro. Se le ve picado.

—Y por si no te has dado cuenta, la mayor parte de las salpicaduras no son consecuencia de los impactos de la fusta. Es cuando la fusta se distancia del cuerpo, en el punto más bajo del arco de su trayectoria, pero aún a alta velocidad; es ahí cuando la sangre sale volando.

Ya lo sabía, pero sigo sin estar seguro de si cree realmente que puede calcularlo todo sin un ordenador. Hablaré con Saska Lingren cuando tengamos las fotos y los datos de los forenses, y veremos si eso confirma la versión de Milo.

—La golpeó con la fusta ciento veintiséis veces —concluye Milo.

Tengo curiosidad por saber hasta dónde llega su capacidad.

—¿Cuál es tu coeficiente intelectual?

La pregunta le incomoda. Vuelve a sonrojarse.

—Ciento setenta y dos.

—Vamos a hablar con Rein Saar —propongo.

Le dejamos el escenario del crimen al equipo forense. No hemos inspeccionado el otro lado del cuerpo de Iisa Filippov porque aún no han tomado fotografías de la parte anterior. Les pido que nos dejen echar un vistazo cuando le den la vuelta.

Rein Saar tiene los codos apoyados en la mesa de la cocina y la barbilla entre las manos. Me siento frente a él, enciendo la grabadora y la coloco entre los dos. Milo se queda de pie.

—Señor Saar, ¿cómo se encuentra?

—Me duele la cabeza —responde—. Puede llamarme Rein.

—Muy bien, Rein. Usted puede llamarme inspector Vaara.

—Él parpadea, desconcertado por la frialdad de mi respuesta, que es precisamente lo que yo pretendía—. Cuénteme qué ha pasado.

Bajo ese rostro manchado de sangre veo a un hombre atractivo. Atlético, de complexión media. Moreno y de pelo oscuro. Más bien alto.

—Quedé con Iisa en que nos encontraríamos esta mañana a las siete y media. Cuando entré, me atacaron por detrás. Perdí el conocimiento y no recuerdo nada más. Alguien me golpeó en la cabeza. Cuando me desperté, a su lado, ella ya estaba muerta.

—¿Dónde estuvo esta mañana, antes de venir a su casa?

—Pasé el fin de semana en Estonia, en Tallín, en la boda de mi hermana. Volví en un crucero, con amigos y familia. Estuvimos de fiesta durante toda la travesía, y seguimos la fiesta toda la noche en Helsinki.

—Así que no ha dormido y llegó a casa borracho.

Él asiente.

—Y aún estoy borracho, gracias a Dios —responde, y señala un armarito—. Ahí hay una botella de whisky. ¿Me la puede dar?

Pronto empezará a sentir los efectos de la resaca, y eso puede dificultar el interrogatorio. Además, un poco de suero de la verdad no le hará daño. Le hago un gesto con la cabeza a Milo. Él le da la botella y un vaso. Saar se sirve una dosis considerable y le da un sorbo. Enfrente, sobre la mesa, tiene un paquete de Marlboro *light* mentolado. Se enciende uno. Observo que hay un cartón entero en el armarito donde Saar guarda el whisky. El asesino habrá tenido que usar al menos unos cuantos cigarrillos para infligirle a la víctima todas esas quemaduras. Me levanto e inspecciono los cubos de basura de la cocina y del baño. No hay colillas. El asesino se las llevó consigo.

Vuelvo a sentarme.

—¿Y cuál era el propósito del encuentro con Iisa Filippov?

Él levanta la cabeza de entre las manos. Cruza los dedos y las apoya sobre la mesa, me mira a los ojos y suspira.

—Puede pensar que es una pregunta tonta —insisto—, pero toda la información pertinente a este caso debe contar con referencias directas.

—Quedábamos con la intención de practicar el sexo —declara.

El finlandés y el estonio son idiomas con una raíz común. Tanto que, aunque hablara en estonio, yo podría entender parte de que lo dijera. Él habla bien finlandés, pero su acento estonio hace que suene tonto, como un niño que está aprendiendo a hablar.

—Hábleme de su relación.

—Conocí a Iisa hace dos años, en la Academia Ecuestre. Yo le daba clases. Ella está…, estaba casada. Iniciamos nuestra relación casi de inmediato. Debería interrogar a su marido, no a mí. Él es el único que podría desear hacer algo así.

—Créame, hablaré con él, pero eso no es asunto suyo. Ahora mismo, quiero dedicarle a usted toda mi atención. Debería saber que esto pinta mal. Ella está muerta, en su cama, y la golpearon con una fusta que he encontrado en su armario.

Según el inexistente manual del policía, no debería haberle revelado esos datos, pero quería ver la cara que ponía al hacerlo.

Está al borde del ataque de pánico; empieza a agitarse.

—¿Con mi fusta?

—Sí, señor.

—Alguien entró en casa y nos atacó a los dos. No es culpa mía si esa persona usó algo que me pertenecía.

—¿Quién tiene llaves de su apartamento?

—Solo Iisa y yo.

Le pido a Milo que compruebe si hay rastros de que hayan forzado la puerta de entrada. Sale de la habitación. Aún no hemos encontrado el instrumento romo usado como arma. Me pongo en pie y echo un vistazo por la cocina. Está inmaculada. Saar tiene la casa bien cuidada. Sobre los fogones hay una sartén de hierro. Es pesada, llegado el caso podría ser una buena arma. Intento levantarla, pero está pegada al fogón. Tiro de ella y consigo separarla. La sopeso, luego le doy la vuelta y miro la base. Está manchada de sangre y tiene pelos pegados. Se la enseño a Saar.

—Parece que esto es lo que usaron para golpearlos a los dos.

Milo regresa.

—No hay rastros de que hayan forzado la entrada —afirma Milo.

Le enseño la sartén a Milo y vuelvo a sentarme con Saar.

—Su historia no se sostiene. A mí me parece que los dos se pelearon, que ella le golpeó en la cabeza con una sartén, que usted perdió los nervios, la mató... y se despachó a gusto.

Él sacude la cabeza enérgicamente, desencajado.

—No, no pasó así. Iisa y yo nos llevábamos estupendamente. Nunca nos peleábamos. No tenía ningún motivo para hacerle daño.

—Una mujer casada y su instructor de equitación. Parece una novela romántica. Puedo imaginarme unas cincuenta situaciones que provocarían que se pelearan, quizás incluso con la suficiente violencia como para asesinarla. Convénzame de lo contrario.

—No teníamos diferencias. Nuestra relación era simple y abierta. Nos veíamos un par de veces por semana y practicábamos sexo. Y no estábamos enamorados; nunca usamos esa palabra. Solo era sexo. Nos divertíamos juntos.

Por mal que pinte para él, tengo que admitir que la explicación es convincente.

—¿Quién era su marido? —pregunto.

—Ivan Filippov. Procede de la Karelia rusa. Posee una empresa de construcción especializada en la retirada de asbesto y la eliminación de residuos industriales.

Cuando se trazaron las nuevas fronteras, tras la guerra, Rusia se anexionó una parte de Karelia que antes era territorio finlandés. El Stalag 309, en el que acusan a mi abuelo de haber colaborado con los nazis y de haber participado en el Holocausto, también se encuentra en esa región.

—¿Iisa era de origen finlandés o ruso?

—Ella era finlandesa, de Helsinki. Adoptó el apellido de su marido al casarse.

—¿Sabía Filippov lo suyo con Iisa?

—Hasta hoy, yo creía que no. Ella me decía que no.

—Si su versión de los acontecimientos es cierta y Filippov es el asesino, ¿por qué le ha dejado con vida? ¿Por qué no iba a asesinarlo también a usted? Matarles a los dos habría resultado más expeditivo.

Él da un trago al whisky, asustado.

—Evidentemente, quería cargarme a mí el asesinato. Si yo voy a la cárcel, él queda libre.

Un miembro del equipo forense entra en la cocina.

—Le hemos dado la vuelta al cuerpo. ¿Queréis echar un vistazo?

Le doy las gracias a Saar por su cooperación y les digo a los agentes de uniforme que se lo lleven a la comisaría de Pasila para rellenar el expediente y luego al hospital, a que le examinen la herida.

Milo y yo volvemos al dormitorio. Hay una cámara digital Nikon D200 y una videocámara Sony sobre unos trípodes. Todas las superficies están cubiertas con polvo para la extracción de huellas, y se ven básculas y cintas métricas por todas partes. Echo un vistazo al teléfono de Iisa y encuentro un mensaje de texto que Saar le envió ayer por la mañana, para pedirle que acudiera al piso a las siete y media de la mañana. Sus mensajes enviados confirman la cita. Evito sacar conclusiones sobre la culpabilidad o la inocencia de Saar. Hasta ahora, no he encontrado pruebas de que haya mentido.

La víctima está ahora boca abajo. Por detrás no presenta señales de violencia. Consulto a Milo:

—¿Ves algo digno de mención?

—No —responde, sacudiendo la cabeza—. Aquí ya no tenemos nada que hacer.

—Entonces vamos a hablar con Ivan Filippov.

6

Henri Oksanen, pastor luterano, suele acompañar a la policía a dar las malas noticias a los familiares de los fallecidos. Le llamo, y accede a venir con nosotros. Milo y yo lo recogemos. Salimos poco después de las doce del mediodía y atravesamos un paisaje cubierto de nieve hasta Filippov Construction, en un parque industrial del barrio industrial de Vantaa, a las afueras de Helsinki.

La empresa ocupa un gran edificio de metal corrugado. Entramos. Las herramientas y los materiales de construcción cubren estantes enteros y gran parte del suelo: hay de todo, desde martillos neumáticos a mascarillas y vestuario de protección necesario para la retirada del asbesto y la eliminación de residuos industriales. Una secretaria imponente nos da la bienvenida desde detrás de un viejo escritorio de metal. Es idéntica a Bettie Page, estrella de porno blando y modelo de los años cincuenta. Bronceada. Con una melena más bien larga y flequillo. Ojos negros. Figura sinuosa. Una sonrisita inocente. Un ángel oscuro.

También me recuerda a alguien más, pero no caigo en quién. La falta de sueño me está afectando a la memoria.

Le decimos que queremos hablar con Ivan Filippov. Ella llama por un intercomunicador y anuncia nuestra llegada. Nos dice que pasemos.

La oficina no tiene ningún atractivo. Suelos de hormigón. Paredes blancas lisas y archivadores. Sobre un escritorio hay un ordenador y detrás está Filippov. Se pone de pie para saludarnos. Debe de medir metro noventa, y tendrá cincuenta y tantos años. Está perfectamente afeitado y tiene los pómulos salientes. Su traje, sus zapatos y su corte de pelo son caros. El aspecto que tiene no encaja con el entorno funcional de su compañía, y denota vanidad.

—¿En qué puedo ayudarles?

Nos presentamos. El pastor Oksanen toma la iniciativa. Hace esto regularmente, y se le da mejor que a nosotros.

—Señor Filippov, quizá debiera sentarse. Tenemos una noticia triste que darle.

Filippov pone una expresión de desconcierto y preocupación. Vuelve a tomar asiento tras el escritorio y nos indica que nos sentemos. Solo hay dos sillas al otro lado de su mesa. El pastor Oksanen nos hace un gesto a Milo y a mí para que nos sentemos.

—Es sobre Iisa, su esposa —prosigue Oksanen.

Dos policías y un pastor solo pueden traer malas noticias. Filippov debe de temerse lo peor, pero controla la voz al hablar.

—¿Qué le pasa a Iisa?

—Lamento informarle de que ya no está con nosotros.

Él inclina la cabeza hacia un lado y replica:

—Entonces, dígame, ¿con quién está? No soy un niño. Suéltelo.

—Ha fallecido. Su cuerpo ha sido descubierto esta mañana.

Filippov establece contacto visual con Oksanen. Su rostro no denota ninguna emoción.

—¿Cómo ha muerto?

El pastor rodea la mesa y le apoya una mano en el hombro.

—Ha sido asesinada. Ahora está con Dios.

Filippov no hace ningún caso a la mano.

—Yo soy ateo.

Curiosas palabras, para ser las primeras después de oír que su mujer ha sido asesinada. Se nos queda mirando a Milo y a mí.

—¿Quién ha matado a mi mujer?

Siempre es difícil informar a alguien del asesinato de un familiar, pero como ella estaba cometiendo adulterio cuando murió, en este caso es más delicado de lo habitual.

—Prepárese —le digo—. Es algo desagradable.

—Se presentan aquí y me dicen que Iisa ha sido asesinada, y luego me avisan de que va a ser desagradable. Dejen de darle vueltas y vayan al grano.

Su brusquedad me pilla por sorpresa. Le concedo lo que pide y se lo suelto sin más:

—Tenía una aventura desde hace tiempo con su instructor de equitación, un hombre llamado Rein Saar. Planearon una cita. La hallamos muerta en la cama de él. La habían golpeado con una sartén de hierro y una fusta de equitación, y quemado con cigarrillos.

—¿La ha matado ese tal Rein Saar? —Su acento revela su juventud pasada en la Karelia rusa. Suena como el pato Donald hablando finlandés.

—Aún no lo sabemos. Saar afirma que ella tenía llave del apartamento y que lo estaba esperando. Sostiene que, cuando llegó a casa, le golpearon por detrás y lo dejaron inconsciente. Cuando volvió en sí, estaba en la cama, al lado de ella, y ella ya estaba muerta. Dice que no llegó a ver a su atacante.

Filippov aún no ha demostrado dolor; solo impaciencia.

—¿Y le creen?

—Algunos hechos contradicen su versión; otros la apoyan.

Filippov se recuesta en su silla y se cruza de brazos.

—Quiero que encuentren al asesino de Iisa y que reciba su castigo.

—Soy consciente de que este es un momento duro y doloroso para usted. ¿Está en disposición de responder a unas preguntas?

—Sí, claro.

—¿Tenía usted constancia de la aventura de su esposa?

—No.

—Hacía dos años. ¿No tenía ni idea?

—No —responde, sacudiendo la cabeza.

—Se encontraban un par de veces por semana. ¿Nunca le preguntó a su mujer por sus idas y venidas?

—Iisa tenía una agenda muy activa. Colaboraba con diversas organizaciones y tenía muchas aficiones, entre ellas la equitación. Era una buena esposa, o al menos eso pensaba yo. No tenía motivo para invadir su privacidad o interrogarla.

—¿Ella trabajaba?

—No tenía necesidad. Yo me gano bien la vida.

Filippov es un tipo frío, pero tiene el trato de un hombre de negocios, y parece honesto.

—Discúlpenos, pero necesito preguntarle por su paradero anoche y hoy. Entienda que no supone de ningún modo una acusación, sino que es parte del procedimiento ordinario.

Él hace un gesto con la mano, indicándome que proceda. Yo soy el más veterano de los dos, pero Milo es nuevo y necesita experiencia. No quiero dejarle de lado. Por otra parte, el planteamiento de «poli bueno y poli malo» no es ninguna tontería. Asiento y le hago un gesto para que se ocupe.

—¿Dónde estuvo usted anoche? —pregunta Milo.

—En una fiesta. De hecho, el comisario superior de policía, Jyri Ivalo, también asistió. Puede servirme de coartada.

Filippov estaba tomando copas con Jyri mientras este discutía con el ministro del Interior sobre mí. Interesante.

—¿Y cuándo dejó la fiesta y llegó a casa?

—Me fui hacia la una, y estaba en casa, durmiendo, hacia las dos.

—¿Estaba bebido?

—No. No soy hombre de excesos.

—Dígame qué ha hecho esta mañana —prosigue Milo.

—Ha sido como cualquier otra mañana de trabajo. He llegado aquí a las nueve y no he vuelto a salir.

—¿Ni siquiera para almorzar?

Él saca un tique de un archivador de sobremesa y se lo entrega a Milo.

—El almuerzo ha consistido en pizza a domicilio.

Milo hace una pausa; parece pensativo.

—¿A qué hora llegó su secretaria?

—También a las nueve.

—¿Se puede verificar la hora de llegada de ambos?

—¿Qué tipo de verificación busca? —responde Filippov, con un suspiro.

—¿Tienen cámara de seguridad y archivo en vídeo?

Filippov hace una mueca sarcástica.

—Inspector, no intente jugar conmigo. Hay una cámara montada sobre la puerta de la entrada y la han visto al entrar.

Sin duda también habrán visto el grabador de vídeo en la oficina. —Aprieta un botón del intercomunicador—. Linda, por favor, saque la cinta de vídeo de seguridad de hoy y tráigamela.

Esperamos. Linda entra. Entonces caigo. Me recuerda a la difunta esposa de Filippov. Se parece mucho a la imagen que tengo de Iisa Filippov, antes de que las quemaduras de cigarrillo y la fusta le desfiguraran la cara. Ivan Filippov tiene gustos muy precisos en cuanto a mujeres. Le pide que le entregue la cinta a Milo. Ella se la da y vuelve a salir.

—El inspector Vaara ha sido delicado al decir que su mujer ha sido golpeada con una fusta —explica Milo—. Habría sido más preciso decir que, en primer lugar, el asesino la usó de cenicero humano y que luego la azotó, concentrándose en el rostro, hasta dejarla casi irreconocible. Fue torturada sistemáticamente y, como golpe de gracia, sospechamos que la asfixiaron hasta la muerte.

Ha sido demasiado duro. Siento cierta vergüenza, pero Filippov no se inmuta.

—Ya veo —responde.

Los ojos de Milo, oscuros de por sí, adquieren ese brillo pálido indicativo de que se lo está pasando bien.

—¿Quién podría haber tenido motivos para hacerle algo así? —pregunta.

—Nadie —responde Filippov—. Iisa era una persona sociable y muy agradable. Le gustaba la compañía de la gente, y la gente disfrutaba con la suya. Yo diría que su prioridad en este mundo estaba muy clara. Le gustaba divertirse.

Agradable y divertida. Eso encajaba con la descripción que hacía Rein Saar de su relación.

—Yo diría que una relación de dos años con su instructor de equitación es divertirse a expensas suyas —señala Milo.

Es nuestra obligación hacerle preguntas a Filippov, pero acabamos de informarle de la muerte de su esposa. Su actitud distante hace que me guste menos a cada momento que pasa, pero aun así Milo está apretándolo mucho. No tiene ningún miramiento.

—Así que no tiene ninguna coartada que demuestre dónde ha estado entre la una y las nueve de esta mañana.

—No —responde Filippov—. Casi nadie la tiene.

—¿Cuándo fue la última vez que vio a su esposa?

—Ayer por la mañana, hacia las ocho y media, antes de venir a trabajar.

Milo sonríe y levanta las cejas.

—¿Iisa no estaba en casa cuando usted volvió de la fiesta?

—No.

—¿Y no encontró nada raro en eso?

—Les repito que a Iisa le gustaba divertirse. Y podría añadir que, a diferencia de mí, ella sí era algo dada a los excesos. Así que no, no encontré nada raro en eso.

Milo y Filippov se miran el uno al otro, enfrentados, durante un buen rato.

—Ya he oído hablar de ustedes dos —dice Filippov—, y es un honor que dos investigadores tan distinguidos se ocupen de la muerte de mi esposa. Su fama les precede. —Me mira a mí—. A usted por su tenacidad y su valor. —Luego mira a Milo—: Y a usted por sus brillantes logros policiales. De hecho —vuelve a mirarme a mí—, su nombre se mencionó en la cena de anoche.

Curioso, que pocas horas después Arto me pasara el asesinato de la esposa de Filippov, un caso tan delicado, sin la reticencia que era de esperar. Me parece demasiado sorprendente como para que sea una casualidad.

—Sin duda el asesinato de mi esposa quedará resuelto con la mayor celeridad —añade—. Supongo que querrán que identifique el cuerpo de Iisa. ¿No es ese el procedimiento? Puedo hacerlo esta tarde.

—Eso no será necesario —le contesto—. Ya se ha establecido la identidad de su esposa. No obstante, me gustaría pasar por su casa y examinar sus pertenencias. Quizás haya algo entre ellas que nos aporte pruebas de quién mató a Iisa y por qué.

—De ningún modo —replica—. No deshonraré su memoria dejando que manoseen sus posesiones íntimas.

—Puedo conseguir una orden, si es necesario.

—Puede intentarlo. Me encargaré de que no se la den. Está en mi mano. Vamos a encontrar una solución intermedia. Yo examinaré las pertenencias de Iisa. Si encuentro algo que les pueda ser útil, se lo entregaré yo mismo.

Imbécil arrogante.

—Usted no es investigador. Puede pasársele por alto algún detalle crucial.

—Se dará cuenta de que una de mis mejores cualidades es lo minucioso que soy —responde, sonriéndome. Dadas las circunstancias, resulta desconcertante—. He leído en el periódico que su esposa es la directora del hotel Kämp. El restaurante del hotel es mi favorito en la ciudad.

Me deja perplejo, y se me escapa la lengua:

—¿Acabamos de informarle de que su esposa ha sido asesinada y piensa en comer?

—Me duele la pérdida de mi esposa, pero todos tenemos que pasar el duelo a nuestra manera. La mía consiste en seguir con la vida del modo habitual.

Me pongo en pie. Milo y el pastor hacen lo propio. Filippov me resulta repugnante; no soy capaz de tenderle la mano y darle el pésame.

—¿Qué te parece? —le pregunto a Milo, una vez que estamos fuera.

—El hijo de la gran puta ha masacrado a su mujer y le ha tendido una trampa al amante, y es tan jodidamente pretencioso que ni siquiera intenta ocultarlo.

El pastor Oksanen finge que no ha oído nada.

Yo estoy menos seguro que Milo —ser un cabrón no le convierte en asesino—, pero tengo la misma sensación.

—Si le ha tendido una trampa a Rein Saar, ha hecho un buen trabajo. Será difícil de demostrar.

—Ya me encargaré… —Se da cuenta de que ha metido la pata—, ya nos encargaremos nosotros.

Milo, a su modo, me gusta, pero tiene un problema que acabará pagando: su arrogancia.

En el coche, mientras volvemos al centro desde Vantaa, me llama Jyri Ivalo.

—He oído que estáis investigando el asesinato de Iisa Filippov —me dice.

—Es cierto.

—También me han dicho que fue hallada muerta junto a su amante, un estonio que se la follaba.

Aún no he hecho un informe, así que Filippov debe de haber llamado a Jyri en cuanto hemos salido, y le habrá puesto al corriente.

—También es cierto.

—Ivan Filippov es un conocido mío, y está bien relacionado en el mundo de los negocios. Parece un caso fácil, pero sé que a veces dejas volar la imaginación. Cierra el caso rápido. E informa a Filippov siempre que puedas.

Yo no digo nada.

—Tengo una resaca tremenda y no estoy de humor para ser amable. Déjame que te lo diga claramente: resolviste el caso de Sufia Elmi, pero lo alargaste demasiado y acabó siendo un fiasco. Que no pase lo mismo.

Que te jodan, Jyri.

—Filippov te cita como coartada. ¿Lo confirmas?

—Confirmado. Dejó la fiesta hacia la una. No veo la necesidad de informar a la prensa de dónde estaba anoche. Otras personas, incluido yo mismo, preferimos mantenernos al margen de la investigación. Seguro que los medios se inventarían alguna teoría de la conspiración y crearían un escándalo.

Sí que lo harían.

—No tengo ninguna intención de tratar con los medios de comunicación. Eso se lo dejo a Arto y al gabinete de prensa.

—Bien pensado. Las relaciones con la prensa no son tu fuerte. Y de lo que hablamos anoche sobre Arvid Lahtinen…, ¿ya estás en ello?

—Llevo trabajando veinte horas seguidas. Por supuesto que no estoy en ello.

—Ya dormirás cuando mueras. Ponte en marcha —me dice, y cuelga.

Siempre he pensado que Jyri es muy bueno en su trabajo, pero despreciable como ser humano. Cada vez que trato con él lo tengo más claro. Me ocuparé de la investigación y de lo de Arvid según vaya viendo.

Dejamos al pastor Oksanen frente a su casa y volvemos al garaje de la policía. Le digo a Milo que quiero que duerma un poco y le pido que eche un vistazo a la cinta que le ha dado Filippov, que vea si los forenses han encontrado alguna prueba y que escriba el informe inicial por la mañana.

7

Son las dos y media de la tarde. No tengo mucho tiempo, pero quiero ver cómo está Kate. Pensábamos que el embarazo iba bien, pero hace un par de semanas descubrimos que sufría de hipertensión y preeclampsia. Hay peligro de desprendimiento prematuro de la placenta y, con ello, de mortalidad materna. Podría no solo perder otro hijo, sino también a Kate. Eso me aterroriza.

Encuentro un aparcamiento a un par de manzanas de nuestro apartamento en Vaasankatu y cubro la distancia hasta casa a pie. Ha dejado de nevar y el viento se ha calmado. La calle está tranquila. Un paisaje nevado, deliciosamente tranquilo.

Vaasankatu, esta zona del distrito de Kallio, recibe el apodo de *Puukkobulevardi*, Bulevar de los Cuchillos de Caza. Hace años era un lugar peligroso, y aún tiene mala fama, aunque hoy en día es bastante inmerecida. El barrio tiene sus bares, sus borrachos y algún centro de masajes tailandés, pero muchos de ellos los han cerrado hace poco. La prostitución en sí misma no es delito, pero varios *lobbies* moralistas han empezado a presionar a la policía, que ha puesto en su punto de mira a las trabajadoras sin permiso de residencia, el proxenetismo —que sí es delito— y todo lo que han podido aducir para librarse de los salones de masajes y poner fin a la polémica. La zona se ha aburguesado bastante, y muchos de sus vecinos son profesionales cualificados.

Kate tenía algunos reparos sobre el traslado a Kallio, pero es el único barrio de Helsinki que, en mi opinión, conserva cierto aire de comunidad genuina. Por otra parte, incluso en este barrio modesto, nuestro apartamento de noventa y dos metros cuadrados, que tengo que admitir que es espléndido, nos costó nada menos que trescientos cincuenta mil euros. Un piso similar en otra zona de la ciudad puede costar un millón y medio. Como directora general del Kämp, el único hotel de cinco estrellas de Helsinki, Kate tiene un buen sueldo, y para ser policía yo también me gano bien la vida como inspector, pero no lo suficiente como para comprar un piso de siete cifras. En el norte, con un millón y medio nos podríamos comprar un palacio. Helsinki es una de las ciudades más caras del planeta.

Me encuentro a Kate tumbada en el sofá, leyendo un libro sobre cómo criar a los hijos. Le digo hola con un beso. Ella se yergue y se frota la espalda. En esta fase de su embarazo, le cuesta mucho estar cómoda.

—No veo la hora de que me saquen a este bebé de dentro —dice.

Yo me siento a su lado y la rodeo con un brazo. Me escruta con la mirada:

—No sé cómo puedes funcionar sin dormir.

—No me molesta demasiado. —Lo cierto es que no tengo elección.

—¿Qué tal el dolor de cabeza?

—He estado peor.

—Cuando te duele mucho no dejas de mirar a todas partes —afirma—, que es lo que estás haciendo ahora. Tienes que ir al médico otra vez.

—No sirve de nada. Lo que me da me deja atontado. No me lo tomaré.

—Pues vete a ver a tu hermano. Él te ayudará.

Jari es neurólogo y trabaja en Helsinki. No lo he visto desde que nos vinimos a la ciudad. Supongo que ya va siendo hora de que le haga una visita y, en cualquier caso, Kate no va a dejar que me olvide del tema. Odio a los médicos. Me querrán hacer una serie de pruebas. No quiero hacérmelas, para que al final descubran sencillamente que no saben qué me pasa.

—Llamaré a Jari. ¿Ya te has pensado lo de quedarte en casa con el bebé?

Ella se acurruca a mi lado, supongo que con la intención de suavizar la respuesta.

—Ya llevo dos semanas de baja de maternidad, y creo que esto no es para mí. Además, considero que no es justo para la empresa.

Siempre discutimos sobre el tema.

—Kate, siento decirlo así, pero que le jodan a la empresa. Como madre, en Finlandia tienes derecho a nueve meses de baja tras el nacimiento del bebé.

—Cuando el hotel Kämp me contrató, depositaron en mí una gran responsabilidad. Si me quedo en casa nueve meses, me sentiré como si estuviera traicionando su confianza.

Es cierto que a los empresarios les toca las narices perder trabajadoras por un embarazo, y que a veces no quieren contratar a mujeres jóvenes porque lo consideran un riesgo. Los tres primeros meses tras el parto, las mujeres cobran el sueldo entero.

—Deberías darte cuenta —insisto— de que en este país mucha gente piensa que no quedarse ese tiempo en casa es traicionar la confianza del niño.

Podría hurgar más aún, explicar las normas sociales tácitas sobre lo que se espera de las buenas madres. Las buenas madres dan el pecho, y si no lo hacen se pone en duda su competencia como madres. Las buenas madres se quedan en casa no solo durante los nueve meses de maternidad pagada por la empresa, sino dos o tres años más, cobrando un subsidio del Gobierno. Si no hacen esas cosas, despertarán murmullos e insinuaciones sobre si merecen el don que supone tener un hijo por parte de otras madres cuyas vidas se centran en esas convenciones. Es ridículo e injusto.

Ella empieza a mosquearse.

—¿Quieres que me quede sentada en casa por lo que pueda pensar la gente? Kari, pensaba que tenías más personalidad.

—No me importa lo que piense la gente, pero nunca está de más ser consciente de las percepciones culturales. También afectan a tu carrera profesional. Quiero que te quedes en casa con nuestra hija porque creo que es lo mejor para ella.

—Ahora resulta que soy una mala madre.

He venido a casa a pasar un rato con Kate y lo estoy estropeando. A veces me cuesta pensar a causa del dolor de cabeza, y eso me hace meter la pata. He herido sus sentimientos. Se le ve en la cara.

—No quería decir eso. Vas a ser una madre maravillosa.

Se tranquiliza por un momento. Me pregunto si ahora mismo estará pensando en nuestros gemelos muertos.

—Quizá debieras tomar tú la baja por paternidad y quedarte en casa con la niña. Tú tienes los mismos derechos que yo. Y tampoco creo que te guste tu trabajo.

Eso ya lo ha dicho alguna vez, y tiene razón: en estos momentos mi trabajo no me apasiona como antes. Lo cierto es que me encantaría quedarme en casa con nuestra niña, pero mis migrañas se han vuelto tan intensas que me da miedo no estar a la altura como cuidador a tiempo completo. No quiero que Kate lo sepa. Eso solo la preocuparía. Así que cambio de tema.

—No veo la hora de conocer a tus hermanos esta noche.

Es una media verdad. No quiero cargar con ellos varias semanas. Me gustaría conocerlos, pero en diferentes circunstancias. Quizá para cenar y charlar un rato, y luego irnos cada uno por nuestro camino. Pero Kate necesita esto. Ella y sus hermanos lo pasaron mal cuando eran críos. Eso creó unos lazos afectivos más fuertes que los de la mayoría de hermanos, y llevan separados demasiado tiempo.

Lo que empezó siendo una vida normal de clase media en Aspen (Colorado) para Kate se interrumpió de golpe en 1991, a los trece años de edad, cuando a su madre, Diane, le diagnosticaron un cáncer de mama. Su hermano, John, tenía siete años. Su hermana, Mary, tenía ocho. Su padre, Randy, no supo hacerse cargo. Ante la inminente muerte de su esposa, cayó en una depresión que lo incapacitó cada vez más como marido y como padre. A medida que su madre iba empeorando, con la quimioterapia y la radiación, Kate se vio obligada a convertirse en cabeza de familia *de facto*, y a madurar de la noche a la mañana.

Kate se ocupó de su madre y presenció su lenta muerte. Le daba de comer en la boca, le cambiaba las sábanas, le limpiaba el vómito, y al mismo tiempo cuidaba de sus hermanos menores. Cuando Diane murió por fin, su muerte dejó destrozado a Randy, que cayó en el alcoholismo. Consiguió conservar su empleo, pero cada minuto que pasaba fuera del trabajo estaba borracho. Pagaba el alquiler y las principales facturas, pero el resto del sueldo se lo gastaba en los bares. Los cuatro chavos que le quedaban se los daba a Kate, y con eso tenían que alimentarse y vestirse ella, John y Mary.

Randy era mecánico. Se ocupaba del mantenimiento de los remontes en una estación de esquí, y Kate disponía de clases de esquí y remontes gratis. Ella nunca lo dice, pero creo que presenciar la indefensión de su madre la convirtió en una maniática del control. Destacó en todo, sacó notas excelentes en el colegio. Descargaba la rabia y la frustración acumulada en las pistas y se convirtió en una fantástica esquiadora de esquí alpino.

A los quince años, Kate ganaba todas las pruebas júnior en las que participaba. Empezó a competir con adultos a los dieciséis. Siguió ganando. Decidió que competiría en los Juegos Olímpicos. Cuando tenía diecisiete años, en una competición en la que estaba bajando a más de ciento cincuenta kilómetros por hora, se cayó, se rompió la cadera y se pasó su decimoctavo cumpleaños en tracción. Final del sueño. Aún cojea un poco.

Kate me contó que, durante las semanas que pasó en el hospital, hizo examen de su vida. No tenía amigos personales —nunca había tenido novio—, había dedicado sus años de adolescencia a criar a John y a Mary, a sus estudios y al esquí. Nunca se le había ocurrido que pudiera ser otra cosa que una esquiadora de elite. Para ella, la caída había sido un fallo, una especie de fracaso. Kate no se permitía el fracaso. Se juró que reconstruiría su vida y que nunca volvería a fracasar.

Cuando acabó el instituto, sus excelentes notas, su alta puntuación en las pruebas de aptitud y su mala situación económica le valieron una beca para la universidad. Primero estudió en el Aspen Community College, anexo del Colorado Mountain College, donde se diplomó en Gestión de Estaciones de Esquí. Luego trabajó en una estación dos años, donde adquirió una experiencia básica en gestión.

Para entonces, en 2002, Kate tenía veintidós años; Mary, diecisiete y John, dieciséis. Kate quería seguir estudiando. Su padre seguía siendo un borracho inútil, pero Mary aceptó ocuparse de John hasta que acabara el instituto. Kate consiguió una beca de la Universidad de Princeton. Randy murió de fallo hepático prácticamente al tiempo que ella se sacaba la licenciatura en Económicas. Creo que, en cierto modo, su muerte fue un alivio para Kate, y ese alivio le provocó un sentimiento de culpa.

Cuando Randy murió, ella llevaba dos años en una relación formal y seis meses comprometida. Rompió el compromiso. Adujo algo así como que la muerte de su padre la había vuelto incapaz de comprometerse. Se licenció en Princeton y obtuvo un máster en Económicas. Volvió a Aspen, esta vez como ejecutiva en una estación de esquí, y al cabo de año y medio ya dirigía la estación. Los ingresos se duplicaron.

En primavera de 2007, el Levi Center, la mayor estación de esquí de Finlandia, situada ciento cincuenta kilómetros al norte del Círculo Polar Ártico, quiso entrevistar a Kate para ofrecerle el puesto de directora general. John se había mudado a Nueva York para estudiar en la universidad. Mary había dejado la facultad para casarse con un médico y se había instalado en Elkins, en el estado de Virginia Occidental. Kate no tenía motivo para quedarse en Aspen y decidió que había llegado el momento de cambiar.

En junio de 2007, Kate se trasladó a Finlandia. Los propietarios de la estación querían que los ayudara a convertirla en un centro colosal. El Ártico le pareció un lugar exótico. Le ofrecieron un sueldo anual de seis cifras. Aceptó el trabajo. Nos conocimos en una barbacoa organizada para celebrar el solsticio de verano. Nueve meses más tarde estábamos casados. Unos meses después quedó embarazada. Supimos que esperábamos gemelos, pero sufrió un aborto. Creo que, para Kate, perder a los gemelos fue otro fracaso, algo inaceptable para ella. Quería empezar de cero, dejar atrás toda la pena y el dolor, así que nos trasladamos a Helsinki.

Pero yo me había ido de Helsinki años atrás por un motivo. En mi juventud, cuando vivía en la ciudad, nunca había sido feliz. Helsinki me recuerda el fracaso de mi primer matrimonio y al hombre a quien maté en acto de servicio. Helsinki para mí no es empezar de cero, sino reabrir viejas heridas.

No me gusta la vida en las grandes ciudades. No me gustan los recuerdos. No me gusta lo que llaman ambiente internacional. El *kaamos*, el periodo de oscuridad, aquí dura poco. El que la luz aparezca y desaparezca tan rápido me deprime. Echo de menos la larga noche ártica. Ahora mismo, en enero, ya tenemos luz de día desde las nueve de la mañana hasta las cuatro de la tarde aproximadamente. El invierno está bien, pero la mayoría de los años en Helsinki no hace suficiente frío, la nieve no cuaja. Es como ir patinando sobre un cubo de mierda todo el invierno. Tengo nostalgia del norte.

Los ojos de Kate se encuentran con los míos un momento. Entiende que estoy intentando poner fin a la discusión y me lo consiente.

—Estoy algo nerviosa ahora que voy a verlos, porque hace mucho tiempo —me confiesa—. La última vez que vi a John fue en 2006. La última vez que vi a Mary fue en 2005. Ahora ya son adultos, y me pregunto cómo habrán cambiado. Aun así, quién habría pensado que a tres pobres chavales como nosotros nos iría tan bien. Yo dirijo el mejor hotel de la ciudad y John va a ser profesor de Historia en la universidad. Mary está casada con un médico. Prácticamente los crié yo. Me siento orgullosa.

—Tienes derecho a estar orgullosa y yo estoy orgulloso de ti —le digo.

Compruebo la hora, son poco más de las tres. Mi sesión de terapia empieza a las cuatro. Llevo ocho meses asistiendo a terapia, y es algo que cada vez me gusta menos.

Vacilo. No se me da bien pedir disculpas.

—Kate, lo que te he dicho es cierto. Vas a ser una madre estupenda. Se me fue la cabeza, no quería insinuar lo contrario. Me he expresado mal.

Ella me aprieta la mano.

—Lo sé.

8

Me abro paso por entre la nieve hacia mi Saab. Está aparcado cerca de la parada de taxis de Helsinginkatu. La calle recibe el apodo de Raate Road, debido a que fue el escenario de una sangrienta y decisiva batalla en la guerra de Invierno, por el mismo motivo que Vaasankatu es conocido como el Bulevar de los Cuchillos de Caza. Tiene mala fama por su pasado, pero realmente aquí ya no sucede nada fuera de lo normal. Es cierto que Kallio acoge a una gran cantidad de desempleados que viven de la asistencia social y que se pasan los días en *räkälät* —«bares llenos de mocos», como se les suele llamar—, bebiendo cerveza barata, pero la mayoría de las ciudades finlandesas cuentan con borrachos que viven del Estado y con bares para que se emborrachen.

Oigo gritos al fondo de la calle. Al acercarme, veo a un hombre frente a la escuela Ebeneser, un centro de asistencia especial para niños con disfasia. Los que estudian aquí tienen trastornos del habla de algún tipo, dificultades con la comprensión o comunicación verbal, en la mayoría de los casos a causa de un daño cerebral más o menos profundo. Algunos pueden hablar pero no escribir; otros pueden escribir pero no hablar. Hay incluso raros casos en los que algún niño puede cantar pero no hablar.

La escuela es un bonito edificio *art nouveau* de color melocotón construido a principios del siglo XX, con una valla de tela metálica cubierta por una hiedra que lleva allí décadas y que ahora está envuelta en escarcha. Me acerco y observo que los gritos proceden de un joven que agita una botella medio vacía de vodka Finlandia. Sus invectivas tienen un tono bíblico y apócrifo, pese a que tiene una gran dificultad de dicción.

—¡*Hijoz* de *Zatán, malditoz* de *nacimiedto, habéiz* caído de *da Tode* de Babel. ¡*Ojadá* no *hubiédaiz dacido*!

Me acerco a él y miro a través de la valla. Al otro lado hay cuatro niños agarrados unos a otros, aterrorizados y fascinados. No veo ningún adulto que los supervise. Me toca las narices.

—Escuchad, niños —les digo—. Soy policía. Por favor, entrad en el edificio.

El tipo aúlla algo incoherente y vuelve a gritar:

—¡Ojadá no *huibédaiz dacido*!

Los niños no se mueven. Yo les hago gestos con las manos para que salgan de allí.

—¡Venga, corred!

Corren desordenadamente hasta la puerta principal. El tipo se ha callado, pero agita los brazos, hace gestos desesperados, agita la botella y se clava las uñas en la cara.

—¿Cómo te llamas? —le pregunto.

—¡Me llamo *Degión*. *Adéjate* de mí, hijo *ded Infiedno*!

—Bueno, señor Legión, ¿por qué estabas asustando a esos niños?

Echa un trago a la botella, se rodea el cuerpo con los brazos, agita la cabeza adelante y atrás y se mueve. Está viniéndose abajo. Suelta un chillido como el de un animal herido y por fin consigue emitir un sonido agudo pero inteligible:

—¡*Pada sadvad* sus *admas*! ¡*Edtán madditos* si no les *sadvo*!

Siento la tentación de preguntarle por qué, si se llama Legión (alias, Satán), quiere salvar a los niños, en lugar de asegurarse de que se pasan la eternidad en el Infierno. Pero luego decido que no me interesa la lógica de los locos. Siento punzadas de dolor en la cabeza, y el odio que se acumula en su interior.

Agarro a Legión por el cuello y le aplasto la cara contra la alambrada cubierta de nieve. Me da cierta satisfacción, así que vuelvo a hacerlo. Es un capullo pellejudo; no debe de pesar más de sesenta kilos. Yo llevo trabajando duro en el gimnasio casi un año, desde que nos mudamos a Helsinki. Me ayuda a no pensar en mis migrañas. Levanto en el banco el doble de su peso. Se echa a llorar, le fallan las rodillas. Le agarro por el cuello con una mano, sosteniéndolo en alto por la cabeza, de modo que apenas toca el suelo con los pies, y lo miro de cerca. Tiene unos veinticinco años y lleva el pelo mal rapado, evidentemente no en la peluquería. Me fijo en su barba, más bien larga y desaliñada. El abrigo, los pantalones y los zapatos no están mal del todo, y están limpios. Supongo que sus padres se ocupan de él.

Tiene un corte en la ceja izquierda y la sangre se le cuela en el ojo. También le sangra la nariz. La satisfacción que me ha producido darle con la cara contra la valla se disipa. Está loco como un cencerro. Me pregunto qué hacer con él. Me parece adecuado darle una última lección como castigo por tratar así a niños indefensos.

—Te gusta el vodka —observo—. Disfrútalo a tope, venga.

No lo entiende. Me mira alarmado y sobrecogido.

—La botella a la boca; bebe hasta que te la acabes —ordeno.

Ya no grita. Asustar a niños discapacitados le resulta más fácil que enfrentarse a adultos corpulentos. Ya lo entiende.

—No *quiedo*. No me *obliguez*. *Ez demaziado*.

Apelo a un viejo proverbio finlandés que exalta la virtud de la paciencia: *Kärsi kärsi, kirkkaamman kruunun saat* (Sufriendo, sufriendo, la corona brilla más).

Hace que no con la cabeza.

Le suelto el cuello.

—¿Acaso te he dicho que tienes elección?

Ahora lo entiende. O bebe, o seguiré atizándole. Está en una situación comprometida. El alcohol es su mejor baza para salir de allí. Levanta la botella. Se la bebe lo más rápido que puede. Espero treinta segundos. El veneno del vodka empieza a atacar. Se le cae la botella de la mano y ésta se rompe contra la acera helada. Pasan otros noventa segundos. Cae de rodillas y me mira con ojos inciertos. Pasa otro minuto, cae de espaldas. Da con la cabeza en el suelo helado. Se hace una herida. La sangre forma un reguero sobre el hielo.

Meto la mano por debajo y busco su bolsillo trasero. Encuentro la cartera. El carné de identidad dice que se llama Vesa

Korhonen. Tiene veintitrés años. Vuelvo a meterle el carné en la cartera y la dejo caer sobre su pecho. Luego llamo por teléfono y pido un furgón policial para que se lo lleven al calabozo para borrachos. Buenas tardes y buenas noches, Vesa Korhonen, alias Legión.

9

Voy a ver a un psiquiatra que se llama Torsten Holmqvist. No lo he elegido yo. Me lo ha asignado el Departamento de Policía. Tiene la consulta en su casa, en Eira, un barrio de moda cerca del de las embajadas. La casa, que según me contó es heredada, tiene vistas al mar y debe de valer al menos un par de millones de euros. Nos sentamos en grandes sillones de cuero, a ambos lados de una mesita baja de cristal. He conseguido evitar el diván. Torsten es un finlandés suecoparlante, rico, y tiene algunos gestos que traicionan sus orígenes. El modo de sentarse, informal pero con seguridad, una actitud afable y una risa fácil que a mí me parece falsa. Lleva un suéter amarillo colgado sobre los hombros y con las mangas atadas sobre el pecho, por encima de una camisa rosa abotonada hasta arriba. Tiene unos cincuenta años, una espesa mata de cabello peinado hacia atrás y engominado, al estilo de los políticos, con unos sobrios toques de gris en las sienes. Fuma tabaco aromático de manzana en una pipa de madera de brezo.

Sus modales y su aspecto me irritan, o quizás es que es bueno en su trabajo y sabe cómo activar mis resortes. Puede que sea eso lo que me saca de mis casillas. En cualquier caso, ya me he sometido a terapia anteriormente y tampoco me gustó, pero me ayudó, así que intento trabajar con él. Además, le prometí a Kate que lo haría. Me siento especialmente nervioso porque tengo un asesinato que investigar, he de hablar con un héroe finlandés al que ahora acusan de crímenes de guerra, y no puedo hacer ninguna de las dos cosas mientras estoy aquí sentado.

—Bueno —dice Torsten—, ha atacado a un enfermo mental. ¿Considera que ha sido una acción responsable y justificada?

—Estaba aterrorizando a unos niños indefensos, niños discapacitados. Me parece absolutamente justificado y responsable.

—Le ha pegado y le ha intoxicado.

—Lo superará.

—Como agente de policía, sabe que no puede defenderse racionalmente erigiéndose en juez y parte, por muy reprobables que le parezcan las acciones de ese tipo.

—Escuche —le digo—: si se hubiera tratado de una situación que afectara a adultos, estaría de acuerdo con usted. Pero no podía dejar que ese cabrón se saliera con la suya después de gritar de aquella manera desquiciada a unos niños asustados. Podría haberlos traumatizado. Tanto si es un enfermo mental como si no, debía entender que cualquier acción tiene sus consecuencias.

—No parece que usted haya considerado la posibilidad de que el joven les gritara a los niños en busca de castigo para sí mismo.

Tiene razón. No me lo había planteado.

—No hice nada que, en aquellas circunstancias, no hubieran hecho la mayoría de los hombres.

—Yo no lo habría hecho —dice él—. ¿Cree que eso pone en duda mi hombría?

Suspiro. No soporto su actitud de superioridad.

Torsten abandona el discurso sobre su hombría y me ofrece un café. Él se sirve una infusión de menta. Enciende la pipa. Yo me enciendo un Marlboro.

—¿Cree que su instinto de protección hacia los niños puede ser excesivo? —me pregunta.

—¿Es eso posible? —Odia que le responda a sus preguntas con preguntas.

—Su pregunta es una respuesta en sí misma. ¿Podemos intentar determinar cuál podría ser la razón?

Me quedo mirando al mar a través del ventanal. El agua del

puerto aún no está congelada del todo. Hay bloques de hielo flotando. Más allá, por un momento veo las crestas de las olas que rompen.

—Como quiera.

—Su hermana, Suvi, murió ahogada y congelada cuando los dos patinaban en un lago y el hielo se quebró bajo sus pies. Su padre le había hecho responsable de ella. ¿Aún piensa en ella a menudo?

—A diario.

—Sin embargo, su padre estaba allí mismo. Estaba borracho y no acudió en su ayuda. Él era el adulto, el cuidador. La culpa fue de él.

—Yo también le culpo —coincido, tras encenderme otro cigarrillo.

—Dejó morir a su hermana y le pegó a usted cuando era un niño. Nunca ha expresado odio hacia él. Ni siquiera ira.

—Estuve furioso mucho tiempo —admito—, pero llegó un momento en que maduré y reconocí que mis padres son humanos. Mi padre tiene una discapacidad emocional. Sus padres le pegaban mucho más de lo que él me pegó a mí.

—¿Cómo lo sabe? ¿Se lo ha dicho él?

Los padres de papá eran la antítesis de los de mamá —*Ukki* y *Mummo*—, a los que yo adoraba.

—No hizo falta, hay cosas que no es necesario que te las expliquen. Cuando los visitábamos, que no era a menudo, su padre (mi abuelo) también solía hacerme daño. El ambiente en la casa era malsano. Los padres de mi padre eran fanáticos religiosos luteranos. Estaba prohibido reírse, y si los niños nos reíamos, nos sacaban de la casa a patadas, literalmente. No quiero ni imaginarme lo que le harían a él.

Toma notas en un cuaderno.

—Quizás esté usted buscándole excusas.

Vuelvo a mirar al mar. Me reconforta. No digo nada.

—¿Cómo va el embarazo de su esposa? —pregunta. Me alegra que cambie de tema.

—Tiene preeclampsia, pero no dolores de cabeza, alteraciones de la vista ni dolor epigástrico, síntomas que pudieran sugerir un peligro inminente, así que dadas las circunstancias no va mal.

—¿Podemos hablar de su aborto? En el pasado se ha mostrado usted reacio.

No, no podemos. Pensé que se lo había dejado claro.

—Creía que estábamos aquí para hablar sobre un incidente relacionado con un acto de servicio.

—Lo siento, Kari, pero eso es lo que estamos haciendo, indirectamente.

—¿Y cómo es eso?

—Usted está aquí debido a un grave trauma. Siguió la investigación del caso de Sufia Elmi (perdóneme por imponer mi opinión), y aquello le superó emocionalmente. Me ha dicho que cree que sus errores de valoración provocaron muertes que podían haberse evitado.

Tiene razón. Aquello me superó emocionalmente. El caso me enseñó unas cuantas cosas que no me gustan sobre la vida y sobre mí mismo. Descubrí que soy obsesivo e implacable. Aprendí que la justicia no existe. Resolví el caso, pero le fallé a la gente implicada, incluido yo mismo. Creí que había dejado atrás mi pasado, pero descubrí que en parte aún era un niño maltratado convencido de que había matado a su hermana.

Pienso en la imagen del cuerpo menudo de mi ex mujer, calcinado. Sin cabello. Sin rostro.

—Los hechos son los hechos —afirmo—. La cagué. Ya hemos hablado de eso.

—Sí, pero no hemos tratado otros temas relacionados. Su esposa le rogó que se retirara de la investigación, pero usted se negó. Me gustaría que considerara la posibilidad de que se esté culpando de su aborto y de que pudiera ser eso, más que lo que usted considera sus fallos durante la investigación, lo que le causa un sentimiento de culpa extremo.

Toma más notas.

Por motivos que no alcanzo a comprender, me está tocando los cojones más de lo habitual.

—Usted cree que sabe algo sobre mí —le digo—. Cree que puede manipularme para que llegue a una especie de autorrevelación, pero no es cierto que sepa, ni es cierto que pueda.

Me mira, analizándome, y se frota la sien con el extremo de la pluma. Otra acción minúscula que parece estudiada. Se preocupa mucho de no desarreglar su peinado de político untuoso.

—¿Por qué no?

—Porque trabajamos en el mismo negocio. Buscamos la verdad mirando bajo la superficie. Si pretende hacer eso conmigo, va a tener que esforzarse un poquito más, porque le veo las intenciones.

Se toma un segundo y luego se recuesta en su brillante sillón de cuero, da una calada a su pipa y un sorbo a su infusión de menta.

—Por favor, explíquese.

—La gente es fácil de descifrar. Escuchas lo que se dice en la superficie. Te preguntas por qué lo han dicho. Te preguntas qué es lo que no han dicho, y luego te preguntas por qué no lo han dicho. Cuando consigues responder a todas esas preguntas, empieza a aparecer la verdad.

—Simplista, quizá, pero bien expuesto —decide Torsten.

Me siento como si estuviéramos invirtiendo los papeles y observo su reacción.

—Déjeme que le dé una pequeña lección sobre la gente. Obsérvelos bien mientras los escucha. Míreles las manos y los pies. Las manos cuentan la historia de su vida. Los músculos y las cicatrices hablan de un trabajo duro, y habitualmente de la vida al aire libre o la ausencia de ella. El estado de las uñas, si están limpias o sucias, o cuidadas, o quizá mordidas, habla de su autoestima. Los zapatos que lleva la gente suelen indicar sus gustos y, por tanto, su percepción personal, y habitualmente revelan su estatus socioeconómico.

Le he pillado. Intenta evitarlo, pero se mira los mocasines Gucci y luego sus manos blancas y finas como el nácar y sus uñas de manicura. Luego mira mis botas y mis manos rudas, casi tan gruesas como largas, y estoy seguro de que se imagina esas manos sacudiendo a Vesa Korhonen, alias Legión, y aplastándole la cara contra la verja de la escuela Ebeneser.

Sobre la mesita de cristal hay una caja de bombones Fazer y un cuenco con nueces con un cascanueces encima, vestigio de las fiestas de Navidad. Cojo una nuez del cuenco pero dejo el cascanueces, la casco con una mano y la abro. Él hace un gesto de dolor. No estoy seguro de por qué le he intimidado. Me como la nuez y dejo las cáscaras en un montoncito sobre la mesa.

Se queda sin palabras un momento. Luego dice:

—¡Bien hecho!

Le he hecho sentir como un petimetre afeminado y como un fraude. Me siento fatal y me encuentro con que tengo que pedir disculpas por segunda vez en un mismo día. Algo raro en mí.

—Mierda —digo—. Lo siento. Eso era innecesario. No se lo merecía.

Él acepta mis disculpas con un gesto de la cabeza.

—Lo cierto es que tiene razón. Me siento terriblemente culpable porque me temo que traumaticé a mi mujer hasta el punto de que aquello le provocó el aborto, y estoy aterrado ante la posibilidad de que pierda también este bebé. Me asusta que pueda morir.

—Kate recibe medicación para la hipertensión asociada a la preeclampsia; las probabilidades de que pierda al bebé son mínimas. Su bebé está seguro dentro de ella.

—Las probabilidades no son lo suficientemente mínimas. Las estadísticas no me quitan este miedo atroz.

Se echa adelante y me mira fijamente a los ojos. Por primera vez lo veo como alguien que intenta ayudarme en lugar de como a un adversario.

—Kari —me dice—, creo que hemos dado un gran paso. El primero. ¿Qué le parece si volvemos a empezar de nuevo e iniciamos de verdad su tratamiento?

Asiento.

—¿Cómo van los dolores de cabeza?

—Mal. Ahora mismo tengo una migraña que me está matando. No ha cesado en semanas.

—Descríbame los síntomas.

—Van variando. A veces las sienes me palpitan. A veces siento como si me estuvieran clavando un cuchillo caliente en el interior de la cabeza y una arteria estuviera a punto de explotar. No obstante, lo más frecuente es sentir como si me apretaran la cabeza, como si tuviera un peso encima, que me aplasta contra el suelo.

—La sensación de sentir un cuchillo en el interior de la cabeza es médicamente imposible porque no hay nervios en esa zona. Si estuviera a punto de sufrir un aneurisma, no se enteraría.

No había pensado en aquello.

—Es posible que sus migrañas estén provocadas por el tiro que recibió en la cabeza o por cualquier otro problema físico, pero me gustaría que considerara la posibilidad de que sean psicosomáticas, y de que lo que está experimentando realmente sean ataques de pánico sublimados, generados por la sensación de culpa por el aborto de su esposa y, en consecuencia, por el miedo que le generan actualmente su mujer y el bebé que viene en camino. Ese podría ser el motivo de que los dolores vayan a más a medida que se acerca la fecha del parto.

—¿Mis dolores de cabeza son ataques de pánico que duran semanas?

—Es posible. Aun así, yo creo que debería hacerse pruebas para descartar problemas físicos.

—Ya le he prometido a Kate que lo haría.

—Bien. Se nos ha acabado el tiempo y, en cualquier caso, creo que ya deberíamos dejarlo por hoy.

—Yo también.

Es la primera ocasión desde que nos presentamos que nos damos la mano.

10

Kate ya debe de haber recogido a sus hermanos en el aeropuerto. Quedé en ir a verlos a las cinco y media, en un bar del barrio, para tomar algo antes de la cena. Llego tarde.

Encuentro aparcamiento en Vaasankatu y entro por fin en el Hilpeä Hauki —El Lucio Alegre—, un pequeño bar que a Kate y a mí nos gusta, y del que nos consideramos habituales. Lo que más toma la gente son cervezas importadas. Los precios son algo más altos que los de otros bares del barrio, pero la clientela del Hilpeä Hauki nos gusta más; es más tranquilo y hay menos borrachos escandalosos. A Kate también le gusta porque los camareros tienen cierta cultura y puede hablarles en inglés. Es un buen lugar para salir de casa a tomar algo y charlar.

Kate, John y Mary están sentados a una mesa en una esquina. El parecido familiar es evidente. Los tres son altos, delgados y huesudos, de complexión pálida y cabello rojo canela: Kate en un moño, Mary en una larga coleta, y John en una melena larga hasta los hombros. Mary tiene veinticinco años, pero parece mayor, salvo por sus ojos, jóvenes y bailarines. John tiene veinticuatro, pero parece más joven, salvo por unos ojos de viejo que raramente se agitan.

Me inclino, le doy un beso en los labios a Kate y me presento. John se pone en pie, me da la mano y me sonríe. Tiene un aire rebelde pero aburguesado. Lleva una chaqueta de cuero, vaqueros y botas camperas, pero la chaqueta de cuero es suave, cara e italiana, los vaqueros son Diesel y las botas son unas Sedona West de piel de avestruz. Muchas marcas para un académico. Supongo que se considerará un ligón. Se tambalea un poco; parece que ha tomado unas copas en el avión. Mary le lanza una mirada de reproche por su borrachera, pero me dedica una sonrisa cariñosa. También se pone en pie, se me acerca y me da un abrazo.

Mary es más discreta que su hermano. Lleva un vestido oscuro y largo y no va maquillada, pero su sonrisa nerviosa deja claro que estar aquí le resulta emocionante. Su abrigo liso de lana está colgado de un gancho en la pared, junto a un abrigo Ralph Lauren que supongo que será de John.

—Así que tú eres el hombre que le robó el corazón a mi hermana —me dice Mary.

Parece agradable. A lo mejor mis prejuicios sobre su larga estancia con nosotros han sido precipitados.

—Creo que más bien fue al revés —digo.

Kate tiene las manos cruzadas sobre el vientre hinchado, que la obliga a tener la silla algo más separada de la mesa que las demás. Está resplandeciente con su vestido de noche verde. Le cuesta mucho encontrar ropa que le guste para el embarazo. Sonríe.

—No, no es verdad —me corrige.

Da la impresión de que acaban de llegar; aún no han pedido nada de beber.

—¿Qué os traigo? —pregunto.

—Un Jaffa para mí —dice Kate.

—¿Qué es eso? —pregunta Mary.

—Un refresco de naranja —explico—. Es el más popular en Finlandia.

—Probaré uno.

Cuelgo mi abrigo junto al de Mary.

—¿Y para ti, John?

—¿Qué tomas tú? —me pregunta.

—Una cerveza y un Koskenkorva, vodka finlandés conocido cariñosamente por la mayoría como *kossu*.

—Tomaré lo mismo —dice.

Ahora es a mí a quien Mary lanza una mirada reprobatoria.

—¿Pedís dos tragos a la vez?

—Es una costumbre finlandesa, especialmente entre los obreros de mediana edad como yo. ¿Por qué?

—No apruebo el consumo de alcohol en general.

Lo que yo beba no es asunto suyo. Me encojo de hombros y sonrío.

—Pues entonces es posible que hayas venido al país equivocado.

Su tímida sonrisa ante mi tímida broma no es más que una formalidad.

Hago dos viajes hasta la barra y traigo las bebidas. Les pregunto por su viaje. Charlamos sobre el embarazo de Kate. Tenemos la típica conversación de gente que no se conoce.

—Esto está bueno —dice Mary, dando un sorbo a su Jaffa—. Y Kate, tú estás espléndida. La maternidad te sienta bien.

—Ahora mismo el bebé está dando pataditas —dice ella.

—¿Puedo poner la mano?

Kate asiente. Mary le apoya la mano en el vientre. Sonríe y los ojos se le llenan de lágrimas.

—Adoro a los niños —confiesa—. Kari y tú sois verdaderamente afortunados.

Doy unos sorbos a mi *kossu*, pero John se atiza el suyo de un trago. También le da un tiento a la cerveza.

—Este lugar es algo soso —observa.

No es un bar sofisticado en absoluto, sino sencillo y agradable, decorado con madera oscura. Los grifos de la cerveza y los apliques de la barra son de latón bruñido.

—¿Por qué dices eso? —pregunto.

—Ni siquiera hay música.

—Los clientes lo prefieren así, para poder charlar sin tener que gritar.

Él da cuenta del resto de su cerveza de medio litro.

—Vale. El vodka está bueno. Vamos a pedir otra ronda.

Kate y yo cruzamos una mirada fugaz.

—Voy yo —me ofrezco.

—Te acompaño —dice Kate—. Aún no he saludado a Mike.

Le doy la mano a Kate para ayudarla a levantarse y vamos juntos hasta la barra. Es elegante. Ha aprendido a moverse de un modo que hace que apenas se le note el embarazo, pero afecta a su equilibrio, y se tambalea un poco al caminar.

El dueño del bar, Mike Davis, es hijo de madre finlandesa y padre británico. Creció en el Reino Unido, pero vive en Finlandia desde que era un chaval. Es un tipo grandullón y extrovertido de unos veinticinco años, con muchos tatuajes, más alto que yo. Debe de pesar unos cien kilos. A pesar de su carácter amable, es de esos tipos a los que no apetece buscarles las cosquillas.

—¡Eh, chicos! —saluda—. ¿Cómo va todo?

—Bastante bien —digo yo—. Ha sido una larga jornada.

Un viejo ha bebido demasiado. Mike lo echa a gritos. El hombre grita: «*Minä olen asiakas, minä olen asiakas*» (Soy un cliente, soy un cliente). Son las típicas cosas que dicen los borrachos cuando se niegan a servirles. Mike finge que no va con él: la típica técnica de los dueños de los bares para hacer frente a esas situaciones.

—Ya —dice Mike—, mi jornada también se presenta larga. ¿Y tú, Kate? ¿Qué tal te encuentras?

—Todo va estupendo. No podría ir mejor —dice ella—. Acaban de llegar mi hermano y mi hermana de Estados Unidos. Son los que están sentados con nosotros.

—Me encargaré de que los traten bien.

Mike nos pone la cerveza y el *kossu* de John. El borracho se apoya en la barra, enfurruñado.

Kate y yo volvemos a la mesa. El bar está medio lleno, y el murmullo de fondo no molesta. El borracho grita: «*Vittu saatana perkele jumalauta!*». Es el lema de los finlandeses cabreados cuando anuncian sus agresivas intenciones. Kate se sobresalta. Lleva suficiente tiempo en Finlandia como para entender la gravedad de la situación. Se hace el silencio. Todo el mundo se queda mirando. Mike pone las manos sobre la barra, se estira todo lo alto que es, pero mantiene una expresión inmutable.

—¿Qué es lo que ha gritado? —pregunta John.

—Es intraducible —digo yo—, pero algo así como: «Coño, diablo, diablo maldito».

John se ríe. Mary hace una mueca de fastidio.

El borracho grita algo más. Mike le responde sin levantar la voz. Muchos se quedan boquiabiertos. El borracho se da cuenta de que ha ido demasiado lejos, da media vuelta y sale por la puerta sin añadir nada más.

El intercambio de palabras ha ido más allá de la capacidad lingüística de Kate en finlandés, aunque haya mejorado con el tiempo.

—¿Qué es lo que ha pasado? —pregunta.

Se lo explico de modo que Mary y John también puedan entenderlo.

—El idioma materno de Mike es el inglés, así que cuando habla finlandés tiene un acento suave, como tú. Cuando los rusos hablan finlandés también tienen un acento suave. La mayoría de los finlandeses nunca han oído a un angloparlante hablando en finlandés, así que el borracho se ha equivocado y ha llamado a Mike «maldito ruso de mierda». Craso error. A Mike, que no es ruso, no le ha hecho ninguna gracia, se ha cabreado y le ha dicho: «Sí, soy un maldito ruso de mierda, y espero que mi abuelo matara al tuyo durante la guerra de Invierno». Ahí es cuando el borracho se ha dado cuenta de que se había metido en un buen lío y se ha ido.

—¿Finlandia no tiene ninguna relación con Rusia? —pregunta Mary.

Ahora soy yo quien pone mala cara.

—No, ninguna.

John suspira y se bebe su segundo *kossu* de un trago.

—Mary, Finlandia no es parte de Rusia, ni tampoco de Escandinavia. Se considera un país nórdico, y tiene una entidad propia.

—Veo que a los finlandeses no les gustan los rusos —observa Mary.

—No —digo yo—. En general, no.

—¿Por qué?

Kate me ha dicho que John está preparando el doctorado en Historia y que es profesor auxiliar en la facultad. Un hombre culto. Él mismo se lo explica:

—Finlandia fue durante mucho tiempo una posesión sueca, pero Rusia la invadió dos veces durante el siglo XVIII. Miles de finlandeses murieron o acabaron como esclavos. En 1809, Suecia cedió Finlandia al Imperio ruso. En 1899, el zar inició una política llamada «Rusificación de Finlandia». Se decretó que el ruso era el idioma oficial, los cuerpos legislativos finlandeses fueron declarados incompetentes y el ejército finlandés se integró en el ruso. El zar intentó destruir su cultura y Finlandia se resistió.

Los conocimientos de John me sorprenden. Quiere decir que, historiador o no, ha dedicado tiempo a adquirirlos.

Retomo la historia.

—Nos declaramos independientes en 1917, pero al año siguiente se declaró una guerra civil: rojos bolcheviques respaldados por la Rusia socialista contra blancos antisocialistas, como se los llamaba, respaldados por la Alemania imperialista. Al igual que vuestra guerra civil, en algunos casos enfrentó a hermano contra hermano. Ganaron los blancos, pero el resultado fue de decenas de miles de muertos, pobreza y mucha hambre.

—Se ve que aún te afecta el tema —observa John.

—Te sorprendería ver las emociones que despierta la guerra civil entre nosotros, incluso casi un siglo después.

—¿Fue esa la guerra de Invierno? —pregunta Mary.

—Kari, ¿me cedes la batuta? —dice John.

—Tú mismo.

—Al llegar la Segunda Guerra Mundial, Finlandia luchó tres guerras a la vez —explica—. Durante la guerra de Invierno, Finlandia luchó a solas y le dio una patada en el culo a los rusos, pero de hecho perdió, porque en el acuerdo de paz cedió territorio. Los soviéticos invadieron Finlandia el 30 de noviembre de 1939. Tenían miles de tanques; Finlandia contaba con treinta y dos. La URSS atacó con más de un millón de hombres. Los finlandeses los masacraron, mataron a cinco rusos por cada finlandés y contraatacaron. Finlandia firmó un tratado de paz con la URSS en marzo, pero en 1941 ya volvía a estar en guerra con ellos.

—Estoy impresionado —admito.

—Finlandia se alió con Alemania contra la Unión Soviética, en lo que se conoce como la guerra de Continuación —prosigue él—. Finlandia esperaba que la invasión alemana de Rusia le permitiera recuperar territorio perdido y anexionarse territorio soviético en el reparto tras la victoria alemana. Cuando quedó claro que Alemania iba a perder, Finlandia firmó otro armisticio con Moscú, cedió más territorio y acordó expulsar a las tropas alemanas del país. Eso desembocó en la guerra de Laponia. ¿Es correcto, Kari?

Yo me acabo mi *kossu* y lo acompaño con cerveza.

—Hasta el último detalle. La política de tierra quemada durante la retirada redujo a cenizas Kittilä, mi pueblo, al igual que muchos otros. De nuevo nos moríamos de hambre, y carecíamos hasta de lo más básico. Imagínate que, en un país de nieve, había quien llevaba zapatos hechos de papel. Y al acabar la Segunda Guerra Mundial, aunque eran ellos los que nos habían invadido, entre otras humillaciones se nos obligó a pagar reparaciones de guerra a Rusia. Visceralmente, aún nos cabrea.

No me he dado cuenta de que la gente de la mesa de delante nos estaba escuchando. Una mujer recita un dicho típico finlandés: «*Ryssä on aina ryssä, vaikka voissa paistaisi*» (Un ruso siempre es un ruso, aunque lo frías en mantequilla). Kate mira su reloj.

—Deberíamos salir hacia el restaurante enseguida.

Asiento. Estoy seguro de que está encantada de ver a sus hermanos, pero John está borracho, y Mary parece algo adusta y peculiar. Las vibraciones y la dinámica familiar son algo raras. Estoy seguro de que Kate espera que el cambio de escenario las mejore. Le pido la cuenta a Mike y le preguntó si puede llamarnos a un taxi.

11

Nuestro taxi para frente al Kämp, junto a un Jaguar XJ12 y un McLaren F1. Cuando se inauguró el hotel, en 1887, era un palacio. A lo largo de los años sufrió daños estructurales, sobre todo por las guerras, y por fin el suelo del salón de baile empezó a venirse abajo. En 1966 tuvieron que demoler la fachada original y reconstruirla. En deferencia al papel que había desempeñado el hotel —y que seguía jugando— en nuestro legado cultural, se hizo un gran esfuerzo por conservar en lo posible la arquitectura original, y aún luce el esplendor de antaño. Durante los años previos a la guerra, nuestro gran compositor, Jean Sibelius, daba fiestas que a veces duraban días. Últimamente, entre otros personajes famosos, se han alojado aquí Vladímir Putin y Jacques Chirac.

Salimos del taxi. En la acera, frente a la entrada de mármol verde grisáceo, el viento helado sopla con fuerza y nos echa la nieve a la cara. El portero lleva el tradicional sombrero de copa y una chaqueta roja. Hace una leve reverencia y un saludo cortés a la altura del estatus de Kate, que es la directora general.

—Buenas tardes, Sami —dice ella.

El hotel tiene una enorme cantidad de empleados, pero Kate se ha aprendido los nombres de cada uno de ellos. Yo soy malísimo con los nombres y no consigo entender cómo lo ha hecho.

Una vez que estamos dentro, recorremos una larga alfombra, atravesamos una segunda puerta y entramos en un gran vestíbulo. De la cúpula, apoyada en enormes columnas de mármol, cuelga una magnífica lámpara de araña. John da una vuelta sobre sí mismo.

—¡Caray, Kate! —exclama—. ¡No está mal el hotelito que diriges!

El hotel destila riqueza por todas partes. Los suelos de mosaico —también de mármol—, los elegantes muebles y las obras de arte parecen ser más del gusto de John que el bar de nuestro barrio.

—Gracias —responde Kate—. Estoy orgullosa de él.

Los recepcionistas, el conserje y los botones también sonríen y la saludan. También a ellos los llama por su nombre, costumbre claramente ajena a la finlandesa, y les pregunta cómo les va la tarde. Es evidente que les cae bien, y asimismo es evidente que ella se siente cómoda. Eso me halaga enormemente. El hotel es internacional y el personal tiene un buen inglés. Por lo menos mientras trabaja, el aislamiento cultural que sufría Kate en Kittilä, provocado en gran parte por la barrera del idioma, desaparece. Está en su elemento.

Pasamos por un salón, dejamos atrás la barra del bar —que es de madera oscura y latón, como la del Hilpeä Hauki, algo en lo que no parece que caiga John— y entramos en el comedor. Un cortés *maître d'hotel* nos acompaña a nuestra mesa. En el otro extremo de la sala están sentados el pedante capullo de Ivan Filippov y su supuesta secretaria, Linda *Bettie Page*. Quizá debiera sorprenderme, pero no es así. Cruzamos unas miradas y él asiente a modo de saludo.

Un camarero vestido con chaqueta blanca nos pregunta qué queremos beber.

—Estamos celebrando algo especial —dice Kate—. Una botella de Tattinger, por favor.

—Y uno de esos vodkas finlandeses para mí —añade John.

—Quiere un Koskenkorva —traduzco yo.

El camarero deja una carta de vinos en la mesa. John pregunta dónde está el baño y se disculpa. Se tambalea un poco al caminar. Cuando vuelve, ya no se tambalea. Tiene la mirada viva y penetrante. Se ha animado un poco a base de polvos en el baño. Me pregunto si Kate se habrá dado cuenta.

Llega el camarero con el champán y lo sirve. Mary pone la mano sobre su copa.

—No sabía que eras abstemia —comenta Kate.

—Mi marido y yo somos religiosos. El alcohol no encaja con nuestras creencias. Y después de ver lo que le hizo a papá, me sorprende que tú lo toques siquiera. Especialmente en tu estado.

—Mary, no tengo intención de beberme toda la copa —responde Kate, ruborizada—. Solo he pensado que estaría bien brindar para celebrar que estamos juntos por primera vez desde hace más de cinco años.

Mary echa un vistazo a la carta de vinos.

—La botella cuesta ciento cinco euros. ¿Puedes permitírtelo?

—Creo que en esta ocasión especial mi familia se lo merece. Y además, como directora general, se supone que tengo que comer y beber aquí de vez en cuando, para asegurarme de que nuestros clientes disfrutan de la experiencia. Lo pagará el hotel.

Mary admite su derrota y permite que Kate le llene la copa. Esta levanta la flauta de champán y nosotros hacemos lo mismo.

—Por nuestra familia.

Brindamos y bebemos a la salud de la familia. John vacía la copa de un trago. Kate toma un sorbo. Mary se moja los labios, nada más. El camarero trae las cartas y el *kossu* de John. Echo un vistazo a Filippov. Linda y él se cogen de la mano e intercambian miradas íntimas.

—John, ¿qué tal te lo pasas dando clase? —pregunta Kate. La visita al baño le ha animado. Gesticula con las manos al hablar.

—Me encanta la vida académica. Estoy especializado en historia del Renacimiento. Explicar los pecados de los Borgia es como un placer furtivo, como ver pornografía.

—Me dijiste que tenías una beca de doctorado de un año, renovable. Tenía miedo de que te la retiraran, con la crisis económica mundial y los recortes de presupuesto.

—No —responde él, sonriente—. Puede que solo sea un doctorando, pero como profesor soy tan popular que los estudiantes se declararían en huelga si la universidad dejara que me fuera.

El camarero toma nota de nuestros entrantes. Mary pide una sopa de cigalas. Kate, *carpaccio à la Paris Ritz*. Yo pido un Stolichnaya y media docena de ostras *fin de claire*.

Mary levanta las cejas.

—¿Más vodka?

—Combina con las ostras crudas —respondo yo. Ya empieza a cansarme.

Kate también está cansada, y sale en mi defensa.

—La manera de beber en Finlandia es algo diferente que en Estados Unidos, pero Kari no bebe demasiado. Es un buen marido.

—Estoy segura de que lo es —responde Mary.

John pide caviar de Osetra; precio de carta: doscientos ochenta euros. Kate se queda rígida, pero no dice nada. Es cierto que tiene libertad para invitar, pero las buenas relaciones con sus empleados dictan una mínima contención.

Mary nota la reacción de Kate.

—John, ¿no crees que te estás poniendo un pelo extravagante?

Él se encoge de hombros, suelta una risita y mira a Kate.

—Paga la casa, ¿verdad, hermanita?

Kate esboza una sonrisa forzada.

—Sí, John. No hay problema.

Él también pide vodka.

—También es tradicional con el caviar. ¿No es cierto, Kari?

—Sí. —Tiene razón.

Miro a Filippov. Linda *Bettie Page* le acaricia el cuello. Él ve que lo veo, se pone en pie y se acerca a nuestra mesa. Justo lo que necesitaba. Se presenta. Yo no quiero, pero, para preservar las buenas formas frente a la familia de Kate, los presento a todos.

—El inspector Vaara lleva la investigación del asesinato de mi esposa —explica Filippov en inglés—, y goza de mi total confianza. Supongo que Rein Saar está en custodia policial y que pasará muy pronto a disposición judicial.

—Está en custodia —respondo—. No hacemos ninguna suposición sobre su culpabilidad o inocencia.

—Me da la impresión de que tiene alguna idea descabellada

sobre la posibilidad de que yo esté implicado en la muerte de mi esposa. Eso me duele.

Se está quedando conmigo, provocándome para observar mi reacción. Es más, estoy seguro de que sabe que yo sé que se lo está pasando bien.

—Su socia Linda parece estar haciendo un buen trabajo, ayudándole a superar el duelo.

Filippov pasa al finlandés.

—Tenemos una relación próxima, sí, y es muy comprensiva. Inspector, sea comprensivo usted también. Tiene una esposa encantadora. Veo que espera un hijo. ¿Puede imaginarse lo que se siente al saber que a tu mujer la han matado a palos en la cama de otro hombre? Quizá, si lo hiciera, no se mostraría tan sentencioso.

Aquello me enfurece. No estoy seguro de si la referencia a la imagen de mi esposa y mi hija asesinadas ha sido una provocación o una amenaza. El alcohol había aplacado mi dolor de cabeza y lo había convertido en un zumbido sordo, pero ahora vuelve a atacar, casi como diciéndome: «Mata a este cabrón».

—Usted me gusta, inspector —añade—. ¿Sabe por qué?

—Ilumíneme.

—Noto algo en usted. Hay un dicho ruso que dice: «El camarada Lobo sabe a quién comer y no escucha a nadie». En este mundo, hay ovejas y lobos. Muy pocos son lobos. Los lobos son depredadores y no ceden a las presiones. Van hasta el final, cueste lo que cueste. Usted y yo somos lobos, así que usted me recuerda a mí mismo. Por eso me gusta. No puedo evitarlo.

Tengo la impresión de que, con su flagrante desprecio por la muerte de su mujer y su charla críptica, me está enviando un mensaje, pero no tengo ni idea de cuál es ni de por qué está haciéndolo. Vuelve a su mesa.

La tensión entre nosotros era evidente. Los demás me miran, a la espera de una explicación.

—Un asunto del trabajo —digo.

En un acto de buena voluntad fingida, Filippov nos envía una ronda de cuatro vodkas a la mesa. No quiero beber nada pagado por ese cabrón, y vierto el líquido en el cubo con hielo del champán. La expresión de deseo de John hace evidente que lamenta la pérdida. Llegan los entrantes. Me como las ostras y escucho mientras Kate, John y Mary recuerdan anécdotas familiares y reviven momentos divertidos de su infancia. El ambiente se vuelve más relajado. Deciden que tienen suficiente hambre como para pedir otro plato y volvemos a consultar nuestras cartas.

—¿Cómo es que un restaurante de categoría tiene hígado encebollado? —pregunta John—. Me sorprende que sirvan algo tan barato.

—Porque es un clásico finlandés —le explico—. También es uno de mis platos preferidos.

—Oh —responde, condescendiente.

Pedimos la cena. Entrecot para mí. Confite de pato para Kate. Bacalao con espinacas *au beurre blanc* para Mary. Para John, filete de corzo asado, por supuesto el plato más caro de la carta. Y para acompañarlo, un Burdeos Château Gruaud-Larose 1966, Saint-Julien 2éme Grand Cru. Precio de carta: trescientos treinta euros.

Veo la mueca de Kate. Ahora está enfadada y empieza a poner pegas. Yo no quiero que se le estropee la noche. Para que los otros no se enteren, le digo en finlandés que lo pagaré yo, y le pregunto a John si le importa compartirlo, de modo que no se beba toda la botella él solo. Kate acepta mi gesto y cede. Veo salir a Filippov y Linda, brazo con brazo.

Llega la cena. Nos ponemos a ello.

—Kari, ahora que estás casado con Kate, ¿por qué quieres vivir en Finlandia? —pregunta Mary.

—¿Qué quieres decir?

—Estados Unidos es el mejor país del mundo. No puedo imaginar por qué iba a querer nadie vivir en otro lugar.

Esta mujer me tiene impresionado.

—¿Con qué escala juzgas los países para determinar cuál es el mejor del mundo?

—En Estados Unidos puedes ser lo que quieras. Tener lo que quieras. ¿Por qué vivir bajo el socialismo?

No puedo rebajarme a una discusión tan desinformada. Me giro hacia Kate. La expresión de mi cara dice: «Ayúdame». Ella hace una mueca y se encoge de hombros.

—Finlandia no es un país socialista —puntualizo—. Es una democracia social, como la mayoría de los países europeos.

—¿No te gustaría vivir en un país capitalista, donde puedes llegar a ser rico?

—¿Tú eres rica? —le pregunto.

—Moderadamente. El consultorio médico de mi marido tiene un éxito considerable.

El murmullo de la migraña va en aumento. Mary está empezando a agotar mi paciencia.

—En ese sentido, nos separa una enorme brecha cultural. Vuestro país capitalista vive en un estado de fluctuación constante, y a lo largo de la historia ha vivido en un estado de guerra casi constante. En Europa hemos aprendido a lo largo de los siglos que el cambio y la transformación traen la guerra, las penurias y el caos. La tememos. Preferimos con mucho vivir en la clase media (sabiendo que, cuando caigamos enfermos, podremos ir al médico, que no pasaremos hambre ni nos quedaremos sin techo, que podemos contar con una educación) a la excitación de la posibilidad remota de llegar a reunir un billón de dólares, que tampoco necesitamos, realmente. Así que no, no siento ninguna necesidad de emigrar a esa tierra de oportunidades vuestra.

John hace una mueca. Luego se ríe.

—Joder, has estado estupendo. Deberías ser político. O predicador televisivo.

Los jóvenes ojos de Mary envejecen veinte años de pronto, y ya no tienen nada de bailarines. Se lleva las manos a la boca y mira a Kate por encima de la punta de los dedos.

—¿Y tú cómo te sientes después de que tu marido denigre así nuestro país?

Kate se toma unos segundos antes de responder.

—Mary, no ha denigrado a nadie. Ha sido una explicación de dos filosofías políticas diferentes. Kari ha vivido en Estados Unidos, pero es la primera vez que tú visitas Finlandia, así que si alguno de los dos tiene una opinión más autorizada, es él. Yo he vivido en ambos sitios, y el punto de vista de Kari tiene sentido —admite, pero luego me mira—. Eso sí, ha sido un poco duro —concede.

—Bueno, Kari —dice Mary—. Debo decir que hablas bastante bien inglés, teniendo en cuenta que no es tu lengua materna.

—Gracias —respondo—. Tú también.

Bajo la mesa, Kate me suelta una patada de advertencia. Su mirada me dice que pare.

La simpatía inicial hacia John y Mary ha desaparecido por completo. Y mis temores sobre su larga estancia con nosotros, durante un periodo tan especial para Kate y para mí, han renacido. No obstante, llego a la conclusión de que ya es demasiado tarde e intento poner mi mejor cara.

—¿Alguien quiere postre, café y coñac? —pregunta John.

Conseguimos pasar el resto de la velada sin más incidentes.

12

Volvemos los cuatro a casa. John y Mary se quitan los zapatos en el recibidor sin que nadie se lo pida. Que sepan que no llevamos calzado en casa habla bien de ellos. Han procurado informarse en lo posible sobre la cultura finlandesa antes de venir.

Preparamos la cama de invitados para Mary y el sofá cama para John. El empujoncito que se dio en el baño ya ha perdido efecto, y ambos están exhaustos tras el largo viaje a través del Atlántico. Yo también estoy para el arrastre. Me cepillo los dientes. John me espera en la puerta del baño.

—Eh, Kari. ¿Tienes un porro?

—¿Perdona?

—Un poquito de hierba me ayudaría a dormir.

John no sabe parar.

—No, no tengo un porro.

—Venga, hombre, todo el mundo sabe que los polis tienen la mejor maría.

—Buenas noches, John —me despido, apartándolo con la mano.

Kate me espera en la cama. Enciendo la luz. Apoya la cabeza en mi hombro.

—No sé qué pensar de John y Mary —reconoce.

—Yo tampoco —respondo, acariciándole el vientre con suavidad—. Supongo que ha pasado tanto tiempo que los tres habéis cambiado. A lo mejor tendrás que aprender a conocerlos de nuevo.

—No te gustan, ¿verdad?

No tiene sentido mentir.

—Estoy intentando que me gusten; lo haré por ti.

—Mary nunca sonríe. Y para John, todo es un chiste. Cuando éramos niños, era al revés. No sé qué ha pasado.

No menciona lo mucho que ha bebido John. Yo no digo nada sobre su consumo de drogas.

—Has estado algo duro con ellos —observa.

—He tenido un día dificil.

Le hablo de Vesa *Legión* Korhonen, de que me porté como un capullo con Torsten, de que Filippov parece encantado de que hayan asesinado a su mujer.

—Ahora mismo, mi nivel de tolerancia con la gente es de cero —reconozco—, y reacciono de un modo exagerado.

Ella hunde el rostro un poco más en el hueco entre mi cuello y mi hombro.

—Me preocupas un poco. Perder la paciencia con la gente es algo normal, pero hacerle beber a un chaval de una botella de vodka es mezquino.

—Lo sé.

—No es normal en ti. ¿Es a causa de las migrañas?

—En parte, sí. Estoy mal de los nervios.

—Estás más alterado que de costumbre. Conmigo siempre te portas bien, pero con otras personas pierdes fácilmente la calma. Eres más impredecible que antes.

Hace una pausa. Espero.

—No sé por qué no quieres que te arreglen esa cicatriz de la cara. El seguro de la policía cubriría la cirugía plástica. No es que me importe por lo que afecta a tu aspecto, pero no puedo evitar pensar que todo está relacionado.

—Es solo la migraña. Iré a ver a Jari. Todo se arreglará.

Me quedo esperando que diga algo más, pero al cabo de un minuto o dos respira profundamente y a ritmo regular. Está dormida. Mi mente divaga en círculos. Pienso en la piel desprendiéndose del cadáver de Rauha Anttila. En larvas de avispa que le asoman por la boca. En las salpicaduras de sangre provocadas por la fusta de Iisa Filippov. Pero sobre todo pienso en

Ukki. En cuando comía helados sentado en su regazo. Me hacía cosquillas y me hacía reír. Me enseñó adivinanzas infantiles. Me enseñó a hacer balas dum-dum. La última vez que miro el reloj son las cinco y media. Se me ocurre que probablemente mi comportamiento sea impredecible porque en realidad llevo meses sin dormir.

13

Después de pasar más de treinta horas despierto, consigo dormir un poco y me levanto temprano. Los demás siguen durmiendo, cosa que agradezco. A las ocho y media, despierto a Kate lo justo para darle un beso de despedida e irme a trabajar. La temperatura ha subido hasta unos diez bajo cero. Ha dejado de nevar. Helsinki está blanca. No podría pedir más.

Encuentro a Milo en su despacho. El Departamento Forense le ha enviado las fotografías de la escena del crimen y el informe preliminar. Están sobre su mesa. Los está examinando atentamente. Al notar mi presencia se limita a hacer un gesto con la cabeza. Yo miro por encima de su hombro.

—¿Hay algo que no hayamos visto antes? —pregunto.

—No. Esto solo confirma mis conclusiones previas. La causa de la muerte fue la asfixia.

Tomo nota de la elección del posesivo: «mis». Parece que piensa que yo juego un papel secundario en la investigación.

—Cojamos todo esto y vamos a enseñárselo a Saska.

—¿No confías en mi evaluación? —responde, molesto.

Me contengo y evito resoplar y poner los ojos en blanco. El ego de este chico es del tamaño del planeta Júpiter.

—Las salpicaduras de sangre tendrán un papel clave cuando el caso vaya a juicio —le explico—. Saska suele ser citado como testigo experto en estas situaciones. Vale la pena pedirle opinión lo antes posible.

Milo apila los papeles y las fotografías en un montón desordenado y los recoge.

—Vale.

Encontramos a Saska en su despacho, entre trofeos y galardones que dan constancia de sus logros, pero, a diferencia de Milo, que no tiene nada de eso en su despacho, parece tener su ego bien controlado. Suena una radio de fondo. Él sigue la suave música del *iskelmä* —un tango finlandés— silbando, mientras teclea en el ordenador.

—¡Eh, chicos! ¿Qué hay?

—Un asesinato de lo peorcito —bromeo yo.

Chasquea la lengua y responde:

—¿Los hay de lo mejorcito?

—Se trata de unas salpicaduras de sangre. ¿Te importa repasar unas pruebas?

—Claro.

Milo deja la documentación sobre el escritorio de Saska. Yo le pongo al corriente:

—Una mujer casada y rica tenía una aventura con su instructor de equitación. Él afirma que ella le esperaba en el apartamento de él, y que cuando llegó, alguien le golpeó con un instrumento contundente. Una sartén de hierro ensangrentada lo corrobora. No vio al atacante. La mujer estaba atada en la cama, también golpeada con la sartén, con azotes asestados con la fusta de equitación, quemaduras de cigarrillo, y estrangulada. Él dice que se despertó a su lado y la encontró muerta. La pregunta es si ella le golpeó con la sartén y luego él la mató o si dice la verdad.

Saska le echa un vistazo al informe y examina las fotos. Milo espera de pie, junto a la puerta, con el ceño fruncido. Yo me siento y aguardo.

—¿Aún no han introducido los patrones de salpicadura de sangre en un ordenador para determinar las trayectorias, los ángulos y las velocidades?

—Estamos a la espera —respondo yo.

—A priori, diría que es el escenario de una tortura. El asesino la azotó más de cien veces, la azotó en los mismos puntos una y otra vez para infligirle el máximo dolor posible.

—Milo ha calculado ciento veintiséis azotes. ¿Hay algo que puedas añadir?

Él hojea las fotos de nuevo y lo piensa.

—Este instructor de equitación llevaba una camisa blanca con cuello. Si fue él quien la azotó, al levantar la fusta, el extremo le quedaría detrás, y habría proyectado gotitas de sangre de la punta de la fusta en esa dirección. Comprobad los hombros y el cuello de la camisa, por la parte de la nuca. Deberíais encontrar salpicaduras en esa zona.

Milo emite un sucinto «gracias» y sale del despacho de Saska.

—¿Qué problema tiene? —pregunta Saska.

—Es un chico listo, pero no tan listo como él se cree. Cuando alguien cuestiona su genialidad, le sale un *vitutus*: le crece una polla en la frente.

Saska se ríe.

—Tengo que trabajar con él. ¿Cómo crees que debería manejarlo?

—Tienes razón, se sobrevalora. Por ejemplo, es imposible determinar si la víctima ha sido golpeada exactamente ciento veintiséis veces. Yo, en tu lugar, esperaría. Antes o después la cagará estrepitosamente. Cuando eso ocurra, su enorme cerebro se le deshinchará y puede que a partir de entonces sea un buen poli.

—Buen consejo. Gracias.

Hago un fajo con la documentación y vuelvo al despacho de Milo. Él me mira, con los brazos cruzados.

—Saska ha confirmado todo lo que yo te dije. A lo mejor ahora dejas de tratarme como a un mequetrefe.

La migraña vuelve a atacar, y me pone cáustico.

—Milo, ¿me estás diciendo que no somos amigos? Estás hiriendo mis sentimientos.

Hace una pausa, inseguro de si le estoy tomando el pelo o no. Yo levanto la voz:

—Tienes razón, Milo. No somos amigos. De hecho, no tengo ni un jodido amigo, no quiero ningún jodido amigo, y si tuviera un jodido amigo, no serías tú.

Él se encoge, se agita y mira al suelo, nervioso. Luego suelta una risita, me mira y se ríe de nuevo.

—Joder, realmente eres un capullo. ¿Lo sabías?

Hago caso omiso al comentario; no le doy pistas sobre si estaba de broma o hablaba en serio.

—Necesitábamos la opinión de Saska. Tú no encontraste nada. De hecho, la cagamos. No comprobamos si había salpicaduras en la parte posterior de la camisa de Rein Saar. Tenemos que hacerlo enseguida.

Él no hace caso de las críticas; espera mientras llamo al Departamento Forense y les pido que examinen la camisa.

—Piénsalo —plantea Milo, cuando cuelgo el teléfono—: Rein Saar e Iisa Filippov tenían una aventura desde hace un par de años. Ivan Filippov afirma que no sabía nada al respecto. No puede ser tan tonto. Ha mentido.

—Pero considera la logística. ¿Cómo podía estar seguro de cuándo iba a estar su mujer con Rein Saar, y de cuándo iba a estar en un sitio donde Filippov tuviera la ocasión de matarla?

—Tengo una idea sobre el cómo y el porqué —responde Milo, extasiado.

—Estoy impaciente por oírla.

—Se está follando a su secretaria Linda y quiere quitar a su mujer de en medio.

—Los vi juntos en el Kämp anoche. Tienes razón sobre lo de que se folla a la secretaria.

—Iisa llevaba los horarios de trabajo de Saar en el bolso. Filippov lo sabía. Podía calcular sus posibles citas, y es lógico pensar que le miraría el teléfono móvil en busca de mensajes de texto. Ve el mensaje de Saar en el que la cita y la respuesta con la que ella accede. Ella tiene llave del piso de Saar. Filippov se hizo una copia y esperó su ocasión. Su especialidad es la eliminación de residuos tóxicos. Tiene trajes de papel impermeable de un solo uso, máscaras y guantes de goma y de vinilo, y todo el equipo necesario para cubrirse de la cabeza a los pies y evitar dejar rastros de ADN. Se pone el equipo, golpea a Saar en la cabeza y le tiende la trampa: tortura a su mujer y la mata, y luego se deshace de todo el equipo manchado de sangre. Es sencillo y práctico.

La teoría de Milo empieza a intrigarme.

—Es posible.

—Es más que posible —afirma Milo—. Es lo que sucedió. Lo pienso bien.

—¿Qué tal si esperamos a ver si encuentran esa sangre en la camisa de Saar? Si no encontramos salpicaduras de sangre que le imputen, echamos un vistazo más de cerca a Filippov.

Milo asiente.

—¿Has examinado la cinta de seguridad de Filippov Construction?

—Sí; llegaron a la hora que dijeron.

—Ya me lo esperaba. ¿Sabes para cuándo han programado la autopsia de Iisa?

—A las once y media de esta mañana.

—Yo tengo otra investigación en marcha. Va a llevarme gran parte del día. Hagamos esto: deja la autopsia. Vuelve al apartamento de Saar. Ahora que ya han pasado los forenses, puedes hacer un registro a fondo.

—Esa otra investigación tuya debe de tener algo que ver con aquella visita a última hora con el jefe. ¿Quieres hablarme de ello?

—No.

Ahora está impresionado y a la vez se muere de curiosidad por saber los detalles.

—¿Tan secreta es?

—No he dicho que fuera secreta. Simplemente he decidido no hablar de ello contigo.

Se muerde el labio.

—Realmente hoy estás hecho un verdadero gilipollas —responde.

—Pues sí. Cuando registres el apartamento de Saar, hazlo a fondo. Busca entre las páginas de cada libro, en los bolsillos de todas sus prendas. No te dejes ningún rincón. Pon el piso del revés. Nos encontraremos aquí a las cuatro y media y volveremos a interrogar a Saar. ¿Te dará tiempo?

Se cuadra y hace un saludo militar.

—Sí, mi sargento chusquero.

Le dejo a solas con su ego.

14

Paro en un local de comida rápida para almorzar a toda prisa, pero luego me lo pienso mejor y pido un café. Mientras me siento a bebérmelo, recibo un mensaje de texto de Jyri Ivalo: «He leído el informe inicial del asesinato Filippov. Acusa a Saar. Cierra el caso rápido. Habla con Arvid Lahtinen e informa».

No hago caso del mensaje y llamo a Jari.

—¡Hombre, hermanito! —exclama—. ¿Qué? ¿Cómo van las cosas?

Tengo cuarenta y un años. Jari, cuatro más que yo.

—He estado mejor. ¿Puedo pasar a verte?

—Llevas en Helsinki casi un año. Me preguntaba cuándo querrías que nos viéramos.

—La verdad es que tengo un problema de migrañas y necesito ver a un neurólogo.

—Oh —responde. Leo decepción en el tono de su voz.

No sé por qué no he ido a verle. Supongo que estar a su lado me hace pensar en nuestra infancia, y eso es algo que intento evitar.

—Quería llamarte. Es que... ya sabes cómo es. El nuevo trabajo. Y supongo que te habrás enterado de que Kate está embarazada. Sale de cuentas pronto, y cada momento libre que he tenido lo he pasado con ella.

—Ya lo entiendo.

No lo entiende.

—Háblame de tus migrañas.

—No son varias migrañas. Es una migraña interminable. He tenido problemas durante el último año, pero esta migraña en particular me dura desde hace tres semanas.

—¿De forma constante?

—Sí, sin pausa.

—Debes de estar de los nervios.

—He estado mejor.

—No deberías haber esperado tanto para verme. Ven al hospital de Meilahti mañana a las nueve de la mañana.

—Vale, nos vemos allí.

Cuelga sin más. Supongo que he herido sus sentimientos profundamente.

He pensado mucho en cómo enfrentarme al héroe de la guerra de Invierno Arvid Lahtinen. Lo más educado y respetuoso sería llamar por teléfono, presentarme y quedar con él. Pero me da la impresión de que sería un error. Sea un criminal de guerra o no, quiero que me cuente la verdad sobre *Ukki*, y no deseo darle tiempo para que se prepare una historia. Vive en Porvoo, un pueblo nacido a orillas del río del mismo nombre y fundado en el siglo XIV. Con este tiempo, está a una hora en coche desde Helsinki.

Aún estamos a diez bajo cero, pero ahora nieva con mayor intensidad. El viaje es agradable, en su mayor parte a través de bosques. Pero mi migraña empeora. Es como una comadreja que trastea por el interior de mi cabeza. Intento no hacerle caso.

El casco antiguo de Porvoo se compone en su mayoría de casas de madera. A finales del siglo XVIII, cuando Finlandia era una provincia sueca, las casas de las clases bajas se pintaban de rojo, y las de las clases altas de amarillo, para impresionar al rey sueco cuando venía de visita. Muchas de las casas aún siguen ahí, y se han conservado esos colores por tradición.

Encuentro la casa de Arvid. Es roja y se encuentra junto al río, entre otras edificaciones similares que en su día fueron almacenes. La puerta tiene un aldabón clásico. Llamo golpeándolo contra su base de metal. Me abre la puerta. Tiene noventa años. Me esperaba a un viejo decrépito, pero no lo es en absoluto. Es bajo y delgado, con el pelo blanco y grueso. Si no supiera su edad, diría que es un vigoroso setentón. He roto una regla personal de la labor policial. Nunca hay que presuponer nada; eso afecta a la capacidad de juicio.

—¿Puedo ayudarle? —me pregunta.

Me presento, le muestro mi licencia y le pido que me dedique unos minutos. Él me hace pasar. Miro a mi alrededor mientras me quito las botas. La planta baja es una gran sala. Un sofá y tres sillones rodean una mesita baja. Contra la pared, a la izquierda, una librería antigua con estantes profundos y vitrinas hace las veces de mueble bar, muy bien surtido. A la derecha hay un hogar donde crepita el fuego. Al fondo de la sala hay una mesa de comedor de roble oscuro de ocho plazas. Detrás se levanta una estufa de esteatita que va del suelo al techo. Me tapa en parte la cocina, pero la parte que veo, con un gran horno, fogones y cazuelas y sartenes colgando, me dice que a la gente que vive aquí le gusta cocinar, y el olor que invade el lugar lo confirma.

Cuatro gatos descansan perezosamente en diferentes puntos de la sala. La casa tiene un leve olor residual a pipí de esos animales. De algún modo, hace que el ambiente sea aún más acogedor. Yo una vez tuve un gato llamado *Katt*. De vez en cuando sentía la necesidad de marcar su territorio, y mi casa olía igual.

—Perdone que me haya presentado sin previo aviso —me excuso.

Él se cruza de brazos y me mira a los ojos.

—Me plantearé perdonarle una vez me explique por qué lo ha hecho.

Su presencia impone. Está claro que se considera alguien a quien no hay que tocarle las narices. Empiezo a componer mentalmente una mentira, pero la migraña ataca con todas sus fuerzas y me quedo sin poder hablar un momento.

—¿Y bien?

Hago un esfuerzo y suelto una mentira a medias.

—Me pidieron que hablara con usted sobre una cuestión, y tenía otro asunto de trabajo en Porvoo. Si es mal momento, podemos vernos en otra ocasión.

—¿Quién se lo pidió?

Me acerco a la chimenea y me caliento las manos.

—Indirectamente, el ministro del Interior.

En la repisa de la chimenea, entre otros recuerdos, medallas de guerra y fotografías, está una de las pistolas de *Ukki*. Parpadeo, convencido de que el dolor de cabeza me ha provocado algún tipo de *déjà vu*. Es una pequeña Sauer automática de bolsillo de 7,65 milímetros, modelo 1913. Es un arma de baja potencia a veces considerada una «pistola para suicidios».

La cojo y la examino.

—¿De dónde ha sacado esto?

—¿Por qué? ¿Quiere ver mi licencia? No tengo.

—No, no es eso.

—Déjela donde la ha encontrado —me interrumpe—, o se la quito y le disparo con ella.

Nuestra conversación empieza mal. Es culpa mía, por tocar sus cosas. La migraña me hace perder la educación y el sentido común. La dejo de nuevo en la repisa.

—Mi abuelo tenía una exactamente igual.

—¡Eh! Tiene muy mala cara —advierte.

—No es más que una migraña.

—Mi padre llevaba esa pistola en la guerra civil —explica, ya más calmado—, y yo la llevaba cuando trabajé como inspector para la Valpo durante la Segunda Guerra Mundial. Es el único recuerdo suyo que me queda. —Hace una pausa, supongo que mientras decide qué hacer conmigo—. Sentémonos.

Nos acomodamos en los sillones, a ambos extremos de la mesita baja.

—Ritva, tenemos un invitado —anuncia, levantando la voz—. ¡Haz café!

—¡Hazlo tú! —responde una voz desde el piso de arriba.

—Lo haré dentro de un momento —me dice, riéndose—. Me estaba hablando del ministro del Interior.

Se sienta con la espalda recta, en un estado entre relajado y atento. *Ukki* también lo hacía. Debe de ser algo generacional.

—No es más que una formalidad —explico.

El caso es que le hablo de las acusaciones presentadas en su contra y le cuento los antecedentes: le hablo del libro de Tervomaa, de la colaboración de la Valpo con la Enisatzkommando

Finnland en el Stalag 309, de la solicitud de investigación del Simon Wiesenthal Center, de la petición de extradición de Alemania.

—Quieren acusarle de cómplice de asesinato —le digo. Y veo que se va encendiendo de la rabia.

—Mira, chico, ¿quién cojones te crees que eres para venir aquí y hablarme así? Tu cómplice de asesinato se pasa todo eso por las pelotas. ¿A cuántas chicas has besado?

Así, de pronto, no tengo ni idea.

—¿Y eso qué importa?

—Porque si coges ese número y lo multiplicas por cien, ese es aproximadamente el número de putos bolcheviques comunistas rusos que he matado. Y ojalá hubiera matado a cien veces más. Y ahora, mierdecilla, te vas al chupapollas del ministro del Interior y le dices que coja sus acusaciones y sus cargos y se los meta por el puto culo.

Me doy cuenta de que no voy a tener ocasión de preguntarle por *Ukki*. Arvid se echa adelante y se me queda mirando. Me fijo en su camisola almidonada y sus pantalones a medida. *Ukki* también se vestía bien a diario. En casa, yo me pongo sudaderas y camisetas. Arvid es un hombre con mucho orgullo. Se ha ganado el respeto y lo exige.

La migraña ruge como un trueno. Empiezo a ver borroso.

—Tienes un aspecto de mierda.

—La cabeza me está matando.

Me pongo en pie y el mundo se tambalea a mis pies. Siento que me caigo y pierdo el sentido.

Empiezo a recuperar la conciencia. Estoy mareado y confundido. Levanto la vista y veo a Arvid.

—¿*Ukki*?

Arvid me da una bofetada para despejarme. Agito la cabeza, intentando ver claro. Me da otra bofetada. Tiene una buena pegada para ser un viejo.

—Ya vale —reacciono, y me siento en el suelo—. ¿Qué ha pasado?

—Parece que la migraña te ha hecho perder el sentido —dice, y me da un vaso—. Bebe esto.

—¿Qué es?

—Un analgésico opiáceo disuelto en agua.

Me lo bebo.

—Gracias.

Me ayuda a ponerme en pie y a volver al sillón. Va hacia su mueble bar de la librería y regresa con una copa de balón llena hasta la mitad con coñac.

—Necesitas esto —afirma, dándome la copa.

Sacudo la cabeza.

—El analgésico es una droga. No debería mezclarlo con alcohol.

—¡Tengo noventa años, cojones! No me des sermones sobre remedios caseros. Tú bébetelo.

Lo dejo en la mesita. Él suelta un suspiro. A sus ojos, no soy más que un niño incorregible.

—No vas a ir a ningún sitio en un buen rato. Vas a quedarte a almorzar con nosotros. Cuando te encuentres mejor, te puedes ir.

Es una orden, no una propuesta. Echo un trago. El efecto de los opiáceos y el alcohol es inmediato. Me siento mejor.

Llega una mujer desde la cocina.

—Soy Ritva —se presenta—. Tengo la desgracia de ser la esposa de Arvid. Mientras estabas inconsciente le dije que dejara de tratarte con esa saña.

Es menuda y frágil, quizá quince años más joven que Arvid. Tiene un rostro amable, el cabello largo recogido en un moño. La sonrisa de Arvid deja claro que la quiere.

—¿Qué te ha pasado? —pregunta Ritva.

—No lo sé. He tenido una migraña intensa y he perdido la conciencia. Nunca me había ocurrido.

—Acábate la copa y ven a la mesa. Te irá bien comer algo.

Ritva empieza a poner la mesa. Arvid y yo nos sentamos en silencio. Me estudia. Yo me bebo el coñac. El chute de opiáceos y el alcohol acaban con la migraña, y la ausencia de dolor me despierta un apetito voraz. Ritva nos llama a la mesa. Ocupamos nuestros sitios.

—Es una comida sencilla —explica Ritva.

—Se lo agradezco mucho. Gracias por la invitación.

Son algunos de los platos favoritos de mi infancia. Albóndigas de alce con salsa y patatas cocidas. Mermelada de arándanos como acompañamiento de la carne. *Perunapiirakka* —tartitas rellenas de patata— caseras, pescado blanco ahumado, pan de centeno y *piimä* —suero de leche— para beber.

Nos pasamos los platos y empezamos a llenarlos. Me quedo mirando a Arvid.

—Antes no he querido ofenderle.

—La he pagado con el mensajero —concede—. Tú no has hecho nada malo. Aún llevo tanta metralla dentro que hago saltar los detectores de metal de los aeropuertos. Nadie tiene derecho a interrogarme sobre nada de lo que ocurrió durante la guerra.

Nos ponemos a comer. Todo tiene exactamente el mismo sabor que cuando lo hacía mi abuela. Se lo digo a Ritva, y parece complacida. Tengo que averiguar lo de *Ukki*, así que reúno valor.

—Lo cierto es que lo que quiera o deje de querer el ministro del Interior me importa bien poco —arranco—. Me dijeron que usted sirvió en el Stalag 309 con mi abuelo, y he venido hasta aquí para ver si es verdad.

No menciono que ese servicio en el Stalag 309 implica la participación en el Holocausto, y que quiero saber si *Ukki* fue un criminal de guerra.

Arvid come con ganas. Traga las albóndigas de alce ayudándose del suero de leche. Señala el pescado blanco.

—¿Te gustan los ojos?

—Sí.

—Son lo mejor —dice, y, acto seguido, los saca, uno para él y uno para mí.

Nos los comemos. Revientan en la boca y sueltan un poco de líquido. Supongo que estará haciendo tiempo, preparándose la respuesta.

—Hijo —contesta—, yo nunca serví en el Stalag 309. Durante el tiempo en que estuvo operativo ese campo, yo estuve destinado en Rovaniemi, no en Salla. ¿Cómo se llamaba tu abuelo?

—Toivo Kivipuro.

—Me suena, pero no caigo. Al fin y al cabo, hace casi setenta años.

—¿Y a qué supone que se deberá que se hayan liado así?

—Será un error burocrático. La Valpo era una gran organización, y unos cuantos hombres del centro de Rovaniemi fueron al 309. A lo mejor había otro inspector de la Valpo con el mismo nombre.

No sé decir por qué, pero no le creo del todo.

—Estoy seguro de que descubrirán el error y que todo esto quedará en nada —respondo.

Estoy mintiendo. Creo que está recurriendo a su estatus de héroe para librarse, pero la cosa no va a ser tan fácil. El Gobierno alemán no va a ceder así como así.

Acabamos la comida.

—¿Quieres un poco de helado? —pregunta Arvid.

Salvo por sus golpes de genio, me recuerda tanto a *Ukki* que me resulta raro.

A lo mejor *Ukki* también tenía su temperamento, pero yo nunca lo vi.

Tomamos postre y café, charlamos de trivialidades. Les doy las gracias y me levanto para irme.

—¿Te encuentras bien para conducir? —pregunta Ritva.

No me duele nada y tengo la barriga llena. Estoy relajado. No me he sentido tan bien en mucho tiempo.

—Estoy bien.

Arvid me acompaña a la puerta. Es una de las pocas personas que he conocido el último año que no se ha quedado mirando ni ha preguntado por la cicatriz de mi cara. Es listo, ha visto muchas cicatrices como esa y no necesita preguntar. Sabe que me han disparado en la cara. Me tiende la mano. Nos la damos. Le doy las gracias por su hospitalidad. Responde que ha sido un placer conocerme. Tengo la sensación de que volveremos a vernos.

15

Conduzco hasta Helsinki. Mi próxima parada es la biblioteca. Saco *El Einsatzkommando Finnland y el Stalag 309*, el libro que, según Jyri, implica a Arvid Lahtinen como colaborador en los crímenes de guerra nazis. No tengo mucho tiempo antes de encontrarme con Milo, pues deseo pasar a ver a Kate. Además, necesito echar un vistazo al libro y quiero disponer de unos minutos de paz y tranquilidad.

Kate que lleva puesta una camiseta que dice «Propiedad de Jesús». Está sentada en la mesa del comedor con su hermana.

Cuando decidimos trasladarnos a Helsinki, también decidimos comprar todos los muebles nuevos. Las cosas de nuestra casa de Kittilä las había comprado yo y eran anteriores a nuestra relación, tenían ese aspecto típico nórdico de madera clara que a Kate no acaba de gustarle demasiado, así que empezamos de cero también en eso. El nuevo apartamento tiene una gran sala de estar, decorada con sofás y sillones de piel oscura, una mesita baja de madera de nogal y un gran mueble de televisión con una pantalla plana. La pared interior está cubierta de estantes empotrados con cientos de libros y CD.

El piso está en una esquina, y dos lados de la sala tienen ventanas que dan a Harjukatu y Vaasankatu. En el rincón, una puerta da a un pequeño balcón. Yo no fumo en casa, así que insistí en encontrar un piso con balcón, para que pudiera fumarme un cigarrillo sin salir del apartamento.

En la parte trasera de la sala, un entarimado bajo junto a la cocina hace las veces de comedor. Compramos una mesa grande, de diez comensales, para poder celebrar cenas con invitados. La cocina tiene apliques de acero inoxidable bruñido. La nevera y el horno de inducción son lo último en funcionalidad y parecen sacados de un programa espacial. El baño es más bien pequeño, pero, como la mitad de los apartamentos de Helsinki, tiene una sauna, algo en lo que yo también insistí. Es eléctrica y no de madera, así que el calor que da es demasiado seco para mi gusto, pero cumple su función. Tenemos dos dormitorios, uno para nosotros y otro para la niña que viene en camino.

Le doy un beso a Kate e intercambio un saludo con Mary. Parece que tienen una conversación seria, así que las dejo en paz. John ha salido a explorar la ciudad. Estoy cansado y quiero relajarme y leer un rato. Cojo *El Einsatzkommando Finnland y el Stalag 309* y me tumbó en el sofá.

Abro el libro y busco en el índice, busco a *Ukki* y, para mi decepción, encuentro su nombre. Toivo Kivipuro aparece mencionado como uno de los siete inspectores de la Valpo destinados al Stalag 309, junto con cinco intérpretes de ruso y alemán. No encuentro ningún detalle sobre la actividad de *Ukki* en aquel lugar. Sobre Arvid hay información más detallada. Un prisionero del campo cuenta que Arvid y otros inspectores tomaron parte en las ejecuciones. Solo un caso se cita con detalles explícitos, pero hace pensar que donde hay humo, hay fuego.

Hojeo el libro y me entero de unas cuantas cosas. La Policía Finlandesa de Seguridad, la Valpo, fue fundada en 1919 para proteger a la nueva República finlandesa de los comunistas, tanto finlandeses como de la Rusia soviética. Los vínculos profesionales con la policía secreta alemana se establecieron en la década de los veinte y se mantuvieron tras la llegada al poder de los nazis. Finlandia y Alemania cooperaron en la lucha contra el comunismo nacional e internacional, amenaza muy presente en Finlandia al tener frontera con la Unión Soviética. El enemigo común convirtió la Valpo y la Gestapo en aliadas.

Diversos líderes de la Valpo y de la Gestapo desarrollaron

amistades personales y cimentaron la relación. El odio racial se extendió desde Alemania en la conciencia de la Valpo, y en la opinión pública finlandesa en general. En los documentos de la Valpo empezaron a aparecer menciones racistas contra los judíos. La Valpo persiguió a los que se oponían a su ideología en territorio finlandés y los arrestó. Intercambió información con la dirección de las SS, que tenían voz a la hora de decidir el destino de los detenidos.

Rebusco por el libro y voy a los puntos destacados.

El Stalag 309 se abrió en julio de 1941. Era un campamento alemán de prisioneros de guerra, como otros. En otras palabras, un matadero. Doce finlandeses y entre quince y treinta miembros del Einsatzkommando Finnland trabajan en él. Era enorme, contenía a miles de reclusos y tenía secciones especiales para «prisioneros peligrosos». Bolcheviques, tanto militares como civiles. Judíos. Políticos. Oficiales rusos y quizá también suboficiales. Los detalles son confusos. El Ejército alemán destruyó la mayor parte de sus registros cuando desmanteló el campo en 1944.

La Valpo colaboró en la formación de estas redes. En la página 218 encuentro una serie de once criterios usados para determinar si un recluso era ejecutable o no. Las condiciones estaban redactadas de tal modo que la Gestapo podía ejecutar a cualquiera a su discreción: líderes políticos, administradores, oficiales del Ejército rojo, intelectuales, y, por supuesto, a todos los judíos.

Cada día se seleccionaba a los individuos, se los llamaba en voz alta. Se les llevaba fuera del campo. Les quitaban la ropa, los vestían con sacos y los obligaban a meterse en un cráter abierto por alguna bomba. En uno de esos cráteres cabían ciento cincuenta o doscientas personas. Se los mataba con una ráfaga de metralleta. Cuando los cráteres se llenaban, cubrían a las víctimas con tierra.

Leo lo suficiente para hacerme una idea de lo que sucedía allí. El imperio del mal. Una porción del Holocausto. También veo que, aunque no se escribe gran cosa sobre Arvid, es suficiente como para conseguir que se le extradite y quizá que lo condenen. Necesito saber si me ha mentido. Si me ha dicho la verdad, quiero ayudarle. Y aunque me haya mentido, me planteo si quiero ayudarle a librarse de este lío. Aún no lo sé. Si *Ukki* siguiera vivo, aún le querría. No lo condenaría por sus pecados del pasado y por su historia. ¿Cómo iba a hacerlo entonces con Arvid? Miro la hora: tengo que volver al trabajo.

16

Subo al coche y voy hasta Pasila. En la sala común están sentados dos inspectores, Ilari e Inka. Levantan la mirada al verme. Ilari saluda con un gesto. Inka no me hace ni caso. Ilari es un tipo de mediana edad con un peinado horrible —se hace la raya muy hacia el lado y se pasa el pelo sobre la calva para cubrirla—, un leve problema de caspa y barriga. No obstante, se pone trajes caros para ir a trabajar. Inka también es de mediana edad y lleva un corte de pelo irregular que le da un aspecto andrógino, igual que la ropa desaliñada que lleva puesta. Ella también tiene barriga. Los otros dos miembros del equipo, Tuomas Kalpio e Ilpo Mäkela, están trabajando en un caso de secuestro y asesinato, últimamente se les ve poco.

Ilari e Inka están leyendo el *Helsingin Sanomat* del día, el periódico de mayor tirada del país. Se pelean por la sección de deportes. Yo cojo la de noticias locales. Los asesinatos raramente llegan a la primera plana del *Sanomat*. El caso Filippov ocupa un octavo de página, pero no dice nada interesante. La prensa me ha dejado solo. Arto y los chicos de Relaciones Públicas están identificando las llamadas; es una de las ventajas de trabajar para un cuerpo de policía metropolitano importante.

En una caja, sobre la mesa, hay una pastita. Ilari la coge.

—¡Eh, yo la quería! —protesta Inka.

Ilari se encoge de hombros.

—Oveja que bala, bocado que pierde.

Ella le pone verde. Él la manda a que la jodan. Me meto en mi despacho.

Me identifico en el ordenador y compruebo el correo. Milo abre la puerta de golpe, sin llamar, y grita:

—¡Buuu!

Me hace dar un respingo en la silla.

—¿Lo ves? —dice—. A ti tampoco te gusta.

Milo es un tío raro e impredecible. Me hace reír.

—Por lo menos yo no estaba fabricando armas de destrucción masiva en secreto —señalo—. ¿Ya has puesto patas arriba el apartamento de Saar?

—Lo único de interés estaba en su portátil. Tiene una colección de fotos y vídeos suyos practicando sexo con Iisa y otras mujeres en su dormitorio. A juzgar por el ángulo de la cámara, ese era el motivo del agujero en la puerta de su armario.

—Eso no lo convierte en asesino. Siéntate. Han llegado los resultados de la autopsia de Iisa Filippov.

Normalmente, las transcripciones de las autopsias no se entregan hasta meses después del suceso, pero se lo pedí educadamente al forense, y me ha enviado un resumen.

Milo acerca una silla a la mía para ver la pantalla de mi ordenador. La autopsia presenta una imagen del crimen parecida a lo que nos habíamos imaginado: los huesos rotos de Iisa, la tortura con una fusta de equitación, las quemaduras de cigarrillo y la muerte provocada por asfixia. Pero arroja una gran sorpresa: varias de las quemaduras no fueron infligidas con un cigarrillo, sino que pueden ser lesiones causadas con una pistola eléctrica. Eso hace pensar que el asesino primero usó la pistola eléctrica para incapacitar a Iisa, y que luego siguió usándola para causarle dolor con repetidas descargas prolongadas.

La hora de la muerte se establecía entre las seis y las ocho de la mañana.

—Si usaron una pistola eléctrica para paralizarla —dice Milo—, ¿qué sentido tenía golpearla con la sartén?

—A lo mejor para encubrir las descargas —propongo yo—, para que pareciera un crimen pasional y no premeditado. Puede que el asesino pensara que las quemaduras pasarían desapercibidas con las múltiples quemaduras de cigarrillo.

Milo parece pensativo.

El forense nos ha enviado un correo electrónico con los resultados de la camisa de Rein Saar. Abro el archivo. El cuello y los hombros estaban empapados de su propia sangre, debido al golpe en la cabeza. Su sangre hace que resulte difícil analizar los patrones de las salpicaduras creadas al golpear a Iisa Filippov con la fusta, los ángulos y la velocidad. Habrá que determinarlo mediante análisis de ADN, y eso llevará al menos unos días. En la parte derecha del cuello y en el hombro derecho tiene algunas salpicaduras, pero podrían habérselas hecho al estar tendido a su lado mientras la golpeaban. Los resultados son no concluyentes. No obstante, lo más interesante es que en la parte baja de la espalda hay una quemadura que también coincide con una pistola eléctrica. Milo se estira, cruza las manos tras la nuca y vuelve a sentarse.

—Ya te dije que lo había hecho Filippov —subraya—. Los noqueó con la pistola eléctrica, torturó a Iisa y le montó una trampa a Rein Saar.

Tengo que admitir que, tal como afirma Saar, parece plausible que lo dejaran con vida solo para cargarle el mochuelo. Si Saar acababa siendo acusado del asesinato de Iisa, el caso se cerraría y eso haría posible que el asesino evitara la investigación y se fuera de rositas.

—Vamos a los calabozos, a hablar con Saar —propongo.

Bajamos, atravesamos el largo pasillo blanco y nos detenemos en la celda S408. Por educación, llamo antes de entrar.

—No estaría mal que con tus colegas de profesión hicieras gala de la misma cortesía que muestras con tus prisioneros —observa Milo.

Saar nos da permiso para entrar y abro la puerta.

En comparación con otras celdas, la decoración de las nuestras no está nada mal. Hay una cama decente, un banco y un pequeño escritorio fijado a una pared decorada con creativos graffiti de los reclusos. Cada celda contiene unos cuantos libros para pasar el rato. Los prisioneros tienen un gimnasio para hacer ejercicio, y una cantina donde pueden comprar algo de comida y tabaco. Comen lo mismo que el personal.

Saar está sentado al borde de la cama. Después de lavarse la sangre, su aspecto ha mejorado una barbaridad.

—¿Podemos charlar un rato? —pregunto.

—¿Me ayudará a salir de aquí?

—Puede que sí.

—Entonces sí, por supuesto; charlemos.

—Voy a hacerle unas cuantas preguntas personales. ¿Preferiría hablar aquí, *off the record*, o en la sala de interrogatorios y que le grabemos sus declaraciones?

—Si vamos a hablar de mi vida sexual, mejor que de momento quede entre nosotros.

Me siento en la cama, junto a Saar. Milo se sienta en el banco.

—¿Le importa levantarse la camisa y enseñarme la espalda?

Lo hace, y me muestra una quemadura de mal aspecto justo por encima de la cintura.

—¿Cómo se hizo eso?

—No lo sé.

—¿Y por qué no lo ha mencionado antes?

—A decir verdad, la otra vez que hablamos me dolía tanto la cabeza y estaba tan borracho que ni me había dado cuenta. No obstante, ahora me duele.

Se baja la camisa y se sienta inclinado hacia delante, con los codos apoyados en las rodillas.

—¿Le importa que fume? —pregunto.

—No, si me da uno.

—¿No tiene tabaco?

—No llevo dinero encima para comprarlo.

Saco un billete de veinte de la cartera y se lo doy.

—Ya me lo devolverá. Hábleme de usted y de Iisa, con más detalle que antes, y de su aventura.

Él dobla el billete, lo desdobla, se lo mete en el bolsillo, piensa en cómo empezar.

—Iisa estaba loca —dice—, le encantaba ir de fiesta. Yo no era el único tío que se follaba a espaldas de Filippov. Pero sí el único habitual. Y yo también tenía otras amantes. Tal como les he contado, nos divertíamos. Estábamos bien juntos. Tanto que le di una llave de mi piso.

—¿Iisa consumía drogas?

—A veces. Coca. Éxtasis. GHB.

—Usted cree que Ivan Filippov mató a su mujer y le montó una trampa. Muchas mujeres les ponen los cuernos a sus maridos y los maridos no suelen convertirse en asesinos. ¿Por qué él sí?

Él reflexiona, se queda mirando la pared.

—A Iisa no le gustaba follar con su marido. De hecho, no lo hacía. Le gustaba follar conmigo. Supongo que podría haberle impulsado a hacerlo su ego herido.

Sí, sí que podría.

—¿Qué le daba usted a Iisa que no le diera Filippov?

—A Iisa le gustaba jugar... —Vacila—. Quizá yo no debería haber participado en sus juegos.

—Descríbame esos juegos.

—A Iisa le gustaba verme follar con otras mujeres.

Eso explica el origen de los vídeos de su ordenador.

—Se escondía en su armario y grababa vídeos a través del agujero de la puerta.

Él asiente.

—Yo me follaba a una chica, y ella lo filmaba. Luego la chica se iba de mi casa, y me follaba a Iisa mientras lo veíamos en el ordenador. La excitaba muchísimo.

Eso explica el taburete dentro del armario y la videocámara en el bolso de Iisa. Su historia se aguanta.

—¿Cómo empezaron esos juegos?

—Cometí un error dándole la llave. Ella empezó a presentarse en casa antes de que yo llegara, y lo convirtió en un juego. Solía esconderse bajo la cama o en el armario, o en la ducha. Podía dejar pasar una hora o dos antes de que saltara sobre mí y me diera una sorpresa.

Le paso otro cigarrillo a Saar y los dos seguimos fumando.

—Eso podría llegar a tocarle las narices.

—La primera vez sí, pero era difícil enfadarse con Iisa. Era como una niña, que solo quería jugar y divertirse. Una vez me traje una chica a casa y me la tiré. Iisa entró por la puerta mientras estábamos follando. Lo hizo en silencio, para que no la oyera. Se quedó mirando por la rendija de la puerta y se masturbó. Así es como empezó. De hecho, era divertido. Nos excitaba a los dos.

Interrumpo el interrogatorio un minuto, hago una pausa, fumo y pienso; intento poner orden en todo esto. Milo interviene:

—¿Conoce a la secretaria de Ivan Filippov, una mujer llamada Linda Pohjola?

—Sí. Era amiga de Iisa.

—Se parecían una barbaridad. ¿Era eso coincidencia?

—No. Se conocían desde la adolescencia y explotaban ese parecido. A veces iban a fiestas vestidas de forma idéntica. Era otro de los juegos de Iisa. Una vez me tomaron el pelo intercambiando sus identidades. Hasta desnudas se parecían. Aquello también fue divertido.

—¿Qué más sabe sobre Linda? —pregunta Milo.

—No gran cosa. Iisa no hablaba mucho de su vida personal. Realmente, nuestra relación giraba básicamente en torno al sexo.

—Cuénteme más sobre los juegos de Iisa y sus otras amantes —insiste Milo.

—No sé mucho más. No obstante, escribía un diario. A veces lo llevaba en el bolso. Quizá puedan encontrar algo ahí.

—Usted le envió un mensaje de texto a Iisa y la citó a las siete y media de la mañana. ¿Por qué?

—Había ligado con una chica. Me la iba a llevar a casa, pero se emborrachó demasiado, estaba cansada y lo dejamos para otro rato. Iisa iba a venir a vernos follar.

—Lleva usted una vida trepidante —comenta Milo.

Saar esboza una lánguida sonrisa.

—Lo intento. —Me mira a mí—. ¿Van a acusarme de asesinato?

Recuerdo la petición de Jyri en ese sentido.

—De momento no —respondo.

Le pongo el paquete de cigarrillos en la mesa y lo dejamos en paz.

De vuelta a mi despacho tras el interrogatorio, le pregunto a Milo qué piensa.

—Lo mismo que he pensado desde el principio. Ese hijo de puta de Filippov mató a su mujer y le tendió una trampa a

Saar. He puesto su apartamento patas arriba y allí no hay ninguna pistola eléctrica. El asesino se la llevó consigo.

—Exactamente. La quemadura de pistola eléctrica da veracidad a su historia, y el arma brilla por su ausencia. Es posible que Iisa le disparara una descarga, que se recuperara lo suficiente como para revolverse y que estuviera lo bastante enfadado como para torturarla hasta la muerte, que luego se deshiciera de la pistola y que llamara a la policía él mismo. Pero con esa herida en la cabeza, me parece muy forzado. Una tercera persona se llevó la pistola eléctrica del apartamento.

Milo sacude la cabeza y se echa a reír.

—¿Qué pasa?

—Es que no me imagino a un solo tío con tantas tías. Las únicas citas que he tenido últimamente han sido con mi mano derecha.

Yo también suelto unas risas.

En aquel momento entra Arto, el jefe, por detrás de Milo.

—Siempre es agradable ver que mis agentes disfrutan del trabajo. ¿Me contáis el chiste?

—Claro —dice Milo—. ¿Qué le dice una braga a otra?

—¿Qué?

—No sé qué coño ponerme hoy.

Milo se desternilla con su propio chiste, lo que me hace reír más que el chiste en sí. Arto suelta una risita y dice:

—Por Dios, eso es patético.

Cuando Milo acaba de cacarear, Arto pregunta:

—¿Tenéis tiempo para investigar una muerte?

—No —respondo—, pero podemos encontrarlo.

—Pues dirigiros al club Silver Dollar. Los gorilas se han cargado a un tío.

—Suena bien —dice Milo.

El problema es que cree en serio que suena bien.

17

Milo y yo pedimos un coche en el garaje y nos ponemos en marcha a las siete y media de la tarde. Esta vez nos dan un Toyota Yaris de 2007. Fuera ya está oscuro. Sigue nevando, y los faros del coche iluminan la nieve. Helsinki es una ciudad encantadora en invierno, cuando no cae aguanieve y no se cubre de un barro asqueroso.

Yo conduzco. Milo parlotea.

—Así que tu mujer es norteamericana.

—Sí.

—¿En qué idioma habláis en casa?

—Casi siempre en inglés. Kate lleva aquí tres años. Está aprendiendo; intenta usar al menos algunas palabras y frases en finlandés.

—Bueno, el finlandés es difícil. Lleva tiempo.

—Sí.

—El inglés es un idioma idiota.

Parece que es la semana en que me toca oír opiniones absolutamente poco fundamentadas sobre todo lo que me concierne.

—¿Y eso por qué?

—La letra C es innecesaria. Suena igual que la K y que la S. Eso es un gran desperdicio. Deberían eliminarla. Y tampoco necesitan la B. La P suena casi igual, lo mismo les daría.

Le doy conversación, por lo duro que he sido antes con él.

—Kate piensa que la A y la O con diéresis no tienen ningún sentido. En inglés no las tienen, y no las echan de menos.

Milo se saca un paquete de cigarrillos North State sin filtro del bolsillo, abre la ventanilla y enciende uno. Mi padre fuma la misma marca. Son cigarrillos de tipo duro.

—Así que, en este trayecto en coche —concluye—, hemos conseguido eliminar dos letras del inglés y dos del finlandés. Hemos cambiado el mundo.

Es una charla insustancial. Está intentando hacer las paces por haberme tocado las narices antes.

—Así que vuelves a fumar.

Él echa una calada y asiente.

—Vaya, realmente eres un gran investigador.

—¿Cuánto has aguantado sin tabaco?

—Cuatro años.

Su nuevo trabajo en la *murharyhmä* debe de estar haciendo mella en él. Guardamos silencio unos momentos.

—¿Sabías que Ilari e Inka se lo montan? —pregunta.

—¿Esa deducción también es producto de tu gran conocimiento de la gente y de tu extraordinaria capacidad empática?

—Es producto de oírles follar en el baño después de que todo el mundo se emborrachara en mi fiesta de «bienvenida al nuevo».

Los dos están casados y tienen hijos, y aunque ahora son compañeros, actúan como si se odiaran. Ya me parecía que su cruce de furiosas invectivas era algo forzado.

A las siete cuarenta y cinco de la tarde paramos frente al Silver Dollar y aparcamos junto a una ambulancia. Decir que es un *nightclub* resulta algo equívoco. Es un local multifuncional, que saca dinero a la gente de diferentes modos. Abre a las cuatro de la tarde para atraer a los bebedores que salen del trabajo. Un par de noches a la semana ofrece baile en grupo. Los finlandeses aficionados a la música country se ponen botas de vaquero, sombreros, corbatas de lazo y puntas en las solapas, y se azuzan unos a otros. No obstante, su mayor fuente de ingresos es su licencia para servir alcohol hasta las cuatro. Todos los otros bares del barrio cierran a las dos, así que cuando los demás locales echan a la calle a sus clientes, borrachos hasta las cejas, se meten en este antro para seguir emborrachándose un par de horas más. La mayoría de las noches el club está hasta los topes.

Milo y yo entramos. Hay dos policías de uniforme. Me presento. Nos explican la situación. Les digo que Milo y yo nos ocuparemos de todo.

La música está a tope. La gente bebe cerveza. Miro alrededor. Sobre unas mesas sucias y desvencijadas se ven vasos de plástico. El suelo está asqueroso, y el bar, mugriento. Unas tenues luces azules y rojas intentan darle aspecto de club serio y disimular esas cosas, pero no lo consiguen. En una esquina hay un cuerpo tendido en el suelo. A su lado, dos agentes de criminalística y un forense agachados.

El muerto no está gordo, pero quizá pese unos ciento veinte kilos. Medirá metro noventa. Es un cadáver con cara de niño; apenas entrado en la edad adulta, y da la impresión de que está durmiendo. Dos gorilas y dos guardias de seguridad con uniforme y botas muy parecidos a los de la policía esperan, de pie, cerca del enorme cadáver, con las manos en los bolsillos, alternando el peso sobre uno y otro pie, como si se sintieran culpables por algo.

Muestro mi insignia de policía. Milo se abre paso entre los gorilas y los guardias de seguridad, se agacha y habla con el forense.

Un gorila empieza a gritarme al oído, para hacerse oír por encima de la música. Yo le interrumpo, también con un grito:

—Cortad la música. Encended las luces. Cerrad el bar. Bloquead las puertas. De aquí no sale nadie. El club está cerrado por esta noche.

Él intenta discutir. La ley no obliga a que un establecimiento que sirve alcohol cierre en caso de muerte. Su jefe se va a cabrear. Pero yo sacudo la cabeza.

—Ahora quien manda soy yo. Hazlo. Ya.

El gorila número uno se va a cumplir mis instrucciones. Milo se acerca.

—Está más muerto que un saco de piedras. Lo más probable es que se deba a una fractura en el hioides.

La música se acaba y el local queda en silencio, salvo por un llanto solitario. Un chaval corpulento, otro gigantón, está sentado en un taburete de la barra, con la cara entre las manos y llorando. Le pido a Milo que haga fotos y tome declaración a los clientes mientras yo interrogo a los gorilas y a los guardias de seguridad. Milo usa la cámara de su móvil para sacar fotos del cadáver y del club. Aparentemente, no le importa cederme la iniciativa en asuntos que no requieran su sobrecogedora capacidad intelectual.

El gorila número dos está de pie, a mi lado. Tiene unos músculos enormes recubiertos por una capa de grasa. Lleva vaqueros y una camiseta negra ajustada.

Saco cuaderno y bolígrafo.

—¿Cómo te llamas?

—Timo Sipilä.

—Dirección, teléfono y número de la tarjeta de la seguridad social.

Me los da.

—¿Qué ha ocurrido?

—Este tipo y su hermano —señala al gigantón deshecho en lágrimas— se pusieron a discutir y a darse empujones. Primero llamamos a los de Securitas; luego mi colega Joni Korjus y yo fuimos a tranquilizarlos.

Korjus también es enorme. Estoy en un bar lleno de mastodontes.

—El muerto se puso difícil, así que le pedimos que se fuera —cuenta Timo—. Se negó, y empezó a gritarnos que nos ocupáramos de nuestras cosas. Los de Securitas llegaron justo cuando nos disponíamos a llevárnoslo. Ellos pueden confirmarlo.

Los guardias de seguridad asienten.

Voy al grano:

—¿Por qué está muerto?

—Yo le hice una llave de cabeza, y Joni le agarró por las piernas. Nos lo llevamos afuera así, y lo dejamos caer frente a la puerta de salida. Ya no respiraba.

—Lo tuviste colgado del cuello. ¿Cuánto tiempo estuvo en esa posición?

—Minuto y medio, dos minutos máximo.

Tiempo más que suficiente para matarle.

—Le rompiste el hioides y lo asfixiaste.

El gorila no dice nada.

—¿Por qué tanto tiempo? ¿Por qué era necesario llevárselo de ese modo? ¿Y su hermano no intervino?

Timo hace caso omiso de las dos primeras preguntas.

—No, su hermano se limitó a seguirnos y a gritarnos que paráramos.

Ahora me hago una idea de la situación. Dos hermanos tienen una discusión. Dos gorilas aburridos reaccionan exageradamente porque no tienen nada más que hacer. Se divierten un poco a costa de la víctima sacándolo del local. Y él muere.

Los guardias de seguridad son un hombre y una mujer. El hombre tendrá poco menos de treinta años. La mujer es casi una adolescente. El tipo es un *skinhead* y lleva una cruz de hierro tatuada en el hueco entre el pulgar y el índice derechos. En el cuello luce un tatuaje tribal que le rodea la oreja. Ella, por su parte, masca chicle, tiene la cara llena de acné y una mirada mezquina.

Tomo los datos personales de todos.

—¿Intentó reanimarlo alguien?

—Yo —responde el *skinhead*—. Intenté el boca a boca y la compresión torácica. No funcionó.

—Eso es evidente —respondo, y me vuelvo hacia Timo—. Lo dejasteis fuera. ¿Por qué está dentro?

—Volvimos a meterlo.

—¿Por qué?

—Aquí hace más calor.

—No respiraba. No creo que le importara.

Timo se queda callado y entonces lo entiendo. No tiene nada que ver con la víctima. Él y su colega tenían frío, ya que solo llevan una camiseta. El gorila número uno regresa. Le digo que se quede tras la barra, a la espera de nuevas instrucciones. No quiero que hable con su colega y que maquillen sus historias más aún. Llamo a una patrulla para que se lleven a los gorilas y a los guardas de seguridad al calabozo. Estarán bajo custodia policial mientras resolvemos este asunto.

Me acerco al hermano de la víctima y me presento. Está gimoteando. También tiene cara de niño. Tiene la mirada perdida, del *shock*.

—¿Cómo te llamas? —pregunto.

—Sulo Polvinen. Mi hermano se llamaba Taisto.

El uso del pasado le hace soltar unas lágrimas. Los nombres

de ambos hermanos son algo anticuados; eran populares durante la Segunda Guerra Mundial. Sulo significa «dulce». Taisto significa «batalla». Vienen de una familia patriótica.

—Esos bastardos lo han matado —afirma.

—Cuéntame por qué.

Él parpadea y menea la cabeza.

—No venía a cuento. Solo estábamos peleándonos, discutimos constantemente. Es algo entre hermanos. Nos dimos unos empujones inocentes, y esos tipos vinieron a esposarnos. Yo dejé de moverme para que no me hicieran daño, pero Taisto se resistió un poco y les gritó. Le tiraron al suelo y el gordo le cogió de la cabeza. El otro le cogió las rodillas y lo levantó. Los seguí y les rogué que lo dejaran en paz, pero ellos se reían. Y se lo llevaron afuera, lo tiraron al aire, y cuando cayó al suelo ya no respiraba.

—¿Cuánto habíais bebido tu hermano y tú?

—Cuatro cervezas.

—Dime la verdad. En Toxicología medirán el alcohol en el organismo de tu hermano.

—No estábamos borrachos, lo juro. Estábamos bebiéndonos la cuarta cerveza cuando sucedió. ¿Por qué han matado a mi hermano?

Vuelve a echarse a llorar.

—Ojalá lo supiera. Lo siento. ¿Hay algo más que quieras contarme?

—El de seguridad, el que intentó el boca a boca. Cuando estábamos fuera y no pudo reanimarlo, levantó la mirada hacia los gorilas y dijo: «¿Por qué habéis tenido que matar a uno de los nuestros en vez de a uno de esos putos inmigrantes?».

Suspiro. Esta situación me entristece. Es bien sabido que el Silver Dollar es un local al que acuden los extranjeros a última hora para intentar ligarse a alguna finlandesa borracha. El último cartucho de la noche en la búsqueda de alguna chica bien cocidita que llevarse al catre. Cuando los finlandeses lo ven, especialmente si los extranjeros son negros, a menudo se dan brotes de xenofobia: «Los putos inmigrantes vienen de fuera y se quedan con nuestros trabajos. Nos roban a las mujeres. Hay que echar a esos mamones del país».

Últimamente, los guardias de seguridad han ido ocupando

un lugar cada vez más destacado como fuerzas de seguridad en Helsinki. El Departamento de Policía no tiene presupuesto para más agentes, por lo que muchos negocios, especialmente bares, o incluso el sector público, como nuestro sistema de transporte, recurren a los guardias privados. Algunos de ellos son bastante buenos, tienen formación militar o incluso han estudiado para policía, solo que no han conseguido entrar en el cuerpo.

No obstante, muchos de los de Securitas tienen un entrenamiento muy pobre y, lo que es peor, un perfil psicológico que hace que no valgan como guardianes de la comunidad. El sueldo es malo, y el trabajo, ingrato. Los matones, los racistas, tipos a quienes les gusta tener autoridad para poder imponerse a otros, suelen sentirse atraídos por el trabajo como guardias de seguridad. En muchos casos son el tipo de persona de la que habría que proteger al ciudadano, en lugar de ser ellos los agentes de la ley. Lo que más me cabrea es que en la ciudad haya dinero para cosas como aceras calefactadas en el distrito comercial para que los turistas no se manchen los zapatos de nieve, pero que no lo haya para proporcionar una protección adecuada a los ciudadanos.

—Esos cabrones han matado a mi hermano —repite Sulo—. ¿Qué vais a hacerles?

No veo motivo para mentirle y que luego se sienta decepcionado.

—Voy a investigar, pero dudo que saquemos gran cosa. Este tipo de incidentes se producen de forma habitual. Muy pocos gorilas acaban en el juzgado, y menos aún en la cárcel.

—Pero le han matado.

—Siento decírtelo, pero como mucho se les acusará de homicidio involuntario. Puedes poner una demanda civil si quieres. Contraatacarán y te denunciarán por alteración del orden. Lo más probable es que ellos queden limpios y tú acabes pagando una multa.

—Es de locos.

Sulo tiene razón, es de locos. La cultura finlandesa del alcohol es una hipocresía. Se espera que los hombres beban. Si no lo hacen, no se les considera dignos de confianza. Tanto la vida social como la de los negocios giran alrededor del alcohol. A menudo los tratos se hacen por la noche, tras tomar unas copas. Entra en juego el antiguo esquema machista: como muchas de esas reuniones bañadas en alcohol tienen lugar en saunas solo para hombres, las mujeres quedan fuera del proceso de toma de decisiones.

Si algo se tuerce en un bar y alguien muere, la mayoría de las veces se considera un mero accidente. Los testigos quedan desacreditados. No pueden demostrar que no estuvieran borrachos. Los tribunales culpan a la víctima y se niegan a dictar penas de reclusión. El abuso del alcohol es un requisito cultural, pero una vez que la gente está borracha, de hecho pierde todos sus derechos legales.

—Sé cómo te sientes —digo yo—, y haré todo lo que pueda. Pero no quiero que esperes demasiado.

El *shock* se mezcla con la rabia. Su rostro adopta un tono morado. Las venas del cuello y de la frente se le hinchan. No puede articular palabra.

Tomo su dirección, su teléfono y su número de la seguridad social y le digo que me encargaré de que le lleven a casa.

Suena mi teléfono móvil. Respondo.

—Hola. Me llamo Arska Kuivala. Soy de Securitas. ¿Es usted pariente de un estadounidense llamado John Hodges?

—Es el hermano de mi esposa. ¿Por qué?

—Se ha metido en un lío. Le llamo por cortesía. Estoy con él en Roskapankki. Ha gastado casi trescientos euros en un bar, no tiene dinero para pagar y está jodido. ¿Quiere pasarse por aquí y arreglar esto? Si no, va a la cárcel.

Kate quedará destrozada si lo enchironan.

—Voy para allá. Le debo un favor.

—Pues sí, me lo debe. Su cuñado es un capullo —responde el tipo, y cuelga.

Tengo el caso Filippov, lo de Arvid Lahtinen y varias muertes más que investigar a la vez. Mis aptitudes para estar en la *murharyhmä* ya han sido cuestionadas por mis colegas, y ahora tengo que dejar una investigación por el beodo de mi cuñado. Es más que un inconveniente, es humillante.

Le digo a Milo que me ha salido una emergencia y que tengo que irme. Él dice que se ocupará de esto. Le doy las llaves del coche y tomo un taxi a Roskapankki.

18

Roskapankki —el Banco de la Basura— es uno de los locales más conocidos de Helsinki. Se abrió durante la crisis económica de principios de los noventa. Los bancos se tambaleaban, y el Gobierno creó un banco garantizado por el Estado para que absorbiera sus activos tóxicos, de ahí el nombre del bar. El local ofrecía una de las cervezas más baratas de la ciudad, para ayudar a superar la depresión psicológica creada por la depresión económica. Con el tiempo se ha convertido en sinónimo de bebida a bajo precio, y goza de una tremenda popularidad entre una determinada clientela. Hasta la fecha debe de haber vendido cerca de un millón de litros de cerveza.

Echo un vistazo al reloj. Son las nueve de la noche. John está sentado junto a una mesa de madera, con las manos esposadas tras la espalda. Enfrente tiene a un guardia de seguridad que tamborilea con los dedos y contempla la pared, aburrido.

Me acerco a él, sin mirar a John.

—¿Es usted Arska?

Él asiente.

—¿Por qué le ha esposado?

—También le habría tapado la boca con cinta adhesiva, si la tuviera. Es un capullo insoportable. ¿Se va a ocupar usted de esto? Yo tengo cosas que hacer.

—Pagaré su cuenta y arreglaré las cosas.

Arska le quita las esposas a John, le echa una mirada asesina y se va.

—Esos jodidos capullos… —suelta John.

Pero yo le corto:

—Explícate.

Veo que está preparando una mentira. Tarda un rato. Está torpe, borracho como una cuba, pero animado por efecto del *speed* o de la coca. Me pregunto cómo se puede acumular una cuenta de trescientos euros cuando medio litro de cerveza no cuesta más que dos euros y medio.

—Déjalo —rectifico, y me voy hacia la barra.

El camarero me cuenta la historia. John ha llegado pronto, ha empezado a beber y a ponerse cada vez más borracho y más ruidoso. Ha invitado a gente para hacer amigos. Ha dado una tarjeta de crédito. A media tarde, ha preguntado si podía sacar cien euros en efectivo a cargo de la tarjeta. El camarero no ha pasado la tarjeta; simplemente ha tomado nota para añadir el cargo a la cuenta final. John estaba dando la murga a todo el mundo, pero lo han aguantado porque iba pagando cervezas. La cuenta ha ido creciendo hasta despertar las sospechas del camarero. Ha pasado la tarjeta por la máquina, y estaba muerta. Le ha preguntado a John si tenía otra. John le ha dado dos más. Ambas inútiles. John se ha puesto chulo, ha fingido indignación y ha intentando marcharse. Un gorila le ha detenido y han llamado a los de Securitas.

—Yo pago la cuenta —le digo, y le doy mi MasterCard.

John lleva en Helsinki dos días. Entre el champán de anoche y su borrachera de hoy —y los cien euros que le ha pedido al camarero, que estoy seguro que ha usado para comprar droga— se ha convertido en un engorro muy caro. No me hace ninguna gracia.

Vuelvo a la mesa y me siento frente a él. Mi migraña no es tipo monstruo de *Alien*, pero está volviendo a empeorar.

—¿A ti qué coño te pasa? —le pregunto.

—Kari, no ha sido culpa mía. Mira, Kari, el lector de tarjetas no funcionaba bien, y han hecho como si fuera culpa mía. Kari, tú eres poli. Haz algo, Kari. Juro por Dios que voy a ponerles una demanda a estos cabrones.

Odio esa costumbre norteamericana de usar el nombre de

pila de la gente una y otra vez para crear una falsa sensación de intimidad.

—John, esto es lo que voy a hacer, y esto es lo que vas a hacer tú, John. Eres un jodido mentiroso, John. Estás borracho y colocado, John. Vas a despejarte, puto cabrón. Tú y yo, John, vamos a mantener esto en secreto porque si Kate lo descubre, se va a disgustar. Y John, cuando alguien disgusta a mi mujer, yo me disgusto, John. ¿Tú quieres que me disguste, John?

Él niega con la cabeza.

—Vale. Ahora mismo debería estar acabando con la investigación de un asesinato y luego iba a volver a casa con Kate, que es donde quiero estar. Pero en vez de eso voy a llamarla y le voy a decir que los chicos hemos salido a dar una vuelta juntos, para fomentar el buen rollito. —Odio ese término, pero supongo que él debe de usarlo—. Mi plan es este: voy a llevarte a una sauna, y luego a comer algo. Cuando volvamos a mi casa, vas a comportante como un niño ejemplar.

Él hace ademán de ir a hablar, pero yo me llevo un dedo a los labios.

—No quiero oír tu voz en un buen rato. ¿Está claro?

Asiente. Llamo a Kate. Él se pone en pie, se coloca el abrigo y se tambalea. Le ayudo y nos dirigimos a la puerta.

La sauna Kotiharjun está a un paseo de nuestro apartamento y del Roskapankki. John no tenía intención de hacer turismo. Simplemente salió de casa y se metió en el primer local que le gustó. Avanza pesadamente por la nieve. El aire frío y el ejercicio le irán bien. La sauna nos irá bien a los dos, y también será un pequeño castigo por su mal comportamiento. Voy a aprovechar la ocasión para joderle, solo un poquito.

Kotiharjun abrió sus puertas en 1928. Es una institución en Helsinki y una de mis saunas preferidas, la única pública que aún funciona con leña y conserva las viejas tradiciones. Nos acercamos. Fuera hay una fila de hombres, en la nieve, sentados en un murete, envueltos en toallas, fumando y bebiendo cerveza.

—¿Qué coño hacen esos tíos desnudos en la nieve? —pregunta John.

—Lo mismo que vas a hacer tú, solo que sin cerveza.

Entramos en la recepción. Aquí me conocen. Soy un cliente habitual; me gusta venir después de hacer pesas en el gimnasio. Nuestra pequeña sauna eléctrica de casa cumple su función, pero esta gran sauna al fuego de leña es una experiencia especial. Genera un magnífico calor suave.

Pago la entrada, cojo las toallas y un *vihta* (un manojo de ramas de abedul con hojas, atadas por un extremo).

—Mi cuñado, John, necesita el tratamiento completo, lavado y un *kuppaus* —anuncio—. ¿Queda alguien para dárselo?

El cajero es un tipo joven y agradable.

—Ellu estaba a punto de irse a casa —dice—. Y parece que John también debería irse a casa.

—Ese es el problema. No quiero que vaya aún. Dile que le daré cincuenta de propina si se queda.

Va a ver. Ellu accede. Vamos a una sala que parece un quirófano. Le digo a John que se quite la ropa. Protesta. Me lo quedo mirando. Se quita la ropa y se queda en calzoncillos. Sigo mirando. Se quita los calzoncillos y se queda ahí, desnudo y azorado. Ellu espera, impaciente. Le digo que se tumbe en la mesa. Lo hace. Ellu procede a darle un buen masaje exfoliante. Generalmente, el *kuppaus* se hace después de pasar un tiempo en la sauna, porque la alta temperatura del cuerpo facilita el sangrado. Pero pienso que lo mismo da; John puede sangrar despacio.

Al cabo de unos minutos, John se relaja.

—Gracias, Kari —dice—. Esto es agradable.

Ellu acaba de lavarlo y empieza a sacar las ventosas de plástico usadas para absorber la sangre con el *kuppaus*.

—¿Estás seguro de esto? —me pregunta ella.

—Nunca he estado más seguro de nada en mi vida —respondo.

Pone sobre la mesa las esferas transparentes de succión con cortas agujas hipodérmicas, que despiertan las sospechas de John:

—¿Qué es eso? Tiene pinta de que va a doler.

—Es un viejo remedio popular finlandés —le contesto—. Saca las toxinas del organismo.

—No lo quiero —dice, haciendo ademán de levantarse. Yo lo tumbo de nuevo de un empujón.

—Claro que sí. No seas nenaza.

Entiende que no aceptaré un no por respuesta. Ellu fija la primera esfera a su espalda. Él refunfuña, pero no se queja. Ellu le pone otras seis. John mira por encima del hombro y ve cómo se llenan de sangre.

—No duele mucho —reconoce—, pero no le veo el sentido.

—Son como sanguijuelas de plástico —explico—. Ahora ya puedes decirles a tus colegas que eres un verdadero finlandés de sangre azul y que te han chupado la sangre.

—La mayoría de ellos suelen contar cuando les chupan la polla —dice, con una risita—. Pero creo que esta anécdota es mejor.

Pensé que John se mearía de miedo y gimotearía. Me ha impresionado, aunque solo sea un poco. Yo me desnudo en el vestuario. Nos damos un remojón en las duchas y me lo llevo a la sauna. Es martes, así que hay poca gente, quizá quince hombres. Los fines de semana hay muchos más clientes y más ruido. Los grupos de amigos vienen a beber y sudar juntos.

La estufa de hierro es enorme. Se calienta con troncos. En la sauna hace más o menos calor, según la proximidad a la estufa. John y yo cogemos un sitio casi detrás, en la grada superior, la tercera. John se ha despejado un poco, ha dejado atrás la humillación sufrida en el Roskapankki y está más animado al haber superado la experiencia del *kuppaus* con éxito.

—Esto es cojonudo —anuncia—. ¿Sabes, Kari? Tenía mis dudas sobre ti, pero eres majo.

—¡Vaya! Gracias. Tenía miedo de no gustarte.

Humedezco el *vihta* y empiezo a golpearme la espalda con él. Se me ocurre pensar que estoy realizando prácticamente el mismo movimiento que el asesino de Iisa Filippov cuando la torturó con la fusta.

—¿Para qué es eso? —pregunta John.

—Al golpearte con las ramas sudas más, y las hojas del álamo tiene propiedades curativas, te ayuda a liberar las toxinas.

—Los finlandeses debéis de estar llenos de toxinas. Os tomáis mucho trabajo para sacarlas del cuerpo.

—Créeme, lo estamos. Pruébalo. Te ayudaré. Te enseñaré la técnica.

—Vale —responde, sonriente.

No hay técnica. Aprovecho la ocasión para atizarle bien. No duele; solo pincha un poco. Los tipos de la sauna nos han oído hablar en inglés y se dan cuenta de que estoy tomándole el pelo a un extranjero. Se ríen entre dientes. John se da cuenta, se lo toma bien y se ríe con ellos. Tendrá sus problemas, eso es evidente, pero también tiene su lado bueno. Quiero que me caiga bien, pero se ha esforzado al máximo en ponérmelo difícil.

Nos sentamos un rato hasta que hace demasiado calor, luego salimos y nos sentamos en la nieve, a respirar el aire frío un rato; volvemos a la sauna y repetimos el proceso. Un hombre mayor que conozco me ofrece una cerveza y me propone jugar una partida rápida de ajedrez en la mesa del vestuario. Nos pasamos una botella de Koskenkorva un par de veces. La sauna y el vodka aplacan mi dolor de cabeza. John se queda mirando la botella, pero sabe contenerse y no pide. Me lo estoy pasando bien a su costa.

Volvemos a la sauna por tercera vez. John dice que querría probar algo más de calor y me pregunta cómo hacerlo. Le digo que la válvula de la estufa libera agua, que crea más vapor. Antes de que le pueda dar más instrucciones, John da un salto y se acerca.

Esta sauna es un lugar de culto, para amantes de la tradición. Muchos son hombres mayores que llevan practicando el arte de la sauna toda su vida. Las reglas de la sauna Kotiharjun son tan sagradas como las de la misa. Una regla fundamental es que solo los que están en la zona más caliente de la sauna pueden soltar agua sin pedir permiso. Demasiado vapor convierte el rincón más caliente en un horno.

John no se lo piensa, abre la válvula y deja salir el agua. Demasiada. Incluso en nuestra zona templada, el vapor me quema los pulmones y las fosas nasales. Los tipos de la zona caliente se escaldan y se enfurecen, empiezan a gritar y a insultar a John. Él no sabe qué ha hecho mal. Salen de su rincón y van a por él. El suelo está resbaladizo. No puede moverse a suficiente velocidad como para escapar. Además, está desnudo y no puede ir muy lejos. Cuatro hombres lo agarran y se lo llevan al otro lado de la sala.

—¡Kari! —grita—. ¡Ayúdame!

Quizá lo hiciera si pudiera, por Kate, pero no puedo. John ha cruzado medio mundo y, en un día, casi consigue que lo metan en la cárcel y ahora se ve atacado por cuatro hombres desnudos. No puedo evitar reírme. Bienvenido a Finlandia. Tres de ellos le obligan a sentarse. Otro vuelve atrás y abre la válvula.

—¡A ver si te gusta, gilipollas! —le grita.

—Tú quédate quieto un minuto —le digo—. No te morirás. Intenta no respirar demasiado hondo.

Los cuatro tipos se quedan de pie en medio de la sala, con los brazos cruzados, y miran a John mientras se cuece. No quieren hacerle daño, solo enseñarle una lección. Salen fuera para refrescarse. Él se acerca a mí arrastrándose.

—¿Podemos irnos ya? —pregunta.

—Sí, vamos a comer algo.

Paro un taxi y me llevo a John al Juttutupa, uno de mis restaurantes favoritos. Ya que tengo que hacer de canguro del hermano de Kate, se me ocurre que más vale que disfrute todo lo que pueda. El edificio está frente al agua y parece un pequeño castillo construido con bloques de granito. Lleva abierto más de un siglo. El Juttutupa está junto a las oficinas del SDP, el Partido Socialdemócrata, y es conocido como lugar de reunión donde los políticos hacen tratos mientras comen y beben.

Un par de noches a la semana hay jazz en directo. A mí me gusta el jazz, y Kate ha adoptado mi afición, así que a veces venimos juntos. Me doy cuenta de que le he dado a John un curso concentrado sobre la cultura del Helsinki clásico en una noche, aunque lo haya hecho en mi propio interés.

Una camarera se acerca a nuestra mesa. Le pido que nos hable en inglés para que John se entere. Nos pregunta qué queremos beber. Yo pido *kossu* y cerveza. John pone ojos tristes, como un niño pequeño, y me pide permiso para tomar cerveza. Me da pena, vuelvo al finlandés y le pido una *ykkösolut* —una cerveza suave—. No notará la diferencia. John estaba borracho como una cuba antes, cuando lo he rescatado. Ahora está mejor, pero de ningún modo podría fingir estar despejado. Si yo también me tomo unas copas, puede que parezca que hemos estado bebiendo juntos, y me ayudará a fingir ante Kate que no es un imbécil borrachuzo. Estoy bebiendo para que mi mujer no se sienta mal. Qué día más raro.

La camarera nos trae las bebidas y las cartas. Yo le digo que no las necesitamos y pido por los dos. Caracoles a la mantequilla de ajo para compartir como entrante. Hígado encebollado con puré de patata para él, y un gran filete de caballo para mí. Muy poco hecho, que sangre.

Aún borracho, John protesta.

—¿A ti qué coño te pasa? Odio el hígado, y nadie debería comer cosas viscosas ni caballos. Me estás haciendo chantaje porque el lector de la tarjeta de crédito del bar no funcionaba.

No le gustan los caracoles, pero no tiene ningún problema con el caviar. Supongo que el precio del caviar hace que la textura le resulte más atractiva.

—No, John, te equivocas. Estoy haciendo todo lo necesario para ocultarle a Kate todos tus problemas. Cuando volvamos a casa, vas a estar en un estado presentable. Vas a contarle a Kate lo estupendamente que nos lo hemos pasado, y a partir de mañana, vas a comportarte. No te comas los caracoles si no te gustan, pero te vas a comer el hígado, porque es el mejor plato que conozco para combatir la borrachera.

El *speed* o la coca que se ha metido están perdiendo efecto; solo queda alcohol en su organismo. Empieza a arrastrar las palabras.

—Kari, te equivocas conmigo. Crees que soy una especie de perdedor. No es culpa mía si el lector de tarjetas de crédito de un bar de mierda no funciona con tarjetas norteamericanas.

Nos quedamos mirándonos un minuto.

—Si me perdonas, voy un momento al baño —anuncia.

Tomo un sorbo de Koskenkorva y veo el deseo en su rostro.

—Si vuelves colocado —le advierto—, voy a estar más que cabreado.

—Así que ahora me acusas de tomar drogas.

—Pues sí.

—Que te jodan.

—Te he pagado la cuenta del bar. Te has olvidado de darme las gracias.

Él se pone en pie, enfurruñado. Cuando vuelve, no está colocado. Me como los caracoles yo solo. Llegan los platos principales. Él mira el hígado con cara de asco, pero se pone manos a la obra. Debe de estar hambriento. Su indignación desaparece.

—Es bueno —reconoce.

—Ya.

—¿Para qué es la jalea roja?

—Es mermelada de arándanos. Combínala con el hígado. Es tradicional.

Comemos en silencio. Deja el plato limpio. Yo pago la cuenta y pido un taxi para volver a casa. Durante el trayecto, él mantiene fija la mirada hacia delante. Al cabo de unos minutos, dice:

—Gracias por pagarme la cuenta del bar.

—De nada.

—No le daré disgustos a Kate.

—Bien. —Cojo un cuaderno, escribo mi número de teléfono y se lo doy—. Procura no meterte en líos, pero si tienes problemas, llámame a mí, no a Kate.

Asiente.

Luego me lo pienso mejor, le pido su número y me lo grabo en el móvil, por si desaparece y tengo que buscarle.

Me da la impresión de que John es una persona decente cuando está sobrio, pero esos momentos son infrecuentes. Necesita ayuda, y al ser el hermano de Kate, me gustaría proporcionársela, pero tenemos una niña en camino. John me da miedo. Me da miedo que le dé un disgusto a Kate y que le provoque un aborto. No puedo permitir que eso ocurra. Quiero que se vuelva al lugar del que ha venido.

19

John y yo llegamos a casa hacia las dos de la madrugada. Mary está en la cama, dormida. Kate sale al salón vestida con una bata.

—¿Dónde habéis estado vosotros dos? —Olisquea y añade, gruñona—: No hace falta que me lo digáis, ya lo huelo.

—Una noche finlandesa para chicos —me defiendo—. Un par de copas, sauna y buena comida.

John sonríe y asiente.

—He comido hígado por primera vez desde que murió mamá. Y hasta me ha gustado. Me han chupado la sangre. Eso, aún no he decidido si me ha gustado o no.

Ella se me queda mirando.

—¿Le han chupado la sangre?

—*Kuppaus* —respondo yo.

De pronto se le pasa el enfado. Se ríe.

—¡Tu noche ha sido de lo más finlandesa, John! ¿Qué has hecho todo el día?

—Estoy bastante cansado. Te lo contaré mañana.

—Kate, vámonos a la cama —propongo—, para que John disponga de paz y tranquilidad en su sofá.

Ella le da a su hermano un abrazo de buenas noches. Me lavo la cara y me cepillo los dientes. Al volver, le digo a John que se invente una mentira sobre lo que ha hecho hoy.

Él ya está medio dormido. Asiente. Entro en nuestra habitación y me meto en la cama con Kate, que se acurruca a mi lado. La rodeo con un brazo.

—¿De verdad os habéis divertido? —pregunta—. Tenía miedo de que no congeniarais.

—Digamos que estamos conociéndonos. Pero sí, nos lo hemos pasado bien. Esta noche ha aprendido un poco de cultura finlandesa.

—El bebé está dando pataditas. —Me coge la mano y la apoya en el vientre para que yo también lo note—. ¿Cómo va tu cabeza?

Me duele, pero miento:

—Está bien.

—Aquí el día ha empezado algo raro —me cuenta—. Después de que te fueras esta mañana, John, Mary y yo estábamos desayunando, hablando de cuando éramos niños. Cuando mamá murió y papá empezó a beber, no teníamos mucho dinero y nos mudamos a una casa pequeña y destartalada. Teníamos un vecino que era un tipo normal, un tipo agradable. Vivía solo. Otro vecino que volvía a casa borracho empotró el coche en la pared del tipo agradable y lo dejó tullido. Los tres fuimos corriendo y lo vimos aplastado bajo aquel Buick enorme. Lo curioso es que los tres tenemos recuerdos diferentes de lo que hizo papá. John recuerda que papá entró en la casa para ayudar. Mary recuerda que se quedó de pie en el porche, mirando. Yo recuerdo que estaba borracho, sentado en la cocina a solas, y que ni siquiera se levantó de la silla para ver qué había sucedido. Fue un espectáculo horrible, que nos traumatizó.

—Los traumas afectan a la gente de formas curiosas.

—Yo era la mayor y estoy segura de que papá estaba borracho como una cuba. Quizá John y Mary sufrieron un trauma tan fuerte que se inventaron recuerdos mejores para no tener que recordar esa imagen de su padre.

Pienso en el comportamiento de hoy de John, y me pregunto si haber recreado aquel desagradable recuerdo no habrá sido el detonante de todo.

—Puede ser.

—Después de que mamá enfermó de cáncer, yo me convertí en la madre de los chicos. Se suponía que tenía que protegerlos. Cuando me fui a la universidad, pensé que Mary tenía edad suficiente para cuidar de John, pero han cambiado. Me da la impresión de que tengo la culpa de algo, pero no sé de qué.

Kate es una mujer adulta. No quiero tratarla como a una niña, pero el aborto le ha causado un profundo daño. No puede volver a suceder. Pienso en la preeclampsia, en la hipertensión, en el desprendimiento prematuro de la placenta, en la muerte del bebé, en la muerte de ella. Quiero protegerla solo un poco, hasta que nazca nuestra hija. Esta visita de sus hermanos me parece una idea cada vez peor.

—Kate, tenías trece años cuando tu madre falleció; aún eras una niña. Tu padre era el adulto. Él era el responsable de la casa. Os falló. No cargues con su fracaso.

—No puedo evitar sentirme como me siento.

Es difícil culpar a los muertos; resulta más fácil compartir su culpa.

—Pero puedes intentar racionalizar los sentimientos, no perder la perspectiva —le digo, como si a mí se me diera tan bien.

—Bueno, dejemos eso —decide—. Cuéntame cómo te ha ido el día.

Le hablo del asesinato de Filippov, de la muerte del Silver Dollar, de Arvid Lahtinen, de las acusaciones en su contra y de su conexión con *Ukki*. Una vez más, miento por omisión, y no le digo que he perdido el conocimiento en casa de Arvid.

Kate se mueve un poco y apoya la cabeza en mi pecho.

—Nunca me has hablado mucho de *Ukki*.

—Era un buen hombre. Le quería. Y a mi abuela también. Se portaban bien conmigo.

—Entonces no deberías preocuparte por eso. Los asesinos en masa no suelen ser buenos con los niños.

¿Y por qué no podrían serlo?

—Solo quiero saber la verdad sobre él, sea como sea.

—¿Por qué? Si era bueno como abuelo, ¿qué importa lo que hizo durante la guerra?

Buena pregunta. Yo mismo no me la he hecho. La respuesta parece evidente:

—Yo soy así. Si tomó parte en el Holocausto, no por ello voy a guardarle menos cariño. Simplemente necesito saberlo.

—Sí —afirma—, tú eres así. La vida te resultaría más fácil si no lo fueras.

Tiene más razón de lo que cree.

—¿Tienes que levantarte pronto mañana? —pregunta.

—Sí, para ver a Jari.

—Entonces durmamos un poco —decide, y apaga la luz.

20

Al haber salido al rescate de John, mi coche ha tenido que quedarse en el aparcamiento de la comisaría toda la noche. Me levanto pronto para recogerlo y luego me dirijo al hospital. En la sala de espera del ala de neurología, hojeo los consejos de limpieza doméstica de una revista femenina. La oferta de lectura deja mucho que desear. El hospital irradia asepsia, pero yo me pongo de pie. La última vez que me senté en un centro médico, al salir la ropa me olía como a meados.

Jari me hace pasar a una consulta. Ve la cicatriz del balazo que tengo en la cara y hace una mueca, pero no dice nada. La última vez que nos vimos fue hace tres Navidades. Desde entonces ha envejecido. Tiene el pelo más gris y está más delgado. Nos damos un rápido abrazo fraterno y me invita a sentarme. Le describo mis dolores de cabeza. Él introduce los síntomas en un ordenador.

—En una escala del uno al diez, en la que uno es una leve molestia y diez es el dolor más intenso que te puedas imaginar, ¿cómo puntuarías el dolor de cabeza que tienes ahora mismo?

El dolor es sordo pero pesado.

—Tres, más o menos.

—Dices que el problema empezó hace un año aproximadamente, pero que llevas sufriendo un dolor de cabeza constante desde hace tres semanas.

—Sí.

—¿Dirías que los dolores de cabeza van aumentando en intensidad?

—Han empeorado mucho con el tiempo.

—En esa misma escala del uno al diez, ¿cómo puntuarías los peores episodios?

Me imagino que un trépano perforándome los dientes hasta las raíces sin anestesia sería un diez.

—Ocho.

—Siempre has sido lacónico —afirma—. Creo que has sufrido un dolor muy intenso. ¿Por qué has esperado tanto para buscar un remedio?

—Vi a una médica de familia hace seis meses. Me dio un Tylenol potentísimo y algo que llamó difusor del dolor. Me dijo que se lo daba a la gente con problemas crónicos, por ejemplo, a los que han perdido algún miembro pero aún sienten dolor en la parte del cuerpo que han perdido. Me lo tomé tres días y me ayudó con los dolores de cabeza, pero me dejó tan atontado que me costaba hablar. Lo tiré a la basura.

—¿El Tylenol te va bien?

—Antes sí. Ahora ya no.

—¿Los nervios te han quitado el apetito o el sueño?

—No tengo tanto apetito como antes, pero como. No puedo dormir.

Jari me pide que siga su dedo con la vista, adelante y atrás, comprueba mi equilibrio y mis reflejos y algunas cosas más. Pasa los dedos por la cicatriz de la cara y me dice que abra la boca. Mira dentro con una linterna-bolígrafo.

—La bala se llevó dos muelas —comenta.

—Sí.

—¿Tienes algún dolor o parálisis crónica como consecuencia de la herida?

—Solo tengo la mandíbula algo rígida y una parálisis mínima. Tengo la sonrisa algo torcida.

Le hace gracia.

—Eso no es un gran problema; tampoco sonríes tanto. —Se sienta y evalúa la situación—. Cerca de la herida de bala pasan un manojo de nervios faciales. Si están dañados, eso podría provocarte los dolores de cabeza, pero la ausencia de otros síntomas me hace pensar que no es el caso. En realidad no se observa ningún síntoma de que puedas tener nada. Necesitamos hacerte pruebas.

—¿Cuál crees que puede ser el problema?

—Se trata básicamente de un proceso de eliminación, de las causas más probables a las menos probables. Veremos si tienes un tumor cerebral, y luego pasaremos a hacer pruebas de trastornos del sistema nervioso.

—¿Esas son las causas más probables? —reacciono, bastante alarmado.

—Hermanito, me parece que no entiendes la gravedad de la situación, ni lo tonto de remate que has sido. Necesitas una resonancia. El tiempo de espera para las resonancias en la sanidad pública en Helsinki es de nueve meses. Podrías morirte esperando. Sucede constantemente.

—En la policía tenemos cobertura médica privada.

—Que le den por culo al sistema, tanto público como privado —decide Jari—. Retorceré unos cuantos brazos y conseguiré colarte todo lo que pueda. Te harán la resonancia como mucho dentro de un par de semanas, y el análisis de sangre en cuanto salgas de esta consulta.

—Vale —respondo—. Ahora que pienso, creí que te estabas haciendo rico con tu consulta privada. ¿Qué estás haciendo aquí, en un hospital?

—El sueldo en la medicina pública es tan ridículo que la mayoría de los médicos buenos se han pasado a la privada. Así que los que quedan son recién graduados, algunos médicos malos, otros viejos y, últimamente, personal médico extranjero. Eso no tiene nada de malo de por sí, pero muchos de los extranjeros hablan poco finlandés y en muchos casos dependen del inglés.

—Pero los médicos extranjeros tienen que aprobar un examen de lengua para poder trabajar.

—Eso no garantiza que la hablen de modo fluido. Unos padres trajeron a un niño con una infección de oído para que les diera una segunda opinión. Habían visto a un médico extranjero y hablaba tan poco finlandés que lo único que pudo decirles fue «No es cáncer». Y cuando, por ejemplo, vienen ancianos que no hablan inglés, a veces tienen la sensación de que no pueden contarles sus problemas. Se sienten desatendidos por el sistema. Yo vengo aquí dos mañanas a la semana para ayudar. Me lo planteo como mi obligación como ciudadano.

Jari siempre ha sido un buen tipo.

—¿Cómo va tu rodilla mala?

—Peor cada año. No queda suficiente cartílago para sujetarla. Tengo que dormir con una almohada entre las rodillas para reducir la presión, o la articulación empieza a movérseme hasta que me despierta el dolor. Por lo menos así era en los lejanos días en que dormía.

—Los tiros en la rodilla suelen provocar eso. Haz que te examine de nuevo un traumatólogo. La cirugía reconstructiva posiblemente no lo arreglaría del todo, pero podría mejorar.

—Estoy esperando un bebé. Más vale cojear que no poder caminar.

Se produce un silencio incómodo. Espero hasta que me pregunta lo inevitable.

—¿Por qué me evitas? No me devuelves las llamadas.

Yo también me he hecho esa pregunta. Y he descubierto la respuesta, pero no la puedo compartir con él. Tiene que ver con un dolor y una rabia de antiguo. Papá solía darme enormes palizas. Jari es mayor que yo, pero nunca hizo nada por detenerle. Quizá no podía.

Cuando Jari acabó el instituto, le dijo a papá que quería ser médico. Papá le preguntó que quién cojones se creía que era, que si se creía superior a sus padres, que bajara del pedestal y se buscara un trabajo. Discutieron. Papá le dio un puñetazo en la cara. Jari se fue aquella noche y no volví a saber de él en casi dos años. Se había trasladado a Helsinki y había entrado en la universidad. Me abandonó.

—No sé por qué —respondo—. No me di cuenta de que lo estaba haciendo hasta que Kate y yo llevábamos aquí unos meses y caí en que no me había puesto en contacto contigo.

Asiente.

—Entiendo, pero aun así soy tu hermano.

—Lo sé. Por algún motivo he estado distante, pero no tiene nada que ver contigo y quiero arreglarlo. Los hermanos de Kate nos han venido a visitar desde Estados Unidos. ¿Por qué no vienes con tu esposa y los niños el jueves? Os prepararé una gran cena familiar.

—Suena bien —dice—. Ahora tienes que irte. Se me están acumulando los pacientes. —Me entrega unos papeles—. Este es el impreso para el análisis de sangre, que espero que te hagas ahora mismo, y las recetas para unas medicinas nuevas.

—¿Qué tipo de medicinas?

—Analgésicos opiáceos, tranquilizantes y pastillas para dormir. Quiero que las uses a discreción. Necesitas descanso y alivio para el dolor.

Cojo mi abrigo y me dispongo a protestar. Él me empuja para que salga.

—Nos vemos el jueves —me despide.

21

Paso a otra sala de espera y me quedo leyendo, de pie, hasta que llega mi turno. Tengo un día de mucho trabajo por delante y esperar me pone de mal humor. Una enfermera me saca sangre. Salgo del hospital y miro las recetas que tengo en la mano. Me desagrada tomar medicación en general, pero Jari tiene razón. Haberme desmayado en casa de Arvid me ha hecho ver que necesito algo de alivio. Me voy a la farmacia y las compro.

Estamos a diez bajo cero, y el día es limpio y agradable. Son poco más de las diez. Un cielo oscuro se cierne sobre una ciudad pintada de blanco por la nieve. Me apoyo en mi Saab, fumo y hago unas llamadas. El primero de la lista es Milo. Habla en voz baja, algo poco habitual en él. Le pregunto si puede comprobar el pasado de Iisa Filippov y Linda Pohjola. Dice que en este momento está trabajando en el caso desde otro ángulo y que ahora mismo no puede hablar. Me pregunta si podemos vernos más tarde, frente a la comisaría. Tiene cosas que contarme. Le sugiero el Hilpeä Hauki a las 2.30. Dice que perfecto; vive en ese barrio. Me pica la curiosidad.

A continuación llamo a Jaakko Pahkala. Lo conozco desde hace años, de cuando yo era agente uniformado en Helsinki, antes de volverme a mi ciudad natal, Kittilä, y hacerme cargo del Departamento de Policía local. Es reportero *freelance* del diario *Ilta-Sanomat* de Helsinki, de la revista de cotilleos *Seit-*

semän Pätivää y del periodicucho de sucesos *Alibi*. A Jaakko le encanta remover la mierda, su especialidad son los escándalos.

—Hola, inspector —me saluda—. Qué agradable sorpresa. Pensé que no volvería a hablarme después del caso de Sufia Elmi.

Jaakko cometió un delito de obstrucción a la justicia al hacer públicos detalles del asesinato que yo no quería revelar y al publicar fotografías de la morgue degradantes para la víctima, e hizo todo lo que pudo para desacreditarme y que me despidieran porque me negué a concederle una entrevista.

—Yo también —reconozco—, pero puedes serme útil.

Se ríe. Su voz chillona me resulta crispante.

—¿De quién quiere que airee trapos sucios?

—Iisa Filippov.

—Yo también estoy interesado en el asesinato. ¿Qué hay para mí?

Jyri quiere enchironar a Rein Saar. Se lo pondré difícil.

—Una buena exclusiva, siempre que mi nombre no figure en ningún lado.

—Hecho.

Enciendo otro cigarrillo, exhalo el humo, y el aliento al helarse crea una larga estela.

—Iisa Filippov y Rein Saar fueron paralizados con una pistola eléctrica. A él le habría costado mucho someterla a una prolongada sesión de tortura después de eso. Y la pistola ha desaparecido, no estaba en la escena del crimen.

—Joder, eso es bueno.

—Te toca —digo yo.

—Iisa Filippov iba de fiesta en fiesta, era una máquina de follar y una coleccionista de trofeos en forma de polla. Por su cama han pasado tipos como Tomi Herlin, Jarmo Puolakka, Pekka Kuutio o Peter Mänttäri.

Herlin: campeón de boxeo de los pesos pesados y héroe del pueblo convertido en político y después en patético drogadicto. Se suicidó hace once días; estuvo tirado dos días hasta que descubrieron el cuerpo. Puolakka: el único saltador de trampolín del mundo que ha ganado medallas de oro en los Juegos Olímpicos de invierno y en los campeonatos del mundo de salto de esquí, y que ha acabado primero en la Copa del Mundo y en el

Torneo de los Cuatro Trampolines. Otro caso de héroe del pueblo que acaba perdiendo la chaveta y se convierte en perdedor con cierta tendencia al apuñalamiento. Kuutio: ex ministro de Asuntos Exteriores obligado a dimitir por un escándalo provocado por la aparición de cientos de mensajes de texto que envió a una *stripper*. Mänttäri: también conocido como Pedro el Grande, estrella del porno venida a menos.

—¿Drogas? —pregunto.

—De uso recreativo.

—¿Su marido?

—Un cornudo mojigato.

Yo fui un cornudo una vez y estuve durante meses tentado de asesinar a alguien, aunque nunca llegué a hacerlo. Puedo imaginarme a Filippov con la misma sensación. Pienso en la infiel de mi ex mujer, Heli, sociópata y asesina, que murió calcinada sobre un lago helado. Recuerdo algunas de las últimas palabras que me dijo: «¿Merecer? Nadie obtiene lo que se merece. Si fuera así, todos arderíamos en el Infierno. Todos somos culpables».

—¿Y su amiga, Linda Pohjola?

—También va de fiesta en fiesta, pero no es una máquina de follar. A Iisa y Linda les gustaba colocarse y vestirse igual para llamar la atención. Incluso aprendieron a hablar y actuar igual. Cuando ya habían llamado la atención, Iisa solía seguir adelante; Linda, generalmente, no.

—¿Algo más que debería saber?

—Puede. Me lo pensaré. Pero te costará algo más.

Cuelgo y me voy al trabajo.

22

Cojo el ascensor desde el aparcamiento subterráneo de la comisaría central de Helsinki, en Pasila-Oeste y subo hasta mi despacho. La migraña vuelve a atacar con fuerza y me deja atontado. Bajo del ascensor y doy diez pasos antes de darme cuenta de que estoy en la quinta planta, en los departamentos que investigan casos de delitos sexuales y de piromanía. Bajo las escaleras hasta el cuarto, donde estamos los tres equipos que nos encargamos de los homicidios y dos unidades que se ocupan de los robos.

Le pido a Tia, secretaria de la unidad, que me busque los antecedentes de los gorilas y los guardias de seguridad del Silver Dollar en el sistema informático. No suelo ver a Tia mucho, ni tampoco al resto del equipo, porque a menudo tengo turno de noche o de fin de semana. Tia y yo nos comunicamos sobre todo mediante notas y correo electrónico. Tia mantiene en marcha la *murharyhmä*: se ocupa del papeleo, pide órdenes de registro y hace todas esas cosas pequeñas que hacen la vida más fácil a los investigadores.

Anoche Milo pasó a máquina las declaraciones de los testigos y me las ha enviado por correo electrónico. No son concluyentes. En el bar había poca luz y mucho ruido. Solo un puñado de clientes observaron el incidente, y de los que lo hicieron, la mayoría estaban demasiado borrachos para que puedan resultar creíbles como testigos. Ninguno puede decir que crea que los gorilas le hicieron daño intencionadamente a Taisto Polvinen. La versión de los guardias de seguridad se sostiene. Milo también ha interrogado formalmente a los gorilas y a los de Securitas. Leo sus declaraciones. Se ciñen a la versión de los hechos que han dado antes.

Uno por uno, saco a los gorilas y a los guardias de seguridad de sus celdas y los voy llevando a la sala de interrogatorios. Antes de que llegáramos Milo y yo ya se habían preparado la declaración. Los gorilas presentan a Taisto como alguien a punto de arrasar el local. Sienten su muerte, pero actuaron en defensa propia. Los guardias de seguridad confirman que Taisto se resistió cuando los gorilas lo echaron del local. Claro que se resistió. Yo también lo habría hecho.

Cuando acabo con ellos, vuelvo a la oficina de Tia. Tiene los antecedentes esperándome. Me los llevo a mi despacho. Los gorilas tienen un par de denuncias previas cada uno, pero no se presentaron cargos. La tonta del chicle está limpia. El *skinhead* tiene dos denuncias por agresión y una sentencia en firme. Pero intentó resucitar a Taiso. No tengo motivo para sospechar que obrara mal. Milo y yo pasaremos el caso al fiscal, pero tal como le dije al hermano de Taisto, no pasará nada. También es el caso de Milo, así que primero le pediré opinión, pero no tengo motivo para retener a ninguno, tendré que liberarlos. Es desalentador.

Echo un vistazo a la versión electrónica de los tres periódicos más importantes de Helsinki. Todos contienen artículos sobre el asesinato de Iisa Filippov y sobre la muerte en el Silver Dollar. Me he traído *El Einsatzkommando Finnland y el Stalag 309* al trabajo. Lo hojeo, pienso en cómo actuar con Arvid y en qué puedo hacer para ayudarle. El ministro del Interior quiere que presente un informe que afirme que los cargos en su contra son falsos. Yo me pregunto si el asunto quedará cerrado en caso de que lo haga.

Jyri dijo que Alemania acababa de extraditar a un acusado de crímenes de guerra de Estados Unidos. Busco el caso en Internet. El hombre se llama John Demjanjuk. Israel, Alemania y el Wiesenthal Center empezaron a perseguirle hace veinticuatro años, en 1986. Han conseguido que le quitaran la nacionalidad estadounidense dos veces. Le han acusado de asesinato bajo dos identidades diferentes. No pararán tan fácilmente. Puede que la culpabilidad o la inocencia de Arvid no influyan en absoluto en el hecho de que tenga que someterse a un juicio. Presentar un informe falso no servirá más que para darle tiempo a Arvid. A los noventa años, si la cosa se retrasa lo suficiente, puede que muera antes de que lo detengan, pero lo veo demasiado sano como para que tenga esa suerte.

El libro de Pasi Tervomaa no contiene suficiente información sobre Arvid ni sobre *ukki* como para que yo pueda sacar conclusiones sobre su culpabilidad o inocencia, sean absolutas o relativas. Necesito hablar con el autor. Busco su nombre en Google y encuentro sus datos de contacto en el Archivo Nacional. Llamo y me identifico. Ya no trabaja allí. Ahora trabaja desde casa, escribiendo. Me dan su número de móvil.

Llamo a Tervomaa y le explico la situación:

—Si extraditan a un héroe de la guerra de Invierno —comenta—, el país se levantará en armas de nuevo. Puede que Finlandia vuelva a declararle la guerra a Alemania.

Es una broma muy mordaz. Las consecuencias serían nefastas.

—¿Sabe algo sobre Arvid Lahtinen que no esté en su libro? ¿Algo que pueda ayudarme?

—No. Claro que busqué datos sobre él mientras hacía mi investigación, pero no era el centro de mi libro. En realidad desempeñaba un papel bastante pequeño en los acontecimientos que explico.

—¿Por qué no le llamó y le pidió una entrevista?

—Lo hice. Varias veces. Él siempre me colgaba el teléfono.

—¿Qué sabe de otro inspector de la Valpo en el Stalag 309? Toivo Kivipuro.

—¿Por qué él?

—Era mi abuelo.

—Así que tiene un interés personal en su investigación.

—Sí.

—Tampoco sé nada más sobre Toivo Kivipuro, pero creo que en realidad lo que me está preguntando es si los finlandeses destinados al Stalag 309 tomaron parte en el Holocausto. La respuesta es sí. En términos proporcionales, la participación de Finlandia fue minúscula. No obstante, en mi opinión, cualquier implicación en el Holocausto es inaceptable y punible. Tanto si los inspectores que estaban allí mataron a gente como si no, colaboraron en el proceso de decisión de quién debía morir y quién no.

No era lo que yo quería oír. La verdad me sienta muy mal.

—¿Dónde puedo investigar esto personalmente?

—Muchos de los registros de la Valpo están donde siempre han estado, en Ratakatu 12. Era y sigue siendo el cuartel de la policía secreta, pero a los historiadores se les permite consultar los registros hasta el año 1948. Yo voy a ir esta tarde a buscar información para un nuevo libro. Si quiere, puede venir conmigo. Me darán permiso para entrar y puedo sacar los archivos que usted quiera.

Acordamos encontrarnos una hora más tarde.

—Traiga un cuaderno y un bolígrafo —me advierte Pasi—. No permiten el uso de cámaras ni hacer fotocopias.

Y cuelga.

Llamo a Jyri y le digo que me consiga un permiso para mí. Necesito ver los archivos de la Valpo, pero en el fondo no quiero. La Biblia dice que la verdad nos hará libres. Yo creo que Jesús no debía de tener muy claras algunas de las verdades de la vida.

23

Cuando llego a la sede de la SUPO, Pasi Tervomaa ya me está esperando delante. Nos reconocemos, aunque nunca hemos sido presentados. Es un habitual en la sauna de Kotiharjun. Tiene cuarenta y tantos años, es delgado y enjuto, pero tiene una sonrisa cálida. Espera a que me acabe el cigarrillo. El edificio es un bloque de granito, como una fortaleza gris y amarilla, y me recuerda las fotografías que he visto de la Lubyanka —el cuartel general del KGB, antigua prisión soviética y osario—, solo que más pequeña y más discreta. De hecho, la SUPO, como la Valpo antes que ella, es la versión finlandesa del KGB. Se ocupa del contraespionaje, la lucha contra el terrorismo, contra las amenazas a la seguridad nacional y asuntos relacionados.

—Curiosamente su investigación coincide con la mía —explica Pasi—. Yo también estoy buscando información sobre un presunto criminal de guerra, Lauri Törni.

Sé quién es Törni. Luchó por Finlandia, luego con Alemania en las Waffen-SS, y finalmente, con Estados Unidos. Cambió su nombre por el de Larry A. Thorn, se alistó en los Boinas Verdes y acabó muriendo en un accidente de helicóptero en Laos en 1965, durante una misión secreta.

Entramos. Un conserje sale a nuestro encuentro y nos pide la identificación. Nos busca los archivos que Pasi ha pedido y nos acompaña a una celda en el sótano que solo contiene una mesa de madera con una lámpara de lectura y un par de sillas. El conserje nos pone los archivos sobre la mesa y se va.

Yo vuelvo a pensar en la Lubyanka.

—¿Usó esta celda la Valpo para torturar a enemigos del Estado?

—No —responde Pasi—. Eso lo hacían en las salas de interrogatorios.

—Lo decía medio en broma. No puedo imaginarme a la policía finlandesa torturando a nadie hoy en día.

—No sea inocente. Claro que lo hacían. En general, no con la brutalidad de los nazis o los soviéticos, pero en los interrogatorios a veces se empleaba la fuerza física. Golpes. Porrazos en las plantas de los pies. Cosas así.

Nos sentamos. Me pasa los archivos sobre Arvid y *Ukki*.

—Echemos un vistazo —propone.

Los dosieres son finos. Primero abro el de Arvid. Pasi y yo lo leemos juntos. La fotografía grapada tiene al menos setenta años, pero es Arvid. La primera página contiene sus datos personales.

Fecha de nacimiento: 3 de enero de 1920. Arvid entra en la Valpo en 1938, a los dieciocho años de edad, y es destinado a Helsinki. Me pregunto cómo entró en la policía secreta tan joven. En 1940 recibe dos condecoraciones por méritos en el servicio. No se mencionan las causas.

Habla correctamente alemán y ruso. Deja el servicio en la Valpo un tiempo para irse al frente durante la guerra de Invierno. Resulta herido en combate. Cuando se recupera, vuelve a trabajar para la Valpo, esta vez al norte, en la estación de Rovaniemi. En 1941 se le destina al Einsatzkommando Finnland. La hoja solo indica Salla. No hace mención a ningún Stalag. En enero de 1943, vuelve a ser destinado a Helsinki. Es despedido de la Valpo en junio de 1945. Le pregunto a Pasi los posibles motivos.

—La Valpo blanca, anticomunista, fue sustituida por la Valpo roja, comunista y radical. La nueva policía secreta se componía en su gran mayoría por hombres antes investigados por la antigua policía secreta. Un cambio generacional.

La ficha personal de Arvid contiene sus menciones y medallas. La Cruz de Mannerheim —medalla al honor—. La Medalla Conmemorativa de la Guerra de Invierno. La Insignia de los Veteranos Heridos. Las Cruces del Frente Norte, concedidas por Alemania. La Orden de la Cruz de la Libertad. La Orden de la Rosa Blanca de Finlandia. La Orden del León de Finlandia. Y la lista sigue.

La última página del dosier es una carta de recomendación con fecha del 12 de agosto de 1938. La firma Bruno Aaltonen, subdirector de la Valpo. Solicita que Arvid sea integrado en el servicio inmediatamente.

—Arvid Lahtinen tenía conexiones con elementos destacados del servicio de inteligencia —afirma Pasi—. Aaltonen se tomaba esas cosas en serio y no habría metido a Lahtinen en la Valpo a menos que tuviera la máxima confianza en que iba a rendir como inspector.

Abro el dosier de *Ukki*. En su foto, tiene diecinueve años. Tenía un año más que Arvid, pero, aparte de eso, sus dosieres son casi idénticos. *Ukki* y Arvid entraron en la Valpo al mismo tiempo, trabajaron en los mismos destinos en las mismas épocas y recibieron prácticamente las mismas medallas. Todo. La última página es una recomendación de Bruno Aaltonen para que Toivo Kivipuro sea admitido en la policía secreta como inspector. Fecha: 12 de agosto de 1938. Es como leer sobre dos hermanos gemelos.

—Arvid me mintió. Me dijo que no conocía a mi abuelo.

—Dado que eran tan jóvenes, y que Aaltonen escribió las cartas el mismo día, debía de haber una conexión entre su familia y la de Arvid. Yo supongo que Aaltonen conocía a sus padres y que le pidieron que los recomendara juntos. Eso también explicaría que los destinaran al Einsatzkommando Finnland.

—¿Y eso?

—Aaltonen tenía contactos entre la jerarquía de la Gestapo, hasta Reinhard Heydrich, jefe de la Oficina de Seguridad del Reich, que creó el Einsatzkommando. Aaltonen también era amigo de Heinrich Müller, director de la Gestapo. Intercambiaron mucha correspondencia. Se han conservado decenas de cartas. En las cartas hablan de asuntos familiares y de trabajo, no solo de política. Esos vínculos personales acabaron siendo la base de la colaboración entre los oficiales alemanes y finlandeses. Arvid Lahtinen y Toivo Kivipuro consiguieron sus puestos en el Stalag 309 porque sus familias gozaban de buena consideración y de confianza.

Yo no sé nada de mi bisabuelo, ni siquiera su nombre.

—¿Está seguro de que Arvid y mi abuelo estuvieron en el Stalag? ¿Sin posibilidad de duda?

—Soy historiador, un académico. Procuro no afirmar nada en términos absolutos a menos que lo haya visto con mis propios ojos, y yo no estaba allí. Pero digamos que hay un noventa y nueve por ciento de posibilidades de que Arvid Lahtinen le mintiera.

—¿Se imagina qué es lo que Arvid y mi abuelo harían allí?

—Bueno, el Einsatzkommando Finnland tenía la misión de liquidar a judíos y a presos políticos soviéticos. Esos eran el tipo de gente con los que trabajaban Arvid y Toivo. Digamos que creo que la pasión y el entusiasmo del Einsatzkommando pudieron ser contagiosos. Tengo entendido que allí los inspectores y los intérpretes finlandeses solían beber mucho. Es fácil imaginárselos emborrachándose y haciendo cosas que nunca habrían soñado que serían capaces de hacer.

—Está diciendo que los finlandeses ponían a la gente en filas y les disparaban.

—No puedo decir eso. Lo que puedo decir es que, con ese ambiente, parece probable.

Está diciendo, con ese lenguaje prevaricador tan típico de los académicos, que Arvid y *Ukki* eran asesinos a sangre fría. Apenas he empezado esta investigación y ya estoy descubriendo cosas que, hace cuatro días, habrían quedado fuera de los límites de mi entendimiento.

—¿Cómo demonios pudo mantenerse esto en secreto tanto tiempo?

—El Einsatzkommando destruyó los registros. La Valpo destruyó los registros. Pero, sobre todo, creo que se debe a que nadie quería saberlo. Y los que lo sabían querían olvidar.

—Pero todas esas muertes... ¿Dónde están los cuerpos? ¿Y las familias no han buscado los restos de sus seres queridos?

—Supongo que los cuerpos aún están en fosas comunes en Salla. Calculo que habrá un millar.

La zona de Salla estaba cerca de la frontera occidental de la

Unión Soviética tras la guerra, frontera que los soviéticos acabaron reforzando con tres barreras paralelas de zanjas y alambradas, con puntos de control intermedios, para evitar no tanto la entrada de extranjeros como la huida de sus propios ciudadanos. Así que, si eras un ciudadano soviético, ni siquiera te planteabas cavar en ningún lugar próximo a la frontera, por muchas ganas que tuvieras de descubrir el paradero de tus seres queridos. Te guardabas incluso de pedir públicamente información sobre esos asuntos, porque la ley soviética prohibía rendirse al enemigo, por lo que, según la política soviética, sus prisioneros de guerra eran considerados traidores. Si la URSS hubiera concedido alguna importancia al descubrimiento del destino de sus prisioneros de guerra desaparecidos, probablemente habrían hecho algo. Pero no era así, y para los ciudadanos aquella opción era inexistente.

—No tiene sentido —digo yo, sacudiendo la cabeza—. Los finlandeses no odian tanto a los judíos como para reunirlos a todos y matarlos.

—Quizá no. Como mucho, murieron unos ochenta judíos en el 309, y eran sospechosos de ser comunistas. Hay que pensar que el objetivo básico del Einsatzkommando en el 309 eran los comunistas. Si además eran judíos, mejor que mejor.

Eso es más de lo que puedo asumir.

—Me está diciendo que Arvid y *Ukki* eran criminales de guerra.

—Yo no apruebo sus acciones, pero entiendo su punto de vista. Ya le he dicho que estoy investigando a Lauri Törni, uno de los mayores héroes finlandeses. ¿Sabe que era un traidor?

—No.

—Con el ejército finlandés, se enfrentó a los soviéticos, pero cuando Finlandia firmó un tratado de paz con la Rusia soviética, los términos del pacto no le gustaron. Finlandia declaró la guerra a Alemania, su antiguo aliado, pero Törni se enroló en las Waffen-SS en 1945, para poder seguir luchando contra los comunistas. En ese mismo año recibió entrenamiento en Alemania para poder infiltrarse y organizar la resistencia si Finlandia era invadida por la Unión Soviética. Hacia el final de la guerra se rindió a las tropas británicas, huyó de un campamento de prisioneros británico y volvió a Finlandia. Cuando llegó, la Valpo roja le arrestó. Fue sentenciado a seis años de prisión por haberse unido al ejército alemán, enemigo de Finlandia. Un acto de traición. El presidente Paasikivi lo amnistió en diciembre de 1948.

—He leído cosas sobre Törni, pero nunca le he tenido por traidor.

—Pocos lo han hecho. Era un héroe. Siguió luchando con Estados Unidos en Vietnam. Combatió bajo tres banderas. ¿Puede imaginar por qué haría una cosa así?

—Porque era un guerrero.

—Quizá. Pero yo creo que también porque cada conflicto en el que participaba le daba la ocasión de matar comunistas. Era un cazador de comunistas profesional. Puede pensar en Arvid Lahtinen, en su abuelo y en todos los inspectores de la Valpo blanca del mismo modo, como cazadores de comunistas. Si lo ve desde ese punto de vista, quizá no los juzgará tan duramente.

El dolor de cabeza empieza a ser insoportable.

—Necesito tiempo para asimilar esto.

—Si puedo ayudarle en algo más, no dude en llamarme —se ofrece Pasi.

Le doy las gracias y le dejo. Él se queda ahí: trabajando en su celda de académico.

24

Salgo a Ratakatu. La temperatura ha bajado otra vez hasta casi veinte bajo cero. Cae un poco de nieve. Me suena el teléfono y respondo.

—Soy John —dice, con voz temblorosa.

—Hola, John. ¿Cómo está mi nuevo colega de parrandas?

—Tengo problemas. Por favor, ayúdame.

La noticia me cae como un jarro de agua fría.

—Lo que quieras, ya lo sabes.

—Me han robado.

Eso me resulta muy sospechoso. Le pongo a prueba.

—Estoy cerca de una comisaría. Métete en un taxi y llámame otra vez. Le daré la dirección al taxista y le pagaré cuando llegues.

—Eso no va a poder ser.

Ya me imaginaba.

—¿Y eso por qué?

—Por favor, ven a buscarme. Te lo explico luego. No puedo moverme. Estoy en la calle y voy descalzo; tengo los calcetines empapados. Me estoy congelando.

¿Descalzo? Le digo que vaya hasta la esquina más próxima y me deletree el nombre de las calles.

—Estaré ahí dentro de diez minutos.

John no está lejos de Juttutupa. Recorro el trayecto y paro junto al bordillo. John sube al coche. Es la imagen de la miseria, se quita los calcetines y levanta las piernas para calentarse los pies descalzos con la calefacción del coche. Aparco en un espacio junto al agua.

—Venga, suelta.

—Salí a dar una vuelta y me dirigí hacia el centro. Un tipo me atracó y se llevó mis botas —dice, y se sorbe la nariz—. Me encantaban esas botas.

—¿No se llevó tu cartera?

Sacude la cabeza.

—No. Pero sí el dinero que llevaba dentro.

—La verdad, John.

Quiere preparar una mentira mejor. Me lee la cara y sabe que no me la voy a tragar. Baja los ojos y se queda mirando el suelo del Saab.

Bajo la ventanilla y enciendo un cigarrillo. El aire gélido convierte el coche en una nevera y John, descalzo, tirita de frío. No me importa.

—Me prometiste que no le causarías ningún disgusto a Kate.

—No era mi intención —dice, suspirando—. Es una larga historia.

Miro el reloj; tengo una hora antes de ir a ver a Milo.

—Sacaré tiempo.

—Ya no soy profesor. Perdí mi empleo hace unas semanas.

Gran sorpresa.

—¿Y?

—No todo era mentira. Estaba preparando el doctorado y tenía una beca. Era profesor adjunto y se me daba bien, pero me presenté un par de veces bebido en clase y me amonestaron. Luego me emborraché en una fiesta y me dejé seducir por una estudiante de primer año. Corrió la voz y me despidieron.

—Deberías haber dado clase en una universidad finlandesa. Aquí te puedes follar a tus alumnos.

—¿Puedes?

—Sí. Dos adultos, común acuerdo. ¿Y?

—Me convertí en mi padre. Me deprimí y empecé a beber desde que me levantaba por la mañana, y a tomar drogas. Lo cierto es que no he venido aquí solo para estar con Kate. Mi vida es una mierda. Vine aquí para escapar un poco de todo aquello.

Y en lugar de hacer eso, nos ha traído su vida y toda la mierda con la que cargaba y nos la ha echado encima.

—Una curiosidad —digo yo—: toda esa ropa cara y las botas, tu..., digamos, exquisito paladar para la comida y el vino... ¿Cómo desarrollaste unos gustos tan caros con el presupuesto de un becario?

Hace una mueca.

—Tenía una novia con un papá rico. Vivíamos a lo grande con su dinero. Cuando me tiré a la novata, perdí no solo mi cargo, sino también la gallina de los huevos de oro.

—Gilipollas. ¿Y cómo perdiste tus elegantes botas?

—Cuando estuve en ese bar (aquel en el que me viniste a ayudar) conocí a un par de tíos. Nos metimos unos tiritos de *speed*. Uno de ellos me dijo que le gustaban mucho mis botas.

John hace una pausa. Yo enciendo otro cigarrillo.

—¿Y?

—En realidad yo no sabía que había agotado mis tarjetas. Pensé que me quedaba algo de crédito. Ya te dije que no quería disgustar a Kate.

—Muy considerado por tu parte, pero estás divagando. ¿Y?

—Aún me quedaba un billete de cien euros en la cartera. El tipo me dijo que le llamara hoy, que tenía más *speed* y que iríamos de fiesta todo el día.

Me contengo para no pegarle una bofetada.

—Y después de lo que te pasó ayer, ¿eres tan increíblemente imbécil que ibas a hacer exactamente lo mismo hoy?

Asiente.

—Y ese adicto al *speed* te tendió una trampa. Pensó que eras un capullo extranjero, borracho y drogadicto, incapaz de defenderte, así que te quitó los pocos euros que llevabas y las botas.

Asiente de nuevo.

La migraña me está pidiendo a gritos que le estampe la cara contra el parabrisas.

—La has cagado a lo grande.

Los músculos de su cara se tensan.

—Estoy arruinado. Estamos a veinte bajo cero y nieva. No tengo zapatos ni dinero para comprarlos. No sé qué hacer.

—Déjame pensar un minuto. —Enciendo el tercer Marlboro y cierro los ojos. La migraña emite un alarido que me rompe los tímpanos. Abro los ojos de nuevo, miro por la ventanilla y veo un cajero automático al otro lado de la calle—. Espera aquí.

Saco doscientos cuarenta euros del cajero y se los doy a John.

—Ahora ya tienes dinero; puedes seguir fingiendo de cara a Kate. Haz que te duren. ¿Hasta qué punto es grave tu problema con las drogas y el alcohol?

Pone cara de perrito apaleado, mientras se masajea los pálidos pies.

—Puedo pasar sin el *speed*. Básicamente lo uso para evitar quedarme atontado cuando bebo demasiado. Encontré una botella de *kuku* o como se llame ese vodka en tu casa esta mañana y eché un par de tragos para combatir los temblores.

—¿Hiciste lo que te dije y le mentiste a Kate sobre tu salida de ayer?

Él sostiene los calcetines empapados frente a la calefacción del coche, con lo que el auto se llena de un olor a perro mojado.

—Fui al Museo Nacional. La exposición de arqueología prehistórica de Finlandia fue increíble.

—Hoy te has ido de compras —le digo—. Querías unas botas más calientes y te compraste unas como las mías.

—¿Y qué les ha pasado a mis Sedona West?

—Eres un tipo humanitario. Las diste a la UFF, una asociación de beneficencia. Yo arreglaré esto. ¿Qué aspecto tenía el tipo que te robó?

—Alto. Delgado. Con cabello lacio hasta los hombros. Lleva una vieja chaqueta de cuero negro de motero.

Compruebo las llamadas recibidas en mi móvil y el horario, y encuentro el número que probablemente pertenecerá a Arska, el guardia de seguridad de ayer. Le llamo y le digo que estoy buscando a un colgado de *speed* que se deja caer por Roskapankki, y le doy la descripción que me ha proporcionado John. Arska sabe quién es. Le ofrezco cien euros si, cuando vuelva a verlo, lo detiene y me llama. Arska accede.

Pongo el coche otra vez en marcha y le doy instrucciones a John:

—Quiero que salgas del país lo antes que puedas sin que Kate sospeche del motivo por el que te vas antes de lo previsto. Hasta entonces, me ocuparé de que haya alcohol en casa para ti. Que Mary y Kate no vean que bebes. Y nada de drogas. Quiero que te comportes mejor que nunca.

—Vale. Gracias.

La migraña ruge a máximo volumen. Me enciendo el cigarrillo número cuatro.

—Kari, te agradezco lo que has hecho por mí —añade—, y siento haberte puesto en una situación tan incómoda.

Es sincero. Me resulta difícil odiarle.

En invierno llevo botas del ejército, y lo hago desde el servicio militar. Son calentitas, cómodas y duraderas. Me llevo a John a la tienda de equipamiento militar que hay cerca de casa para que se pueda comprar un par, le indico dónde está la bodega más próxima, le digo que beba con mesura y que se vaya a casa.

25

Aparco en Vaasankatu, frente a un centro de masajes tailandeses cerrado. Ahora está nevando fuerte. Ya no me duele solo la cabeza, sino también la rodilla, y voy cojeando hasta el Hilpeä Hauki. Oigo un crujido sordo sobre mi cabeza y levanto la vista. La nieve acumulada sobre un tejado inclinado se suelta y crea una pequeña avalancha encima de mí. Me pego a la fachada del edificio. La avalancha pasa rozándome la cara, cae con un ruido seco y forma un montón de nieve de un metro de alto justo a mis pies. Me abro paso por en medio y sigo en dirección al Hilpeä Hauki.

Milo ha llegado antes que yo. Está sentado en un sofá en un rincón, apartado del resto de los clientes, con una taza de café delante. El bar está casi vacío.

—Preferiría tomarme una cerveza —me dice—, pero llevo despierto más de treinta horas. Me cuesta mantenerme en pie.

Yo también pido café, y me siento en un sillón en ángulo recto con respecto a él.

—¿Por qué no has dormido? —le pregunto.

—Ya llegaremos a eso.

—¿Y cuál es esa información secreta de la que no me puedes hablar en el trabajo?

Sus ojos son como dos ranuras rojas. Tienen los bordes oscuros y ese brillo apagado que denota su excitación.

—Ya te he dicho que ya llegaremos a eso.

Va a empezar con la historia de la creación y dará un rodeo por la historia del mundo antes de ir al grano. Se está divirtiendo y está agotado. Le doy cancha, me dejo caer en mi sillón y espero.

—¿Qué quieres hacer con el caso del Silver Dollar? —pregunta.

—Quiero enviar a los gorilas a prisión por homicidio involuntario, pero eso no va a pasar. Los de Securitas no son culpables de nada. Deberíamos soltarlos.

—Podían haber intentando detener a los gorilas, haberles obligado a soltar a Taisto Polvinen.

—No detener una agresión no es lo mismo que agredir.

Se acomoda en su asiento. Sus movimientos son algo forzados debido al agotamiento.

—Esa guardia de seguridad es una borde, una gilipollas integral —afirma.

—Para un hombre de tu inteligencia, tienes un vocabulario limitado —observo.

Luego lo pillo. Su jerga de tío duro es una fachada.

—Yo la veo como una vaca atontada con chicle en el morro —apunto—. Habla con ese irritante tono de los adolescentes de Helsinki. Cuando la interrogué, me repetía las preguntas que le hacía, riéndose de mi acento del norte. A mí me da igual que se cachondee. Le pregunté de dónde es y me dijo que de Helsinki. Era una trola. La llamé mentirosa y le dije que era evidente que era de la zona de Kotka. Me llamó chupapollas.

—Es curioso, la cantidad de gente de Helsinki que es de otros lugares y que finge que es de aquí —observa Milo.

—Quieren que todo el mundo piense que son sofisticada gente de ciudad, y no paletos de pueblo. Es el sentido innato de vergüenza de los finlandeses. Yo creo que algunos nos sentimos culpables hasta de haber nacido.

—Sí, eso pasa. Podemos retener a los gorilas hasta el viernes sin presentar cargos. Dejémoslos en remojo un par de días más, aunque solo sea para joderlos. A lo mejor el fiscal puede encontrar el modo de procesarlos más adelante.

—De acuerdo.

Milo se acaba el café, va a la barra y vuelve con una segunda taza esbozando una sonrisa furtiva.

—Anoche volví a Filippov Construction, y luego me acerqué a su casa.

—¿Para qué?

—Para rebuscar en los cubos de basura. Esperaba que fuera tan tonto de tirar el equipo que llevaba puesto para matar a su esposa. No lo es.

—Filippov es un capullo, pero, encontremos o no la pistola, no hay ninguna prueba para encasquetarle el asesinato. Aún no, por lo menos.

Mi falta de confianza irrita a Milo.

—Por eso rebusco entre la basura, para encontrar pruebas y poder colgarlo.

Decido cambiar de marcha.

—Eso que estoy investigando para el comisario superior de policía me está llevando más tiempo de lo que pensaba. ¿Puedes hacer tú el trabajo de calle, de archivo y las gestiones básicas del caso Filippov un día o dos?

—Claro. Si me explicas tu misión *top-secret*.

—No.

—¿Por qué no?

Porque hablarle de Arvid supondría explicar el motivo de mi implicación, y la respuesta es *Ukki*. No estoy preparado para hablar de eso con Milo.

—Porque no es asunto tuyo.

—Eres como un grano en el culo —responde.

—Qué curioso, yo he pensado lo mismo de ti.

Eso crea una pequeña pausa.

—He estado haciendo el trabajo de calle del caso Filippov —prosigue—, así que no he dormido en toda la noche.

Por fin se acerca al motivo de nuestro encuentro clandestino.

—Con el seguro de vida de Iisa Filippov, su muerte vale 850.000 euros —explica.

—No es una minucia, pero hoy en día tampoco se puede decir que sea una fortuna.

—Esta tarde he dedicado un rato a buscar en su teléfono, haciendo llamadas para ver quiénes eran sus amigos. Todo el mundo hablaba bien de ella.

Debe de pensar que este relato detallado de un trabajo policial rutinario aumenta mi interés. Pero lo único que consigue es hacerme echar de menos los días en que se podía fumar en los bares.

—Y yo que me alegro.

—Y ni en su cuenta bancaria ni en la de su marido hay indicios de transacciones anormales.

Doy un sorbo al café y hago un esfuerzo por ampliar mi umbral de tolerancia.

—Anoche —continúa Milo—, mientras rebuscaba entre la basura de Filippov, miré por las ventanas y vi que Linda estaba con él. Se fueron juntos y decidí seguirlos. Se fueron al apartamento de Linda. Me quedé y los vigilé.

—¿Y qué esperabas descubrir?

—Se me ocurrió que, si habían colaborado en el asesinato y se habían puesto un equipo de protección para perpetrarlo, quizá podían haberlo guardado en casa de ella.

—¿Por qué no iba a deshacerse de él inmediatamente después del asesinato?

—Nunca se sabe. —Se encoge de hombros—. Rebusqué entre los contenedores de basura de Linda y no encontré nada.

Me está aburriendo mortalmente. La mente se me va a *Ukki*. Me lo imagino ejecutando a un comunista con su pequeña pistola para suicidios.

—¿Pasa algo? —pregunta Milo.

—No. Por favor, sigue.

—Así que me quedé sentado frente a su edificio toda la noche, por si salían a hurtadillas para tirar el material. No ha pasado nada. A primera hora de la mañana salieron juntos, supongo que a trabajar, así que entré en su piso y lo registré.

Eso hace que me concentre de golpe.

—¿Qué?

Tiene su abrigo al lado. Saca una carterita de nailon de un bolsillo, la abre, la coloca sobre la mesa y me enseña un juego de ganzúas. Siete ganzúas y dos llaves de torsión.

—Un día pillé a un ladrón abriendo una casa —me explica—. Le dejé irse, y a cambio me dio sus ganzúas y me enseñó a usarlas. Es bastante fácil.

Yo meneo la cabeza, asqueado.

—Así que cometiste un allanamiento de morada.

—Para mí es un *hobby*. No robo nada. Simplemente me

gusta ver cómo vive la gente, echar un vistazo a la vida de un desconocido.

Sigue contándome detalles de su vida privada que no deseo conocer.

—¿Por qué me cuentas eso?

—Porque me gusta ver la cara que pones cuando te explico mis aficiones.

No sabía que estuviera poniendo ninguna cara.

—¿Toda esta mierda se la cuentas a otras personas?

—No, solo a ti.

—Me siento halagado.

—Deberías. —Cambia de tema—. Linda Pohjola está buenísima.

Asiento.

—Se parece a Bettie Page.

—¿A quién?

—No importa.

—Colecciona revistas y películas de *pin-ups* de los años cincuenta. Muchas son de *sado-maso* y *bondage*, del rollo fetichista. También tiene una excelente colección de lencería, que perfuma con colonia.

Eso querrá decir que imita a Bettie Page conscientemente.

—Así que te cuelas en los pisos de la gente y olisqueas las bragas de las señoras.

—No necesariamente, pero en este caso tenía que buscar en el cajón de la ropa interior. Ya sabes que los rusos pierden el culo por un poco de acción. Bueno, pues la encantadora Linda encontró el modo de darles acción y a la vez por el culo. Un enorme consolador verde de dos puntas. La grande para el conejito y la pequeña para el culo.

Milo canturrea *Good Vibrations*, de los Beach Boys: «*I'm pickin' up good vibrations. She's giving me excitations*».

Quiero ver si le queda algo de vergüenza:

—¿A qué huele el vibrador de Linda?

—A jabón —responde—. Lo lava.

Ha llegado al límite de mi paciencia.

—No me has pedido que venga hasta aquí para hablarme de tu tendencia al *voyeurismo* y de la lencería íntima y el consolador de Linda.

Se lo está pasando en grande. Tiene los ojos brillantes y húmedos por los bordes. Guarda su carterita con las ganzúas, vuelve a metérsela en el bolsillo y en su lugar pone sobre la mesa un reproductor digital de audio:

—Encontré su MP3 y grabé esto en mi iPod. Escucha la antepenúltima pista.

Me pongo los auriculares y escucho. Oigo azotes, seguidos de gemidos y chillidos. El sonido de un chupeteo, como el de una mamada. Unos gemidos apagados a ratos, algunos de ellos de hombre. Estoy casi seguro de que pertenece a Filippov. Dura ocho minutos. Milo tiene una grabación de la paliza que le dieron a Iisa. Paro la máquina.

—No, sigue escuchando —insiste Milo.

Empieza una canción de los Nine Inch Nails, *Closer*, del álbum *The Downward Spiral*. Es un tenebroso himno al odio hacia uno mismo y al sexo sadomasoquista.

No es la versión de estudio. Es una mezcla casera. Han superpuesto la banda sonora de la sesión de tortura de Iisa Filippov a la canción. Sus gritos apagados aparecen sincopados con el ritmo de la canción. Es nauseabundo, me revuelve el estómago.

—No está mal, ¿eh? —comenta Milo—. Ingenioso. Linda y Filippov practicaron sexo mientras asesinaban a Iisa y lo grabaron, para que más tarde pudieran follar escuchando el sonido de la muerte de Iisa. Me los imagino matándola, con ese consolador metido en el coño y en el culo de Linda. La polla de Filippov en su preciosa boca. Si escuchas bien, da la impresión de que se corren a la vez, cuando Iisa se muere y deja de hacer ruido.

Vuelvo a escuchar. Tiene razón. La idea es tan sobrecogedora que por un momento me quedo pasmado.

—Puede que *Closer* sea la mejor canción para follar de todos los tiempos —considera Milo—, comparable solo con *Kashmir*, de Led Zeppelin. ¿Alguna vez has follado al ritmo de *Kashmir*? —Tararea la melodía del bajo, al tiempo que hace pequeños movimientos oscilantes de cadera.

De hecho, he follado con ambas canciones, pero eso a él no le importa.

—Tengo que reconocer que tenías razón —admito—. Filippov y Linda fueron cómplices en el asesinato de Iisa, pero lo has jodido todo. Ahora tenemos la prueba, pero es inadmisible ante un tribunal. ¿Qué vamos a hacer con ella, Sherlock?

No espero que responda. De pronto veo claro que Milo es absolutamente impredecible.

—Dame tu pistola.

La lleva en la funda de la espalda, para poder sacarla con rapidez. Hace una mueca y me entrega su Glock 19. Miro alrededor para asegurarme de que nadie mira, levanto el peine y deslizo la corredera. Sale una bala. Está listo para cualquier cosa: lleva una bala en la cámara, cargada y amartillada. Recojo del suelo la bala expulsada. Está marcada con una cruz, al igual que la del peine. Ha cargado la pistola con balas dum-dum. Fue un grave error explicarle cómo se hacen. Le doy la vuelta a la pistola. Lleva un selector en el extremo trasero izquierdo de la corredera que mi Glock no tiene.

Tengo ganas de gritarle, pero evito levantar la voz.

—Eres un gamberro de pacotilla, un jodido retrasado mental. Has instalado un selector de ráfagas de tres balas.

Me sonríe con suficiencia.

—No, no lo he hecho. Es un interruptor para hacerla automática. Ponerle un selector de ráfagas de tres balas era más difícil de lo que pensaba. Copié el sistema de la Glock 18, que tiene la posibilidad de disparar en automático. Ambos modelos no son tan diferentes. Tuve que manipular la corredera y el cañón, pero he conseguido que funcione.

—Te dije que no hurgaras en tu pistola de servicio. ¿Para qué has hecho eso?

Me mira levantando la barbilla, en actitud desafiante.

—Quizá porque no eres el puto jefe.

—Sácalo.

—No.

—Me encantaría entregarte por haberte colado en el apartamento de Linda y poner en peligro la investigación, pero eso pondría final caso, y Filippov se saldría con la suya.

Milo no dice nada, se limita a mirarme.

—Ya estoy hasta las pelotas de ti —le digo—. Te he tratado como un profesional, y a cambio tú te has mostrado arrogante, engreído e infantil. Soy tu superior y, te guste o no, voy a ser tu jefe. Podemos cambiar la naturaleza de nuestra relación. Puedo llamarte sargento, y tú me llamarás inspector. Tengo veinte años de servicio más que tú y vas a tratarme con el respeto que me he ganado.

Hace una mueca y aprieta los dientes. Nos quedamos mirándonos cara a cara. Se aclara la garganta y extiende la mano:

—Mi pistola.

Se la devuelvo. Desmonta un par de piezas, saca el selector y coloca un tornillito en su lugar para cubrir el orificio. Vuelve a poner la bala suelta en el peine, desliza la corredera para volver a meterla en la cámara, pone el seguro y vuelve a meterse la pistola en la funda.

Yo extiendo la mano:

—Dame el selector.

Vacila, frunce el ceño, pero lo hace. Oigo unos ruidos lejanos. La puerta del bar se abre y una mujer entra gritando:

—¡Están disparando en Helsinginkatu!

Milo y yo cogemos nuestros abrigos, nos levantamos y nos los ponemos mientras salimos a la carrera.

26

Seguimos el sonido de unos disparos a intervalos irregulares. Resuenan mucho; estoy seguro de que son de un arma de gran calibre, de una pistola de cañón corto. El ruido nos lleva hasta la escuela Ebeneser. Un grupito de personas en la acera mira hacia el patio del colegio desde detrás de la valla cubierta de hiedra donde aplasté la cara de un hombre hace dos días. Los habitantes de Helsinki no están acostumbrados al frío del Ártico. Tiritan y patalean en la nieve. Les mostramos las placas de policía. Una mujer me dice que los disparos proceden del interior del colegio. Llamo a la central y pido refuerzos.

La situación es de pesadilla. Finlandia ha sufrido tres ataques a colegios con armas de fuego. El primero en 1989, en Rauma: un adolescente de catorce años disparó a dos compañeros suyos. El segundo en noviembre de 2007, en el instituto Jokela, cerca de Tuusula: un chico de dieciséis años mató a ocho personas e hirió a otras doce, y luego se mató de un tiro. Aquello fue un drama nacional. Y no mucho más tarde, en septiembre de 2008, volvió a suceder algo parecido en Kauhajoki: diez personas asesinadas antes de que el pistolero se saltara la tapa de los sesos. Finlandia parece seguir la tendencia de Estados Unidos en ataques armados a colegios. Los padres están aterrorizados. Y ahora vuelve a suceder.

No hace tanto, estas situaciones eran competencia de los Karhuryhmä —el Equipo de los Osos—, conocidos como los «sabuesos». Tienen unidades especiales, se ocupan de los altercados, de las operaciones especiales y de la lucha contra el terrorismo. En el pasado, en un caso así, un policía de a pie habría esperado a que llegaran los sabuesos con sus francotiradores y sus negociadores para la liberación de rehenes. No obstante, la Dirección Nacional de la Policía recientemente decidió que, como los escolares no pueden esperar mientras los van matando uno a uno, en caso de ataque con arma de fuego en un centro escolar, los primeros agentes que lleguen a la escena tienen que responder. Así que la responsabilidad en este caso es de Milo y mía.

Entramos por la valla y nos deslizamos hasta la puerta principal. El corazón me golpea el pecho con fuerza y el bombeo de la sangre me resuena en los oídos.

Milo parece bastante tranquilo. Su rostro no revela lo que siente por dentro.

—¿Cómo quieres enfocarlo? —me pregunta.

—¿Has probado tu pistola modificada?

—Aún no.

—Pues no lo hagas. Porque si falla, podríais morir tú u otra persona.

—Funcionará bien.

La adrenalina hace que me tiemblen las manos. Saco mi Glock.

—Tú nunca has negociado con un tipo armado. Yo sí. Si es posible, deja que me ocupe yo.

No lo digo, pero estoy seguro de que sabe que un día lo probé, no hace mucho tiempo, y fracasé, y que mi amigo se voló los sesos sin que yo pudiera hacer nada para evitarlo.

Abro la puerta principal. Milo se agazapa y se cuela dentro. Yo no me agacho. Mi rodilla mala no me lo permitiría. Y además no tiene sentido. Diez metros más allá, por un pasillo decorado con dibujos hechos con lápices de colores, se encuentra Vesa *Legión* Korhonen con un niño de unos ocho años que agarra con un brazo. Tiene una magnum 357 corta cromada pegada a la cabeza del niño. En el suelo, a su lado, hay una botella de vodka Finlandia.

Levanto mi Glock al nivel de su cabeza y avanzo hacia él.

—Tú —dice él—. *Edto ez povidencial.*

—Vesa, ¿qué estás haciendo, y por qué lo haces?

—*Edtoy sadvando admas* —dice—. *Da* de *dos* niños y *da* mía. Y *ahoda da* tuya.

Por el rabillo del ojo, veo a Milo a mi derecha, algo retrasado. Se escora aún más a la derecha, pegado a la pared del pasillo, procurando no llamar la atención de Legión.

—Me *hicidte bebed da* botella *enteda*. Me *hicidte* daño —recuerda Legión.

—Lo siento —digo yo—. No debería haberlo hecho.

El niño está inmóvil y tranquilo. Tiene una mancha oscura en la entrepierna. Mi vejiga también querría liberar peso. Le digo al niño que esté tranquilo y que no se mueva.

—*Baha da pidtola* —me ordena Legión.

—No.

—*Didpadadé* a *edte* niño.

Bajo la Glock al costado, pero sigo acercándome poco a poco. Con mi rodilla lesionada no puedo moverme rápido. Tengo que acercarme hasta tener a Legión al alcance de la mano si quiero tener alguna posibilidad de reducirlo. No obstante, con una 357 en la mano, no sé cómo voy a conseguirlo.

—¿Has hecho daño a alguien? —le pregunto.

—Oh, *dí,* a *muchod*. —Echa un trago al vodka.

Milo sigue avanzando sigilosamente por la pared. Ahora ya casi está en ángulo recto con respecto a Legión.

—¿Qué haría falta para que dejaras marchar al niño? —le pregunto.

—Hmmm... Déjame que *do pience*. Ya *do cé*. Pégate un *tido*.

—¿Por qué?

—Tú me *dijidte*: «*Da* botella a *da* boca y bebe». Yo te digo: «*Da pidtola* a *da* cabeza y *apieta ed* gatillo».

Joder. No sé qué hacer. Apoyo la Glock en mi sien. Siento el dolor pulsante de la migraña. Sigo avanzando hacia delante; ahora estoy a poco más de un metro de él.

Legión aprieta la magnum con más fuerza contra la cabeza del niño. El chico se estremece.

—¡Pégate un *tido*! —repite Legión.

Estoy perdido. Podría plantearme pegarme un tiro, si con eso salvara la vida del niño, pero no hay motivo para pensar que mi suicidio fuera a cambiar nada. Espero, aterrado.

—¡*Hazdo!* —insiste Legión, y vuelve a beber.

El niño se retuerce. Legión lo agarra con más fuerza y se gira hacia el pequeño, dándole la espalda a Milo.

Un sonido agudo y penetrante. Por un instante, creo que me he disparado sin querer, o que Legión ha disparado al niño. Pero la cabeza de Legión cae hacia un lado y luego hacia abajo. El brazo de la pistola también cae, liberando al niño. Yo me arrodillo y le hago un gesto al pequeño. Él se levanta y se me echa a los brazos.

Legión queda tendido en el suelo. La sangre de la cabeza va cayendo gota a gota sobre las baldosas, de un modo parecido a como caía en el hielo después de que yo le pegara. Miro a Milo, que me sonríe y me guiña el ojo. Luego sopla el humo imaginario procedente del cañón de su Glock.

—Por Dios, Milo. —Es lo único que puedo decir.

—De nada.

Aún estoy temblando, pero ahora de alivio. Aún tengo la sensación de que podría mearme encima.

—Supongo que tenías que hacerlo.

—Bueno, se trataba de esto: uno de los dos tenía que dispararle. Primero: tú no estabas en una posición demasiado buena para hacerlo. Segundo: un disparo que le paralizara y que eliminara la posibilidad de que el asesino apretara el gatillo tenía que dar en la unión del cerebro y el tronco encefálico. Un objetivo del tamaño de un albaricoque. No sabía si tú sabías eso. Tercero: aunque lo supieras, yo no sabía si eras capaz de hacerlo. Así que lo hice yo.

Caigo en que la bala no ha salido de la cabeza de Legión porque se trataba de una bala grabada en cruz, que se ha abierto en cuatro y ha perdido inercia.

—Rápido, en un segundo vendrán más polis. Cambia el peine de tu pistola por el mío y saca esa dum-dum de la cámara.

Hacemos el cambio a toda prisa. Por la puerta de delante entran los sabuesos. Pasan a nuestro lado para comprobar las aulas y buscar heridos.

—Enhorabuena —le digo a Milo—. Supongo que tus *hobbies* y tus armas han valido para algo. Eres el primer policía finlandés de la historia moderna que abate a un sospechoso sin que le disparen primero.

—¿Es una crítica?

—No. Has hecho lo correcto. Pero lo has disfrutado. Eso es lo que critico.

Él hace girar su Glock alrededor del dedo índice, en plan pistolero, y la enfunda con un gesto rápido.

—Somos los únicos compañeros de patrulla de la policía finlandesa que hemos matado a un sospechoso cada uno. Vamos a ser famosos, como Wyatt Earp y Doc Holiday.

Los sabuesos sacan a los profesores y a los niños al pasillo y les hacen salir del edificio. No han encontrado a ningún niño muerto, ninguna baja. Legión solo se había paseado por ahí, había soltado alguna perorata religiosa, le había dado al vodka y había disparado a las paredes y al techo. El comandante de los sabuesos nos pide nuestra versión a Milo y a mí. Yo explico que Milo no ha tenido elección, que era imprescindible matar a Legión. El comandante nos da la mano, nos da las gracias y nos felicita por haber salvado al niño. No le requisa el arma a Milo.

Legión no había venido a la escuela con ánimo de hacer daño a nadie; probablemente ni siquiera habría dejado que me disparara yo mismo. Había venido a morir. Torsten tenía razón: buscaba un castigo, pero por unos crímenes que no puedo imaginarme.

A Milo la idea le parece de lo más excitante y yo lo detesto, pero lo que dice es cierto. Yo maté a un ladrón armado en defensa propia hace muchos años. Por el simple hecho de estar hoy con Milo, esa antigua historia vuelve a salir a la luz. Vamos a ser famosos como una pareja de matones, en particular entre nuestros colegas, y cargaremos con esa etiqueta el resto de nuestras vidas. Peor aún: como los niños del colegio se han salvado, los medios cantarán nuestras alabanzas. Legión está muerto. Nosotros, vivos. Legión queda hundido en la miseria. Milo y yo, ensalzados por nuestra valentía. Unos putos héroes.

27

Milo y yo salimos del colegio juntos. Se ha formado una gran multitud, a pesar del frío intenso. El edificio está rodeado de coches patrulla y agentes de policía. La prensa ha llegado enseguida. Sus antorchas y *flashes* rompen la oscuridad. Los reporteros se lanzan en busca de declaraciones. Yo señalo un coche patrulla y me giro hacia Milo:

—Que les jodan, vámonos de aquí.

Nos abrimos paso entre la multitud. La gente nos grita. Nos metemos en el asiento trasero del coche. Delante hay dos agentes uniformados que huyen del frío. Nos felicitan. Les pido que nos lleven a la comisaría de Pasila. El coche arranca.

—Yo conozco a ese tipo al que he disparado —dice Milo.

Eso me sorprende bastante.

—¿De dónde?

—Está en Mensa. Me lo he encontrado en alguna reunión. Es un ingeniero de *software* autónomo.

Eso me deja de piedra, aunque no estoy seguro de por qué. Hay maniacos por todas partes, pero generalmente no los reconocemos por lo que son.

—¿Qué tipo de persona era?

—Tímido. Mesurado al hablar. Como si le diera vergüenza su problema de dicción.

Me da la impresión de que asistía a las reuniones para rodearse de gente que no se riera de él.

—Entonces, ¿por qué no le has hablado antes de dispararle?

Milo se encoge de hombros.

—Me pareció inútil. Era mejor liquidar el asunto.

Yo no soy de los que hablan mucho. Y quizá porque papá me pegaba a la mínima que mostraba alguna emoción, tiendo a considerar cualquier actitud expansiva como un signo de debilidad. Me gusta la gente, pero a distancia. Tengo la sensación de que las otras personas no tienen mucho que ofrecerme, y que yo tampoco tengo nada que ofrecerles, así que prefiero observar, más que interactuar con otros.

Tengo un umbral de tolerancia muy bajo para las tonterías, y como a mí casi cualquier charla me parece una estupidez, no suelo participar. Puedo contar con los dedos las personas con las que me gusta hablar, incluida Kate. No es solo mi esposa, también es mi mejor amiga. Antes de conocerla, solo me había abierto de verdad ante una persona, mi ex esposa Heli, y ella me traicionó. Después de eso, durante casi doce años mi mejor amigo fue un gato llamado *Katt*. E incluso él me dejó. El muy cabrón se murió.

No obstante, en este momento siento la necesidad de una charla estúpida.

—¿Y qué hacéis los cerebritos en las reuniones de Mensa?

Milo se gira en su asiento para ponerse de cara hacia mí.

—Son divertidas. Nos juntamos una vez al mes o así, bebemos y cenamos. A veces alguien da una charla, o jugamos al póker o a algo, o a veces simplemente charlamos. Los empollones superdotados tienen *hobbies* más interesantes de lo que tú te piensas. Submarinismo, ovnis, brujería…

El requisito para entrar en Mensa es tener un coeficiente de inteligencia que esté entre el dos por ciento más alto de la población. Siendo así, yo también podría entrar. Pero paso.

—Luego tengo que contarte el resto de la historia sobre el apartamento de Linda —añade.

—¿Hay más?

Hace una mueca.

—Mucho más. Pero no quiero hablar de ello en comisaría.

Parece ser que a Milo no hay nada que le guste más que alargar sus relatos eternamente. Siempre son del tipo: «Dios creó los Cielos y la Tierra. Dios les dio a Adán y a Eva la patada y los sacó del Edén. Dios le dijo a Abraham: "Mata a tu hijo y entrégamelo". Moisés abrió las aguas del mar Rojo. Y ahora hablemos del caso Filippov».

Llegamos a comisaría y bajamos del coche patrulla entre el ajetreo de los periodistas. Más luces y *flashes* cegadores. Nos abrimos paso y subimos las escaleras. Los reporteros gritan solicitando entrevistas. Me dispongo a abrir la puerta principal. Milo me pide que espere un momento. Me pasa un brazo alrededor del hombro y levanta la otra mano a la multitud. Todos se callan, expectantes.

Milo se seca una lágrima imaginaria.

—En este día aciago tengo poco que decir —empieza, fingiendo que se le quiebra la voz—, pero haré una breve declaración. Gracias a Dios los niños no sufrieron daño. Recemos todos por el alma del pobre hombre que murió a causa de su lamentable enfermedad mental. Ojalá Kari y yo no cargáramos con el peso de haber tenido que acabar con su vida.

Atravesamos la puerta. Una vez que estamos dentro, nos miramos el uno al otro y nos echamos a reír a la vez. No es más que una reacción nerviosa, pero cada vez nos reímos más fuerte, no podemos parar, hasta acabar soltando sonoras carcajadas. Sin darnos cuenta, acabamos abrazándonos. Dos horas antes, no podría ni haberme imaginado una cosa así.

—Eres la hostia —le digo.

—¿A que sí? —responde, y nos reímos aún más.

Un grupo de polis se nos queda mirando, asombrados. Nos calmamos, y se organiza un desfile de agentes que nos felicitan y nos dan la mano. Nos abrimos paso hasta mi despacho. Nos encontramos con Arto, el jefe, que nos saluda:

—Agentes, bien hecho.

Le damos las gracias. Nos dice que ya ha llegado la ficha de Vesa Korhonen. De pequeño fue a la escuela Ebeneser, no tenía antecedentes, sufría de disfasia, pero no presentaba un historial de enfermedades mentales. Vivía tranquilamente con sus padres, gestionaba su propio negocio desde casa. No se sabe de dónde sacó la pistola. Legión apareció de la nada. A veces pasa.

Milo y yo nos sentamos en mi despacho. Para evitar posibles conflictos de intereses en la comisaría, Arto trae a un inspector de Vantaa para que nos tome declaración y escriba el informe. Nuestros teléfonos no dejan de sonar, interrumpiéndonos y retrasando nuestro trabajo. La mayoría de las llamadas son de los medios, y no respondemos a menos que veamos en el teléfono el nombre de algún conocido. Llama mamá. Luego mi hermano Jari. Luego Timo, mi otro hermano. No tengo noticias de mi hermano mayor, Juha, pero trabaja en los campos petrolíferos de Noruega y probablemente no le hayan llegado noticias de la operación. Kate podría verme en la tele y preocuparse. La llamo, le doy la versión breve y adaptada de lo ocurrido y le digo que todo va bien. Tiene la voz agitada. Me pide que vuelva a casa lo antes posible.

También llama Jyri Ivalo.

—Buen trabajo —dice—. Desde que te he colocado en la Brigada de Homicidios de Helsinki, me dejas cada vez mejor. Que no decaiga.

—Ya mataré a todos los asaltantes de colegios que pueda —respondo.

—Bien. Aún no has presentado cargos por asesinato contra Rein Saar. ¿Por qué?

—Es complicado, y ahora mismo estoy un poco ocupado para explicártelo.

—Tú hazlo —ordena. Y cuelga.

El policía de Vantaa acaba de redactar el informe y se va. Compruebo mi correo electrónico. Pasi Tervomaa me ha enviado copia de los documentos que confirman que Arvid ejecutó a prisioneros en el Stalag 309. Se los reenvío a Jyri y al ministro del Interior.

Me estiro sobre la silla y me giro hacia Milo.

—Tengo que ir a casa a ver a Kate.

—Tienes que oír el resto de mi historia —dice él.

—Pues suéltala ya.

Sacude la cabeza.

—Ni hablar. Aquí no.

Moisés llevó a su pueblo a la Tierra Prometida. Los judíos sufrieron el exilio a Babilonia. Suspiro.

—Entonces, ¿dónde? Allá donde vayamos, seguro que nos van a agobiar.

—A mi casa —propone—. Está en Flemari, a diez minutos a pie de la tuya.

La muerte de Legión me trae malos recuerdos de otras personas a las que he visto morir. Quiero irme a casa.

—Vale, pero que sea rápido.

Dos polis nos llevan al apartamento de Milo en un coche patrulla. Entramos en un apartamento que es más bien un basurero con una habitación, nos agachamos y nos quitamos las botas. Miro alrededor. Periódicos, libros y correo están desparramados por todas partes. Un fregadero lleno de platos sucios en una cocina aún más sucia. La ropa sucia está amontonada junto a una cama sin hacer. El lugar huele a moho y humedad. Milo aparta una pila de papeles que cubren una silla junto a una gran mesa de ordenador y los deja en el suelo.

—Ponte cómodo —dice.

Va a la nevera, trae dos cervezas y una botella de *kossu*. Se sienta sobre el borde de la mesa, desenrosca el tapón de la botella y me la pasa.

—Lo siento, no me quedan vasos limpios.

Le doy un buen trago y se la devuelvo.

—No pasa nada.

Él bebe y cierra los ojos un momento. Lleva despierto casi dos días y tiene un aspecto de mierda. Entre la fatiga y la adrenalina, es un milagro que acertara el disparo, que colocara la bala en el punto justo del cerebro de Legión.

—Necesitas irte a la cama —observo.

Él vuelve a beber y me pasa la botella de nuevo.

—Enseguida.

Se me queda mirando.

—¿Qué pasa?

—La cicatriz que tienes en la cara mola.

El trauma le está afectando.

—Te la regalaría si pudiera.

—Tu mujer se llama Kate Vaara, ¿verdad?

—Sí.

—*Katevaara*, en finlandés, significa, por ejemplo, «erosión del asfalto de la autopista». Deberías decírselo.

Está soltando tonterías para liberar tensión. Se lo permito, y doy otro trago al *kossu*.

—Ya se lo diré.

En la pared hay pósteres antiguos de la Segunda Guerra Mundial. En la esquina, un expositor de pistolas. En el otro extremo de la mesa hay una urna larga y estrecha con dagas y bayonetas de la guerra —finlandesas, alemanas y rusas—. Les echo un vistazo.

—Esa es una daga de las Juventudes Nazis Hitlerianas —indica él, señalando una—. La inscripción dice *Blut und Ehre*: «Sangre y honor». Hay una buena historia detrás.

Ahora mismo no quiero oír ninguna de sus interminables historias. No obstante, me está despertando cierto interés como persona. En el otro extremo de la mesa ha montado un equipo de recarga de munición. A su alrededor hay montones de cartuchos vacíos y balas que no reconozco.

—¿Y esa fascinación por la guerra y las pistolas? —pregunto.

—Es un *hobby* que me inculcó mi padre. Heredé su colección de efectos militares.

Espera que le pregunte algo más sobre su padre y esos «efectos militares». No lo hago.

—Y esos cartuchos, ¿qué son?

Da un trago a la cerveza.

—Cartuchos *flechette*. Cargados con dardos afilados en vez de munición normal. Pueden arrancarle la pierna a un hombre.

—Ya veo. —Cambio de tema—. Bonito ordenador.

—Es un MacBook Pro Notebook de Apple con monitor de diecisiete pulgadas. Caro como un demonio.

—Parece que sabes mucho de ordenadores. Con tu cerebrito privilegiado, podrías estar ganando mucho dinero. Y en vez de eso, te metiste a poli. Te pasas el tiempo construyendo juguetes mortíferos. ¿Por qué?

—Quiero ayudar a la gente.

No lo dice sonriendo. Curiosamente, me parece que es sincero. Las peores mentiras son las que nos contamos a nosotros mismos.

Suena mi teléfono. Es Kate.

—Kari, ¿por qué no estás en casa?

Da la impresión de estar al borde de las lágrimas. Miro el reloj. Las nueve y media de la noche.

Boston Public Library

Customer ID: *********7530

Title: Boomerang /
ID: 39999067211852
Due: 06/22/12

Title: El noveno círculo de hielo /
ID: 39999067233773
Due: 06/22/12

Total items: 2
6/1/2012 3:12 PM

Thank you for using the
3M SelfCheck™ System.

—Lo siento, Kate. Aún estoy trabajando. Estoy a dos pasos. Enseguida voy.

—El asalto al colegio está en los titulares del *BBC World*. El reportaje dice que un maniaco te obligó a ponerte la pistola en la cabeza y que intentó que te suicidaras. Me tienes preocupada. Por favor, ven enseguida.

—Kate, estoy bien y vendré a casa enseguida. Te lo prometo.

—Te quiero.

—Yo también —respondo, y cuelgo.

Pienso en la preeclampsia, en la hipertensión, en las complicaciones obstétricas. El miedo se apodera de mí.

—Venga, Milo, suéltalo. Tengo que irme a casa. No más historias interminables. Te agradezco la bebida, y después de un día como hoy, creo que nos la merecemos, pero abrevia.

Él adopta su aspecto dolido, pero no dice nada. Enciende el ordenador y conecta un lápiz de memoria. Bebemos cerveza en silencio mientras el ordenador arranca. Yo le observo. Está cabreado porque hemos atravesado una experiencia de las que te cambian la vida —necesita un amigo y me ha ofrecido hospitalidad— y yo estoy declinando su oferta. Le daría lo que necesita si pudiera, pero mi primera responsabilidad es hacia Kate.

Abre un archivo de vídeo.

—Encontré esto en el ordenador de Linda —explica—. Lo grabaron en su dormitorio.

Aunque Linda e Iisa se cambiaban los papeles, Filippov está —supongo— con Linda, porque el vídeo se grabó en su dormitorio y se encontraba en su ordenador. Se desnudan. Él lleva puesto un respirador para limpiezas de productos tóxicos y largos guantes protectores de vinilo negro. Ella se arrodilla ante él junto a la cama. Él la agarra por el pelo y las orejas. Ella le chupa la polla, se mete el gran vibrador de dos puntas y se masturba con él. Él la trata con violencia. Más que hacerle una mamada ella, es él quien está agarrando la cabeza de ella como una bola de bolera y se la está follando. Ella se estremece y tiene un orgasmo. Él se abre de piernas. Ella le mete el vibrador por el culo y se traga su polla hasta la garganta. Él gruñe y se corre, se cae sobre la cama, con el vibrador aún metido. Ella traga, levanta la vista y lo mira profundamente complacida, agradecida y encantada. Final del vídeo.

Los ojos de Milo, hundidos y oscuros, tienen una expresión triunfal.

—Les gusta montar escenitas. Yo creo que ella debía de estar en la escena del crimen, y que mientras Iisa moría, ejecutaron el juego sexual que acabamos de ver.

—Teniendo en cuenta la grabación de audio, así es como debió de ir. Descansa un poco. Tenemos que pensar en cómo usar las pruebas que has obtenido ilegalmente para poder acusarlos. Ya hablaremos de eso mañana por la mañana.

Me levanto y me pongo las botas. Él no dice nada.

—Hoy has hecho un buen trabajo —le digo—. Me gustaría quedarme y tomarme unas copas contigo, pero mi mujer me necesita.

Él se queda mirándome, sin expresión en el rostro.

—Si aún no vas a acostarte, me gustaría que miraras en Internet, a ver qué encuentras sobre una estrella del porno fetichista de los cincuenta llamada Bettie Page. Entenderás muchas cosas.

Da otro trago a la botella de *kossu*.

—Vale.

—Y tenemos que estudiar la historia previa de Iisa Filippov y Linda Pohjola. Quiero saber quiénes eran esas mujeres. El primero que tenga tiempo debería encargarse.

Echa otro trago.

—Sí.

—Hasta mañana.

—Sí, hasta mañana.

Creo que está esperando a que me vaya para poder llorar. Me voy sin mirarle a la cara.

28

Nuestro dormitorio está oscuro, pero conozco el sonido de la respiración de Kate cuando duerme, y sé que no está durmiendo. No me molesto en quitarme la ropa, me meto en la cama a su lado y le paso un brazo por encima.

—Pensaba que estabas trabajando.

—Lo estaba.

—¿Y por qué hueles a alcohol?

—Fui a casa de Milo a hablar del caso Filippov. Tenía algo que contarme en privado. Hemos tenido un día duro. Nos hacía falta un par de copas. No quería dejarte sola más tiempo del necesario y he vuelto a casa tan rápido como he podido.

Se gira hacia mí, me rodea con un brazo y hunde la cabeza en mi hombro.

—Hoy podrías haber muerto. —Se sorbe la nariz y luego estalla en llanto. Ojalá pudiera decirle que no.

—Pero no he muerto.

—En las noticias han dicho que un hombre intentó obligarte a que te suicidaras, pero que Milo lo mató.

—Eso es lo que pasó, pero el hombre estaba trastornado. Era el tipo al que le hice beberse una botella de vodka frente al colegio hace un par de días. No disparó a nadie y solo quería asustarme, castigarme por haberle hecho aquello. Estoy seguro de que fue al colegio a morir. Obtuvo lo que buscaba.

—Kari, vi las noticias y me recordaron lo de Kittilä y el

caso de Sufia Elmi, cuando te dispararon. Me he puesto a temblar y el corazón se me salía por la boca. Estoy asustada, y tengo miedo de perder también este bebé. No puedo volver a fallar como madre.

La agarro más fuerte, confundido.

—¿De qué estás hablando? No fallaste como madre. Los abortos espontáneos son algo que sucede constantemente.

Se sorbe, reprime el llanto, se contiene.

—Fui a esquiar cuando no debía y me caí. Los médicos me dijeron que no, pero creo que aquella caída hizo que perdiéramos a los bebés.

No tenía ni idea de que se sentía así. Se echa a llorar de nuevo y estalla:

—Te fallé a ti y a ellos, y me siento culpable constantemente.

La estrecho más fuerte mientras llora, y espero a que se tranquilice antes de volver a hablar.

—Kate, no es cierto. Si acaso, la culpa de que abortaras es mía, por la tensión que te causé siguiendo el caso de Sufia Elmi hasta los límites de la cordura.

Ella intenta no levantar la voz y grita con un susurro:

—No. No, no, no, no, no. Fue culpa mía. Fracasé. Por eso quería quedarme embarazada lo antes posible, para compensarte y darte un bebé que reemplazara a los que te quité por mi egoísmo y mi estupidez.

Llora tan fuerte que se estremece. Me siento fatal por no haberme dado cuenta de que llevaba eso dentro todo este tiempo.

—No, Kate. Fui yo el egoísta y el estúpido. Y tengo miedo de volver a hacer algo egoísta y estúpido. Me aterra que pueda pasar eso. Pensé que esta noche estabas disgustada conmigo por haberme metido en otra situación de peligro que podía provocarte tensión o incluso hacerte abortar.

Se limpia los ojos.

—Kari, eso que dices es una tontería. Estoy disgustada porque te he visto en la tele y me he dado cuenta de que me estaba mintiendo a mí misma. Vinimos aquí y he sido feliz en Helsinki, pero ni he pensado en que tú no lo eras. He hecho amigos anglohablantes en la comunidad internacional, y pensaba que nos habíamos creado una vida segura y confortable. Creía que habíamos dejado atrás la locura, la depresión y la violencia sin sentido del círculo polar ártico. Esta noche me he dado cuenta de que Helsinki es lo mismo, y eso me aterra. Tu trabajo es peligroso y yo tengo miedo de perderte. Tengo miedo de que nuestra hija crezca rodeada de gente loca. Desde el caso de Sufia Elmi has cambiado, y también me preocupas tú. Ahora mismo, todo me asusta.

Traje a Kate a Helsinki para disipar sus miedos sobre la vida en Finlandia. Una vez más, le he fallado. No tengo palabras para consolarla; sus miedos son justificados.

—Kate, no hay lugares seguros en el mundo. Es algo con lo que todos tenemos que vivir. Pero que creas que has provocado la pérdida de los gemelos es algo infundado. Es una tontería y tienes que olvidarlo.

—Tú nunca olvidas nada.

Tiene razón.

—No te mentiré diciéndote que el caso Elmi no me causó ningún daño, pero lo superaré. Solo necesito tiempo, y también necesito tiempo para adaptarme a Helsinki.

—¿Lo conseguirás algún día?

—Por ti, puedo hacerlo todo.

—Y mis hermanos —añade—. A los dos les pasa algo. Los crie yo, y les he fallado.

No me gusta hablar de mi infancia, pero quiero demostrarle que está equivocada, que no les falló.

—¿Tú crees que a mí también me pasa algo? —pregunto.

Ella se apoya en el codo y me mira a los ojos.

—Yo creo que tienes un caso leve de *shock* postraumático por lo que te sucedió el año pasado, pero, dadas las circunstancias, no. Creo que debes de ser un tipo sólido como una roca para haber sobrevivido a todo lo que has pasado.

—¿Alguna vez te he contado por qué llevo el pelo corto?

—No.

—Cuando era un crío, en los años setenta, lo llevaba largo porque estaba de moda. Cuando mi padre se emborrachaba, solía agarrarme del pelo, levantarme del suelo, me hacía dar vueltas en el aire o me arrastraba como una muñeca de trapo. Una vez, intenté escaparme y papá me persiguió alrededor de la mesa de la cocina. Nos detuvimos un momento. Esbozó una sonrisa y me hizo sentir seguro. Pensé que estaba orgulloso de mí por saber protegerme y que me había perdonado. Pero usó aquella sonrisa para hacerme bajar la guardia; luego me agarró y me levantó por el pelo como siempre, y me dio una paliza por escapar. Nunca más me sentí seguro cerca de él. Por eso llevo el pelo corto desde entonces.

Los ojos de Kate se cubren de lágrimas de nuevo.

—Kari, cuánto lo siento.

—Eso no es más que un ejemplo de cómo me trataron a veces. No tienes que apenarte por mí. El caso es que tú has tratado bien a tus hermanos, pero te han salido un poco raros. Papá me trató como una basura, y yo salí recto. La gente sobrevive a su infancia, pero ni la mejor de las infancias garantiza la estabilidad en la edad adulta.

Me duele la cabeza. Me tomo una pastilla para dormir.

—¿Has visto a Jari?

—Sí. Tengo que hacerme unas pruebas. Le he invitado a cenar el jueves con la familia.

—Qué bien.

Parece perdida en sus pensamientos por un momento.

—Sigo sintiéndome culpable y fracasada.

—Yo también.

Kate y yo. Una pareja perfecta.

29

Una vez más, me despierto antes que los demás. Son las ocho de la mañana. El sofá está vacío. John no ha venido a dormir esta noche. A mí me gusta disfrutar de una mañana tranquila, así que no le echo de menos. Dudo que Kate sienta lo mismo. Hago café. Mientras está al fuego, suena mi teléfono móvil.

—Inspector. Soy Ivan Filippov. Espero que esté disfrutando de una mañana agradable.

—Bueno, hasta ahora sí.

—Le dije en nuestro último encuentro que, si encontraba algo interesante, se lo entregaría. ¿Podemos vernos esta mañana, quizá sobre las diez? Podría venir a su despacho.

—¿Eso tan interesante podría ser el diario de su esposa? Me encantaría verlo.

—Iisa no escribía un diario.

—No es eso lo que me han dicho. Tráigamelo, o pediré una orden de registro e iré a buscarlo.

—Ya hemos tenido esta conversación. Puede intentarlo. Haré que le denieguen la orden. ¿Nos podemos ver o no?

—Claro, Ivan. Me encanta charlar con usted. Hasta entonces.

No puedo imaginarme lo que quiere enseñarme Filippov, pero dudo que me guste.

Salgo al balcón. Esta noche ha caído nieve. La aparto con los pies para hacerme un espacio en el balcón y me fumo el primer cigarrillo del día. El cielo está de color ceniza. Un viento feroz casi me arranca el cigarrillo de la mano. El frío me duele en la cara. Miro el termómetro. Veinticinco bajo cero. Ha bajado la temperatura aún más por la noche. El viento me consume el cigarrillo tan rápido que apenas le puedo dar tres caladas antes de que se apague.

Me siento en el sofá, bebo café y pienso en Arvid. Podría seguir sus instrucciones, pasarle el mensaje al ministro del Interior y decirle, con sus propias palabras, «que coja sus acusaciones y sus cargos y se los meta por el puto culo». Pero eso no ayudaría a Arvid. Estoy seguro de que acabará ante un juez en un tribunal alemán. Me cae bien y no quiero que eso ocurra. Le llamo.

—Te he visto en las noticias —me dice—. Bien hecho.

—Preferiría no hablar de eso.

La imagen de mí mismo frente a Legión, apuntando el arma contra mi propia cabeza, con el niño gimoteando entre sus garras, es tan vívida que por un momento me olvido de que estoy hablando con Arvid.

—Chico, ¿qué es lo que quieres? Ya te dejé claro lo que pensaba sobre toda esa mierda. El asunto está cerrado.

Vuelvo a la realidad de golpe.

—Le respeto a usted y respeto sus deseos, pero tiene un problema. Me gustaría ayudarle, si me permite.

—¿Qué problema?

—He investigado un poco. No ha sido sincero conmigo. Estuvo en el Stalag 309. Si yo puedo llegar a la verdad en un día, cualquiera podrá hacerlo. Si enfoco esta situación como usted me ha dicho, no desaparecerá por sí sola. Acabará en una celda. Necesitamos librarle de los cargos presentados en su contra.

La pausa es larga. Le oigo suspirar, y luego perjurar entre dientes.

—Tienes labia. Eso me gusta. Ven hoy a almorzar a las doce y hablaremos.

Le doy las gracias por su indulgencia y cuelgo.

Llego a la comisaría de Pasila hacia las nueve. Miro en el despacho de Milo. Ya está en el ordenador.

—¿En qué estás trabajando? —pregunto.

—Estoy buscando datos biográficos sobre Linda e Iisa.

Los círculos oscuros que rodean sus ojos los convierten en dos ranuras rojas casi invisibles. Mirarle a la cara es casi como contemplar el fondo de un abismo.

—¿Has dormido algo esta noche?

El abismo me devuelve la mirada.

—Un poco.

—Me ha llamado Ivan Filippov. Quiere verme a las diez. Me espero algún tipo de enfrentamiento dialéctico. Yo también investigaré un poco. Acaba de recopilar toda la información que puedas, vente a mi despacho y compararemos notas. Puede que me ayude preparar la reunión con él.

Asiente y vuelve a concentrarse en su ordenador.

Me voy a mi despacho y echo un vistazo rápido a los principales periódicos por Internet. Vesa Korhonen, Milo y yo aparecemos por todas partes. No leo los artículos. Jaakko ha escrito una pieza en el *Ilta-Sanomat* en la que afirma que Iisa Filippov y Rein Saar fueron atacados con una pistola paralizante antes de recibir la brutal agresión. Da a entender que ha habido un montaje. Le llamo.

—Hola Kari —me saluda—. Enhorabuena por lo de ayer.

—No somos amigos. Llámame inspector Vaara.

—De acuerdo, inspector Vaara. ¿Qué desea?

—Más mierda sobre Iisa Filippov y Linda Pohjola.

—Me lo esperaba. Pero para recibir hay que dar algo.

—Quiero saber más sobre la relación de Ivan e Iisa Filippov, y sobre la relación de Linda con ambos.

—Eso no le va a salir barato.

A Rein Saar no le gustará ver eso en los periódicos, pero a la larga le ayudará y, como el resto, también tiene que dar algo.

—Iisa Filippov tenía un lío con Rein Saar desde hacía dos años. Se basaba en juegos sexuales *voyeurísticos*. Aquella mañana, él debía llegar a casa con otra mujer. Iisa pensaba esconderse en el armario y observar cómo follaban.

—Inspector, ese es exactamente el tipo de información que buscaba. Me identifico plenamente con usted.

—Ahora tú. Suelta.

—El padre de Iisa murió en 1998 y ella heredó una cantidad

considerable de dinero. Empezó a gastarlo como una nueva rica. Hizo un viaje de placer a San Petersburgo y allí conoció a Ivan…

—¿Año? —le interrumpo.

—En 2002. Vivieron un romance vertiginoso y enseguida se casaron. Se trasladaron a Helsinki y ella usó gran parte de lo que le quedaba del dinero de papá para financiar Filippov Construction. Ivan demostró ser un buen hombre de negocios y le ha ido bien.

—¿Cómo pasó Iisa de mujer felizmente casada a máquina de follar y coleccionista de trofeos en forma de polla?

—Su amor incondicional enseguida fue a menos. Ivan tenía veinticuatro años más que ella. Supongo que ella buscaba un nuevo papá, pero luego decidió que la historia de amor con papá era un rollo.

—Y el papá número uno, ¿de dónde sacó el dinero?

—Ahí es donde se pone interesante la cosa. Su papá número uno era Jonne Kultti. Estaba metido en múltiples fregados, pero la mayor parte de su fortuna la hizo con un servicio de señoritas de compañía.

Saco el cenicero del cajón de mi mesa, abro la ventana y enciendo un cigarrillo.

—Hay servicios de señoritas de compañía de todo tipo y de todos los colores. ¿De qué tipo era el suyo?

—De los blanditos, comparativamente. Caro. Mujeres despampanantes que atendían sobre todo a hombres extranjeros de negocios. Las señoritas de Kultti no proporcionaban necesariamente sexo con orgasmo incluido, pero algunas de sus chicas ofrecían *sadomaso, bondage* y otros fetichismos.

—¿Y cómo conoció Iisa a Linda?

—Linda, como ya habrá observado, se parece mucho a Bettie Page. Fue a trabajar para Kultti en 1997, en un momento en que en todo el mundo se recuperaba la imagen de Bettie Page. Hacía numeritos imitándola. Supongo que Iisa conocería a Linda mientras esta trabajaba para su padre.

—¿Y el jueguecito de parecidos Linda-Iisa-Bettie Page?

—No sé cómo surgió eso, ni nada más sobre cómo nació su amistad.

—Continúa escarbando. Yo seguiré pasándote cosas. ¿Algo más de interés?

—Jonne Kultti no obligaba a sus señoritas a que practicaran el sexo con sus clientes, pero a todas les hacía una prueba de admisión consistente en una mamada. Según parece, le cogió cierto cariño a Linda. Creo que Linda le chupaba la polla regularmente al papá de Iisa.

—¿Hay más?

—Jonne Kultti se suicidó poniéndose un rifle de caza bajo la barbilla y apretando el gatillo con el dedo del pie.

El material es bueno. Le doy las gracias y cuelgo. El teléfono suena cuando aún tengo el receptor en la mano.

Una recepcionista me informa de que Filippov está en la entrada. Pido que le acompañen hasta mi oficina.

Milo entra y me pone una hoja de papel impresa sobre la mesa.

—He consultado algunas bases de datos y he hecho algunas llamadas de seguimiento —me dice—, y esto es lo que he encontrado.

Lo leo:

Linda Pohjola. N.º SS: 090980-3828. Nac.: 9 sept. 1980. Madre: Marjut Pohjola. Padre: no indicado en la partida de nacimiento. Marjut Pohjola muerta el 13 nov. 2000. Marjut murió de hemorragia cerebral tras pasar diez años en el Oulun Palvelukoti, sanatorio mental cerca de Oulu.

Iisa Filippov. Nº SS: 030280-7246 Nac.: 3 feb. 1980. Madre: Noora Kultti. Padre: Jonne Kultti. Noora Kultti muerta el 3 feb. 1980. Complicaciones en el parto. Jonne Kultti muerto el 16 sept. 1998. Suicidio.

Hoy Milo no está muy hablador. Aún está dolido por lo de anoche. Ha matado a un hombre hace menos de veinticuatro horas y aún está destrozado emocionalmente. Tiene un aspecto de mierda. Le pongo al día sobre lo que me ha contado Jaakko del pasado de Iisa y Linda.

Él hace una mueca.

—¿De dónde has sacado todo eso?

Supongo que se ha pasado un buen rato buscando información básica, y el que yo me haya enterado de tantas cosas tan rápidamente le ha herido en su autoestima. Sonrío burlón y bromeo:

—No eres el único detective en la sala.

La broma no consigue aligerar la tensión. Milo no soporta que lo superen en nada. Se agarra a los brazos de la silla y los nudillos se le quedan blancos. No habla. Tiene el ego colgando de un hilo.

—Filippov está a punto de llegar. Tengo la impresión de que quiere hablar conmigo a solas. Creo que deberías dormir un poco. Has pasado por muchas cosas. Tómate un día o dos de descanso.

Él se me queda mirando.

—¿Me estás diciendo que no soy competente porque me he dedicado a hacer un poco de trabajo de calle?

Sigue con su pose de tío duro.

—Yo he pasado lo que tú estás pasando y me hago cargo. Necesitas un poco de tiempo.

—Si crees que voy a apartarme y dejar que resuelvas el caso y te lleves todo el reconocimiento cuando fui yo quien descubrió la clave, estás como una puta cabra —espeta, a punto de estallar de la rabia.

Filippov llama con los dedos sobre el marco de la puerta, que está abierta. Milo sale como una furia.

—¿Una discusión de pareja? —pregunta Filippov—. Detecto ciertos problemas en el paraíso.

No me pongo en pie ni le tiendo la mano; le hago un gesto para que se siente. Él no se sienta ni me habla. Se limita a entregarme un lápiz de memoria y se queda esperando con los brazos cruzados.

Conecto el lápiz de memoria a mi ordenador. Contiene un archivo llamado «Allanamiento de morada». Es un archivo de vídeo filmado con un teleobjetivo, y muestra a Milo colándose por una ventana y desapareciendo de la vista.

—La pericia de su compañero con los ordenadores le valió el cargo como inspector —comenta Filippov—, y probablemente sea capaz de disparar a retrasados mentales, pero como ladrón aún tiene que refinar mucho la técnica.

—Eso parece.

—Le vi rondando por mi casa; luego nos siguió a mí y a mi

secretaria hasta su apartamento. Se subió a su tartana y se pasó la noche vigilando el edificio. Fingimos irnos al trabajo por la mañana, pero dimos la vuelta y nos dedicamos a vigilar a nuestro vigilante. Pasó una cantidad de tiempo considerable dentro del apartamento. Debió de hacer un registro bastante a fondo.

No voy a disculparme por Milo.

—¿Por qué me trae esto a mí? Yo no soy responsable de sus acciones.

—Quizá no, pero supuse que lo encontraría interesante. No informar de su acción le hace cómplice. ¿Sabía de su incursión ilegal en la vivienda de Linda?

Me debato pensando cuánto quiero revelar y cuánto quiero quedarme para mí. No sé si intentar humillarle con lo que sé sobre su fetichismo, si hacerle saber que las pruebas obtenidas ilegalmente por Milo prácticamente lo sitúan en la escena del crimen. Está jugando conmigo. Decido no darle nada. Tampoco lo intimidaría. Solo le estaría dando munición, más cartas para jugar. Linda, en cambio, podría ser un blanco más propicio para un interrogatorio.

Le devuelvo su lápiz de memoria.

—Tiene derecho a presentar cargos contra Milo si lo desea. Puede que le vaya bien, le servirá de lección. Dele esto al comisario superior de policía. Parece que ustedes dos se conocen mucho.

Deja el lápiz sobre mi mesa.

—Quizás usted mismo decida dárselo.

Tal como hizo en el restaurante, me está enviando un mensaje. Aún no tengo ni idea de lo que es.

—Usted torturó y asesinó a su esposa, y ni siquiera finge que no lo hizo. No hace ningún intento por ocultar su aventura con Linda. Es un cerdo sádico.

—Si tenía la más mínima posibilidad de presentar cargos en mi contra, el imbécil de su colega la destruyó con su incursión ilegal —replica. Se pone en pie y se va.

Recuerdo la teoría de Milo sobre el asesinato y las ropas protectoras. Intento imaginarme cómo sería. Filippov y Linda realizan sus prácticas sexuales fetichistas. Por lo que se ve en el vídeo, Ivan va desnudo salvo por la máscara y unos guantes de vinilo negro. Linda lleva lencería negra. Un sujetador que deja expuestos los pezones para poder manipularlos fácilmente, liguero, medias y zapatillas.

No obstante, durante el asesinato debían de llevar un equipo protector contra residuos tóxicos para no entrar en contacto con la sangre y el correspondiente ADN. Ella llevaría un traje de papel blanco con capucha y protectores para los pies, y probablemente guantes industriales de vinilo, como en el vídeo. Solo la boca quedaría al descubierto. Habría tenido que hacer un agujero en la zona de la entrepierna de su traje para poder insertar el consolador. Filippov también llevaría un traje de papel con capucha y guantes, y un respirador. También debía de llevar un agujero en la entrepierna para poder sacar el pene y metérselo en la boca a Linda, y para que esta pudiera introducirle el consolador en el culo.

Entonces se me ocurre. Filippov y Linda no solo hicieron una grabación de sonido del asesinato: seguro que montaron un vídeo. La grabación del vídeo, para que pudieran verlo una y otra vez durante sus actos sexuales sadomasoquistas ritualizados, puede haber sido una motivación tan importante a la hora de matar a Iisa como el asesinato en sí mismo. Eso me hace creer que el vídeo existe, y que está en algún sitio.

Me pregunto: si se deshicieron del equipamiento protector contra residuos tóxicos después del asesinato, ¿qué pueden haber conservado que aún mantenga salpicaduras de sangre? Respuesta: el consolador de Linda y la cámara de vídeo usada en la grabación. Milo dice que el consolador ha sido lavado recientemente, pero es difícil limpiar una videocámara lo suficientemente a fondo como para eliminar todo el ADN. Creo que Filippov grabó la entrada ilegal de Milo en el apartamento de Linda con la misma cámara. Ya no necesitamos las pruebas obtenidas ilegalmente por Milo. De un modo u otro, encontraré la cámara y el vídeo, y el diario de Iisa, si es que aún existe. Y los meteré entre rejas.

Recorro el pasillo, llego al despacho de Milo y llamo a la puerta. No responde. Abro de todos modos. Está sentado a su mesa, con la vista puesta en la pantalla negra del monitor, dándole vueltas a la cabeza. Le lanzo el lápiz de memoria. Él no hace ningún esfuerzo por cogerlo; deja que le caiga a los pies.

—Te han pillado —le anuncio.

No hay respuesta.

—La hora de la muerte de Iisa fue hacia las ocho de la mañana. La cinta de seguridad demuestra que llegaron a Filippov Construction hacia las nueve. Si Filippov y Linda llevaban puesto el equipo protector cuando mataron a Iisa, debieron de vestirse para ir a trabajar en el apartamento de Saar, y luego se desharían del material manchado de sangre en algún punto de la ruta entre Helsinki y Vantaa. Haz algo de provecho: calcula la ruta más probable, recórrela y busca lugares donde puedan haber tirado el equipo.

Una pérdida de tiempo. Trabajo inútil que le mantendrá ocupado. Milo es de lo más impredecible, ya ha estado a punto de acabar con esta investigación. Matar a Legión le ha convertido en una piltrafa emocional del todo incompetente, en un peligro. Recuerdo a Legión tirado en el suelo, con la sangre goteándole de la cabeza. La experiencia tampoco me hizo ningún bien a mí. No obstante, en la medida de lo posible, lo mejor será apartar a Milo del caso, para poder resolverlo.

30

Hago el viaje a Porvoo en medio de una tormenta de nieve, por una carretera helada. En casa de Arvid, junto al olor residual a orines de gato, flota en el ambiente un intenso aroma a alce asado con nabos. Me hace pasar, cordial pero precavido. No estoy seguro de si me ve como un amigo o como un enemigo. Quizás un poco de cada. Ritva me saluda cálidamente, me pregunta si me encuentro mejor. Arvid y yo nos sentamos a la mesa del comedor. Ritva nos sirve café y sigue trajinando en la cocina.

Coloco el libro de Pasi Tervomaa, *El Einsatzkommando Finnland y el Stalag 309*, sobre la mesa, entre los dos.

—Tal vez debería leer lo que han escrito sobre usted —le sugiero.

Él está sentado muy recto en su silla, con las manos en los laterales. También hoy lleva la ropa perfectamente planchada y almidonada. Es el civil más militar que he visto nunca. Ni siquiera le echa un vistazo al libro.

—Lo he leído —dice—. Intento leerlo todo sobre los acontecimientos históricos en los que he tomado parte.

—Fui a la sede del SUPO y encontré su archivo. Su versión de los hechos no se sostiene, porque usted y mi abuelo, Toivo Kivipuro, tenían trayectorias paralelas. Entraron a servir e la Valpo juntos. Bruno Aaltonen les escribió cartas de recomendación a ambos, y usted y *Ukki* trabajaron en los mismos destinos al mismo tiempo. Incluso les dieron las mismas medallas. Las probabilidades de que estuvieran separados en 1941 y 1942 son prácticamente nulas. Dijo que no conocía a *Ukki*, pero en realidad sus familias ya tenían relación antes de la guerra, y pasaron juntos todos sus años de servicio.

—De acuerdo —acaba admitiendo—. Me has pillado. Estuve en el 309 con Toivo. Dices que quieres hacer que los alemanes se vayan al carajo y me dejen en paz. ¿Cómo?

—Bastaría con una declaración suya en la que admitiera su presencia en el Stalag 309, pero en la que negara cualquier participación en los asesinatos. Si es que eso es cierto.

—A nadie le importa una mierda la verdad —responde, con una mueca—. Se trata de una revancha. La historia en realidad empezó en 1999, cuando Martti Ahtisaari era presidente: decidió honrar a los voluntarios finlandeses de las Waffen-SS nazis durante la Segunda Guerra Mundial erigiendo un monumento en Ucrania, donde yacen enterrados los cuerpos de unos ciento cincuenta voluntarios finlandeses de las SS.

Ahtisaari, presidente, diplomático y ganador del premio Nobel, honra a los SS finlandeses muertos y, de paso, reconoce nuestra participación en el Holocausto. Cojonudo.

—Los grupos judíos de Finlandia protestaron —recuerda Arvid—. El Congreso Judío Europeo dijo que Ahtisaari había minado los esfuerzos por combatir el antisemitismo. El Centro Simon Wiesenthal afirmó que, al equiparar a los asesinos con las víctimas, Ahtisaari denigraba la memoria de los muertos en el Holocausto.

—¿Qué tiene que ver todo eso con usted?

—Ahtisaari la cagó. El jaleo resucitó una historia casi olvidada. De pronto el mundo recordó que Finlandia había aportado casi mil quinientos voluntarios a las SS. El Tribunal de Crímenes de Guerra de Nuremberg decretó que todos los soldados de las Waffen-SS eran culpables de crímenes de guerra y contra la humanidad. Eso incluía a los finlandeses. Heinrich Himmler formó un batallón de voluntarios finlandeses en las Waffen-SS: el Nordost. Estaba adscrito al Regimiento Nordland de la Quinta División Vikinga de las SS, unos tipos de lo más salvajes y fanáticos. Los grupos judíos recordaron que, en vez de castigar a nuestros voluntarios en las SS, en 1958 el Gobierno los exoneró y que luego les dio plenos derechos como veteranos. Todo aquello hizo que el Centro Wiesenthal pusiera a Finlandia en su punto de mira. Querían un chivo expiatorio. Han tardado diez años en encontrar a su hombre. Un icono finlandés. Yo.

Arvid Lahtinen. Héroe nacional. Figura popular. Doy unas palmadas sobre el libro de Pasi.

—Solo hay un testigo ocular que le acuse de asesinato —señalo—, y el acusador está muerto. Diga que se equivocó. Niéguelo todo.

—No funcionará. Si escarban un poco, encontrarán otros testigos.

Aquello me da pie a preguntar:

—Entonces, ¿las acusaciones en su contra son ciertas?

—En realidad, el libro no relata correctamente los hechos. Yo no disparé a ese rojo en particular. Fue tu abuelo, Toivo.

Es como un jarro de agua fría. No había caído en cómo me afectaría descubrir que *Ukki* había sido un asesino. Estoy destrozado.

—¿*Ukki* era uno de los ejecutores?

—No exactamente. Pero tanto él como yo, y otros más, matamos a más de uno a tiros.

—¿Por qué?

—En aquel tiempo bebíamos mucho. A veces nos dejábamos llevar por la euforia. Darle una tunda a algún preso político no nos parecía gran cosa en aquel tiempo. Y aún no me lo parece. Los dos matamos a cientos de bolcheviques. Era nuestro trabajo. Que fueran combatientes o prisioneros no cambiaba nada. Solo queríamos acabar con ellos. Toivo era especialmente sanguinario, por cierto, mucho más que yo.

Necesito entender eso.

—Explíquese.

—Nuestros padres eran amigos. Cuando éramos chavales nos veíamos de vez en cuando y llegamos también a serlo. Tal como pensabas, nuestros padres tenían cierta influencia política y nos metieron en la Valpo. Toivo y yo nos veíamos mucho durante la guerra, pero a él le afectó de un modo diferente que a mí. Él podía mostrarse menos razonable. Solía hacerse porras con trozos de manguera que llenaba con perdigones.

Así no se hacía daño en las manos al golpear. Daba palizas tan duras y tan a menudo que cada semana tenía que cambiar de porra. Solían gastarse, reventaban y el plomo salía volando por toda la sala.

Me hace daño oír eso.

—¿A cuántas personas mataron los inspectores de la Valpo en el Stalag 309?

—A unas decenas, quizás un centenar. Toivo y yo matamos quizás a la mitad. A los guardias de las SS les tranquilizaba ver que tomábamos parte en su causa y nos mostrábamos solidarios, pero no podíamos hacerlo demasiado a menudo, porque si nosotros fusilábamos a la gente en su lugar, les quitábamos la diversión.

Me he equivocado. No necesitaba oír eso.

—No quiero saber nada más.

Asiente, comprensivo.

—No juzgues a Toivo. Ni a mí. No tienes derecho. Eran otros tiempos. Unos tiempos extraños. Yo no me siento culpable por aquello. Al contrario, estoy orgulloso de lo que hicimos por nuestro país. Cumplimos con nuestro deber como patriotas. Toivo era un buen hombre y un buen amigo. Aún le echo de menos.

Las sienes me palpitan, pero las criaturas malignas del interior de mi cabeza parecen adormecidas.

—Yo también echo de menos a *Ukki*. Usted me lo recuerda mucho; en cierto modo, es difícil estar con usted.

—Siempre quise ser abuelo —responde él, sonriendo—. Ritva y yo tuvimos dos hijos. El cáncer se llevó a uno. El otro murió en un accidente de tráfico. Ninguno llegó a la edad adulta. Tú eres un buen chico y, por si fuera poco, policía. Puedes llamarme *Ukki* si quieres. A lo mejor eso te hace sentir mejor.

La idea me parece una tontería. Me pregunto cuál será la motivación que le ha hecho sugerir tal cosa, y me hace sospechar, así que le sigo el juego.

—De acuerdo, *Ukki*. ¿Por qué se trasladó a Kittilä mi abuelo?

A pesar de mi desconfianza, llamarle *Ukki* me hace sentir bien, como si fuera un chaval otra vez.

—Él era más valiente que yo. Yo tenía miedo de las represalias de la nueva Valpo roja. Pensé que me ejecutarían o que, por lo menos, me meterían en la cárcel. Hui del país y me fui a Suecia un tiempo, y luego a Venezuela. Allí tenía una granja, y no volví hasta finales de los cincuenta, tras la amnistía. Conocí a Ritva y formamos una familia. Toivo estaba furioso por el acuerdo con la URSS, consideraba que era una traición. En la zona de Kittilä había muchos partisanos rojos. Toivo se trasladó allí y se integró en una red clandestina de partisanos blancos. Acumularon armas a la espera de que cambiaran las tornas. Querían derrocar al Gobierno y matar a los rojos. Aquello nunca ocurrió, así que siguió con su vida como herrero. Nos escribimos, le visité un par de veces. Seguía amargamente decepcionado por la guerra, pero en general era bastante feliz.

Sesenta y cinco años más tarde, Arvid tiene que enfrentarse de nuevo al miedo a la persecución. Eso me inquieta.

Ritva pone la mesa. Arvid trae el asado.

—Un amigo mío mató un alce muy grande y me dio una buena parte. Llévate un poco a casa si quieres.

Me doy cuenta de que Arvid me gusta cada vez más, y cada vez tengo menos claro que me importe lo que hizo en la Segunda Guerra Mundial. De eso hace una vida.

—Mire, después de lo que me ha dicho, no sé qué hacer. Me temo que tiene un grave problema.

—Yo también tengo miedo —confiesa Ritva, que hoy está muy callada. Parece que no se encuentra muy bien.

Arvid se echa salsa sobre las patatas, las zanahorias y los nabos cocidos.

—Esto es lo que vamos a hacer: tú vete a ver al ministro del Interior y le dices que arregle esto de una vez o empezaré a contar secretos de Estado.

Tiene noventa años, y sus secretos deben de ser de la guerra. No creo que tengan mucho peso actualmente.

—¿No me puede dar algún ejemplo?

—Cosas contrarias a la percepción que tienen los finlandeses de su propia historia. Cosas desagradables. La mayoría han sido escritas en uno u otro lugar por los historiadores, pero en muchos casos han sido debatidas o desacreditadas, calificadas de conjeturas o suposiciones, porque nadie quiere saber la verdad. Yo soy un héroe nacional. Escribiré un libro y les daré a todos esos desagradables hechos el sello oficial de la veracidad.

Todavía dudo. Arvid y yo felicitamos a Ritva por el asado de alce.

—¿Qué piensas del gran señor y salvador de Finlandia, imagen de la rectitud moral y hombre de honor supremo? —me pregunta Arvid.

—¿Quiere decir Mannerheim?

—El único e irrepetible.

Barón Carl Gustaf Emil Mannerheim. Descendiente de la realeza sueca. Oficial del Ejército imperial ruso. Comandante en jefe de las fuerzas de defensa de Finlandia durante la Segunda Guerra Mundial y posteriormente sexto presidente de la nación.

—Fue un gran hombre —respondo—, un gran líder. Sin él, puede que Finlandia no existiera actualmente. Habrían acabado con nosotros los rusos, los alemanes o ambos.

—Correcto. Muchos estudios históricos recientes han retomado la cuestión de hasta qué punto protegía Finlandia a los judíos durante la guerra. Mannerheim es alabado por su labor.

—El que va a ser acusado de asesino de judíos es usted, no Mannerheim.

—Yo maté a comunistas. No me importaba una mierda si eran judíos o no. Los prisioneros de guerra judíos estaban concentrados en el centro de Finlandia, cerca del Segundo Campamento de Prisioneros, en Naarajärvi. ¿No te imaginas por qué?

—Los libros de historia dicen que los situaron allí por su propia seguridad.

—Falso. Los situaron allí por si era necesario vendérselos a la Gestapo.

—Perdone, pero ¿cómo podía saber usted eso?

—Bruno Aaltonen era amigo del jefe de la Gestapo, y hablaron de ello largo y tendido. Mi padre era amigo de Aaltonen. Él se lo contó a papá. Papá me lo contó a mí. Y además, era un tema de conversación recurrente entre los inspectores de la Valpo.

—Me está contando que Mannerheim era un antisemita y que estaba dispuesto a tomar parte en el Holocausto.

—No. Te estoy diciendo que era un pragmático, que tuvo

que poner en la balanza las vidas de unos centenares de judíos contra la libertad de Finlandia, país que protegía a toda costa, y las vidas de sus ciudadanos, que en aquellos tiempos sumaban unos cuatro millones. Te estoy diciendo que los grandes hombres no llegan a ser grandes sin ensuciarse las manos.

—Es difícil de creer.

—Tú te crees los montajes de los libros de historia. Te han lavado el cerebro. Nuestra relación con los alemanes se basaba en la ideología, no solo en los objetivos militares. La guerra de Continuación era un coflicto expansionista. A través de la Valpo, solo entregamos a la Gestapo unas ciento treinta personas a través de extradiciones. Pero el ejército se hizo con unos tres mil, la mayoría procedentes del Ejército rojo. ¿Sabes por qué?

—¿Por qué?

—Porque queríamos mano de obra gratis. Alemania tenía una cantidad enorme de prisioneros de guerra. Nosotros cambiamos nuestros prisioneros del Ejército rojo por sus prisioneros nórdicos, especialmente los que hablaran finlandés, para poder enviarlos a Karelia, después de arrebatársela a la Unión Soviética, con la intención de efectuar allí una limpieza étnica de rusos. Aquello resolvería el problema de la falta de mano de obra dentro de nuestras fronteras. Fue una decisión ideológica. Los nacionalistas soñaban con poder ocupar la Karelia oriental desde antes de que yo naciera. Pero Mannerheim se negó. No quería enviar a nuestras tropas con las alemanas al ataque de San Petersburgo. Y cederle a la Gestapo tres mil prisioneros de guerra fue un modo de tranquilizar los ánimos.

—¿Y los judíos?

—Acatamos la autoridad de la Gestapo. Si solicitaban la extradición de una persona en particular, no preguntábamos por el motivo de su solicitud. Sabíamos perfectamente que la extradición implicaba una sentencia de muerte.

—Eso es fuerte. ¿Cómo ha podido mantenerse en secreto tanto tiempo?

—Hacia el final de la guerra, la Valpo vio los problemas que se le venían encima. Destruimos toda la documentación que pudimos.

Todo eso me supera. Soy policía, no tengo nada que ver con la política.

—Me está pidiendo que le comunique una amenaza de chantaje al Gobierno finlandés para protegerle.

—No es una amenaza. «Ya» les estoy haciendo chantaje. Dile al ministro del Interior que también hablaré de cómo tratábamos a los prisioneros de guerra.

—La tasa de mortalidad en nuestros campamentos de prisioneros era alta —admito—, pero sea justo: no teníamos comida ni para alimentarnos nosotros, y menos aún para ellos.

—Teníamos sesenta y cinco mil prisioneros de guerra. Aproximadamente el treinta por ciento murió. Ese índice solo lo superaron la Alemania nazi, con sus campos de concentración, y la URSS. Stalin era tan malo como Hitler. El índice de mortalidad aquí no fue tan alto hasta que decidimos usar a prisioneros ya enfermos y famélicos para realizar trabajos forzados. Entonces empezaron a caer como moscas. Y podríamos haber hecho sacrificios y alimentarles mejor si hubiéramos querido. Pero no queríamos.

—Lo siento, pero pienso que nadie se va a creer nada de todo eso, aunque provenga de usted.

—Chico, eres más simplón de lo que me esperaba. Compartíamos la visión de los nazis: expansionismo y tierras para que creciera la nación; un paraíso agrícola poblado por finlandeses de raza. Ese sueño aún sigue vivo. ¿No ves la tele?

—Un poco.

—Piensa, por ejemplo, en los anuncios de Elovena. No venden copos de avena; están vendiendo propaganda aria. Si Leni Riefenstahl hubiera hecho esos anuncios, Hitler se habría corrido en los pantalones. Una trabajadora y guapa madre rubia en el campo, rodeada de sus niños encantadores, satisfechos y aún más rubios, comiendo copos de avena. Campos de grano mecidos por la brisa. Te guste o no, chico, esa visión idílica de los nazis sigue viva en este país.

Su enfoque es algo extremado, pero el planteamiento tiene lógica. Pienso en la Nochebuena, y en el inicio de las veinticuatro horas de paz navideña oficial. A mediodía, frente al ayuntamiento de Turkku, una banda toca la *Porilaisten marssi* —la Marcha del pueblo de Pori— y la canción de la paz navideña nos trae recuerdos de la tierra cubierta con la sangre de nuestros enemigos.

—Aún no me ha dicho cómo se conocieron mi bisabuelo y su padre.

Él se levanta y me trae un paquete de carne del congelador.

—Ya te he dicho que eres un buen chico. He decidido que disfruto con tu compañía, así que me guardaré esta historia para otra ocasión. Vuelve mañana, comeremos y te la contaré. Te gustará, es buena. Ritva está cansada. Deberías irte.

Tengo un asesinato que resolver, no dispongo de tiempo para relajarme y escuchar historias sobre la guerra, pero para mi asombro observo que no me importa. De algún modo lo necesito, y ya estoy esperando que llegue el momento.

—Muy bien. Les veré mañana.

31

Es hora de continuar a partir de donde lo dejó Milo. Seguiré a Linda, quizá pueda charlar con ella si surge la ocasión. Me dirijo al suroeste, de Porvoo a Vantaa. Soplan fuertes ráfagas de viento que zarandean el coche. La nieve cae en enormes copos. Las corrientes de aire varían de dirección y, por un par de minutos, la nieve va hacia el cielo en lugar de caer hacia el suelo. Curioso: no sucede a menudo.

Pienso en las revelaciones de Arvid. Una parte de mí quiere creerle, porque siento cierto afecto por él y por Ritva. No obstante, como finlandés quiero pensar que es un truco barato para escapar de los problemas. El policía que llevo dentro está escéptico. En primer lugar, porque me ha mentido la primera vez afirmando que nunca había estado en el Stalag 309. En segundo lugar, porque puede que esté manipulando mis emociones, usando ese tono paternal, diciéndome que le llame *Ukki* para que yo baje la guardia y hacerme tragar su historia. He de tener cuidado con Arvid. Por otra parte, me pregunto si realmente escribiría un libro con la intención de destruir la imagen de un país por el que tanto ha luchado.

El sonido de mi teléfono móvil me despierta de mis pensamientos. Es Arska, el de Securitas. Está en Roskapankki. Con el tipo que le robó las botas a John.

—Deme media hora —le pido.

Cambio de dirección y me dirijo hacia Helsinki, conduciendo rápido pese a la nieve. Llamo a John y le digo que vaya a Roskapankki. Él dice que está ocupado en ese preciso momento. Oigo un gemidito y una risita de fondo. Estoy interrumpiendo una sesión de sexo. Bien por John.

—Pues lo siento mucho. Ve ahora mismo. Voy a recuperar tus botas.

Su tono cambia por completo.

—Puedo estar ahí dentro de veinte minutos.

El alien de las migrañas chilla en mi interior. Me siento furioso. John es un buen tipo. Sí, con sus problemas, pero no merecía que un colgado del *speed* le robara las botas y le dejara descalzo en la nieve a veinte bajo cero. Luego me doy cuenta de que el motivo real de mi enfado es que ese colgado del *speed* ha hecho daño a un ser querido de Kate. Da lo mismo, estoy rabioso.

Entro en Roskapankki. John intenta pasar desapercibido cerca de la barra, avergonzado. Arska está sentado en el taburete del gorila de la puerta. Me dice que no ha hecho falta que detuviera al tipo que ando buscando, que no va a irse a ninguna parte. Señala hacia una mesa con cuatro perdedores sentados frente a unas pintas de cerveza medio llenas. Le paso a Arska dos billetes de cincuenta. Pido seis cervezas en la barra y le digo a John que las lleve a la mesa. Acerco dos sillas y me siento con esos cuatro desgraciados veinteañeros. Por sus ojos resulta evidente que están volando. Me miran, divertidos y curiosos. John nos pone las cervezas delante y se sienta a mi lado, bien pegado, buscando protección. Observo, con sorpresa y agrado, que está sobrio.

—Hola, tíos —digo—. Me llamo Kari. Vamos a ser amigos.

Se quedan mirando la cicatriz de bala que llevo en la cara. Sus risitas son de desconcierto. Están pensando: «Qué cojones, cerveza gratis». Brindamos. John no tiene que decirme quién le robó las botas. El capullo grasiento y desgarbado que tengo al lado las lleva puestas. No hace falta que le diga que he venido a por las botas. Mi presencia y la de John lo dejan bien claro.

—Ni hablar —me dice el capullo.

Sonrío.

—¿Ni hablar de qué?

—*Haista vittu*. Que te jodan.

Sus amigos se tensan, presienten un arranque de violencia y empiezan a prepararse para machacarme los hígados, en grupo.

Mi padre siempre me dice eso cuando está borracho y cabreado. No me gusta.

—Soy poli —anuncio—, y estoy dispuesto a pasar por alto el que le robaras las botas a John si se las devuelves tranquilamente y sin armar jaleo. Tampoco te registraré para ver si llevas drogas.

Él sacude la cabeza.

—No llevo nada, y las botas me las quedo. Anda que te jodan.

Quiere hacerse el duro delante de sus amigos. Chasquean la lengua. Yo suspiro.

—Querría evitarme la molestia de detenerte.

—Yo te conozco —dice uno de sus colegas—. Eres uno de los polis que ayer mataron a aquel retrasado mental aquí cerca.

—Pues sí.

El capullo se ríe; no tiene ningún respeto por nada ni por nadie.

—Por favor, arréstame. Será una historia estupenda. El asesino de retrasados detiene a un ladrón de botas. —Señala a John—. Deberías haber visto la cara de este tipo cuando le dije que se quitara las botas y me las diera. Ni siquiera opuso resistencia. Se sentó en la nieve y me las dio.

Se carcajea al recordarlo. Va en serio: preferiría volver a la cárcel que devolver las botas. Supongo que le detienen periódicamente, y para él no es una gran cosa. John mira al suelo, humillado. Los amigos del capullo aúllan de la risa y se dan golpes en las rodillas.

Por supuesto, el objetivo principal que le llevó a robarle las botas a John fue el de humillarlo. La idea que tiene de la diversión este capullo consiste en joder al prójimo. Mi dolor de cabeza y mi mal humor van en aumento. No voy a detener al capullo. Por lo menos no hoy.

Cuando era joven y vine a Helsinki por primera vez, trabajé de barman en un *räkälätk* como este, de vez en cuando, para llegar a final de mes. Los vasos de cerveza son baratos y gruesos —difíciles de romper—, pero la tensión superficial del vaso es tan grande que, cuando se quiebran, explotan.

Me río con ellos relajadamente. Con la mano izquierda, levanto mi pinta, se la coloco al capullo frente a la cara y aprieto. Él me mira y sonríe, sarcástico. Aprieto más fuerte, el vaso explota como una bomba y se rompe en mil pedazos. La cerveza y el vidrio saltan en pedazos hacia el capullo, contra su cara y por todo el local. Él se echa atrás y se queda boquiabierto, sin creérselo, empapado de cerveza y cubierto de minúsculos cortecitos sangrantes.

Sus amigos se ponen en pie de un salto y se retiran. John y yo permanecemos sentados. Miro alrededor. Arska sigue sentado en el taburete del gorila. Me guiña un ojo, divertido. El barman observa de lejos sin decir nada.

Los ojos del capullo se cubren de lágrimas.

—Cabrón desgraciado —me dice—, podrías haberme dejado ciego.

Me limpio unos trocitos de vidrio que se me han quedado en la mano izquierda y los echo al aire con la derecha.

—Esa era la idea —afirmo—. No ha funcionado. —Cojo otra pinta—. Pero puedo volver a intentarlo.

Él tiembla y se lleva las manos a la cara.

—No, por favor.

—Te lo he pedido educadamente. Dame las botas.

Intenta quitárselas lo más rápidamente posible. Tumba la silla y se echa al suelo. Empieza a tirar de las botas.

Me pongo en pie, me sitúo a su lado y espero. Dejo que la sangre de mi mano le gotee sobre la cabeza. Me tiende las botas. Las cojo.

—Fuera de aquí —le ordeno.

Con los ojos busca apoyo en sus amigos, pero ellos han empezado a carcajearse de nuevo, esta vez ante su humillación. Endereza la silla y vuelve a sentarse en ella. Me mira con cara de pena.

—He dicho fuera.

—Estamos a menos veinticinco grados —gimotea.

Señalo a John con la cabeza.

—Si él puede, tú también. Voy a quedarme ahí fuera mirando. Y vas a caminar hasta que te pierda de vista.

Hace acopio de valor y de la poca dignidad que le queda y se dispone a coger el abrigo del respaldo de la silla.

Sacudo la cabeza.

—Nada de abrigo.

Se tambalea hacia la puerta. Le doy a John sus botas y le sigo, y John sigue mis pasos. Le doy las gracias a Arska, salgo fuera, me pongo un poco de nieve en las heridas de la mano y me quedo mirando al capullo que sigue corriendo por el hielo.

John está a mi lado.

—No sabía que se pudiera hacer estallar un vaso de cerveza en la mano —comenta.

—Yo tampoco.

—Nunca olvidaré esto —me dice, pasándome un brazo sobre los hombros.

—Yo tampoco.

—No sé cómo podré compensarte.

—Sé un hermano del que tu hermana pueda sentirse orgullosa. Sé su amigo.

—Haré todo lo que pueda.

—Dile que echabas de menos tus Sedona West y que has vuelto a comprarlas a la UFF —le digo.

—No me han visto mucho. Nadie se ha dado cuenta de que habían desaparecido.

Miro el reloj. Estamos cerca de casa. Jari y su familia vienen a cenar esta noche. Dispongo del tiempo justo para hacer unas compras, ir a casa y ver cómo está Kate, y aún podré pasarme por Filippov Construction y seguir a Linda cuando salga del trabajo.

32

Empieza a nevar fuerte de nuevo. Voy a comprar comida, y John me sigue. Vamos al Alko. Compro un par de botellas de vino y dos botellas de Koskenkorva. Le digo a John que esconda una en su maleta y que vaya tomando lo justo para mantenerse estable; le exhorto a que no permita que Kate le pille bebiendo al estilo alcohólico, especialmente de día.

Volvemos a casa. Kate y Mary están viendo *Doctor Phil* en la tele. Mala señal. Kate odia *Doctor Phil*. Eso quiere decir que prefiere escuchar al pobre matasanos que hablar con su hermana.

Saludo a Mary, le doy un beso a Kate y le toco la barriga.

—¿Habéis aprendido mucho de Phil? —bromeo.

Ella le imita con voz afectada:

—*Queridaaa*, lo que tienes es un problema con la bebida. ¡Lo que tienes que hacer para curar tu problema, *queridaaa*, es dejar la jodida botella!

La imitación es buena. Me hace reír. John se sienta a ver la tele con ellas.

—¿Qué hay de cena? —pregunta Kate.

—*Karjalanpaisti*.

—¡Qué rico! —responde, sonriendo.

—Más vale que me ponga manos a la obra. Tengo que volver a trabajar. Si lo dejo listo, ¿puedes meterlo en el horno a las cinco, para que esté hecho cuando lleguen Jari y su familia?

—Claro. ¿Qué te ha pasado en la mano?

—Me he resbalado en el hielo, y con la sal que había en la nieve me he cortado. No es nada.

—¿Qué es el *karjalanpaisti*? —pregunta Mary.

—Algo muy rico. Ya verás.

—¿Cómo va tu migraña? —dice Kate.

—No va mal.

En realidad, es como si me estuviera estallando la cabeza. Me voy al dormitorio y cojo un analgésico para aguantar toda la noche sin que la migraña me vaya susurrando ideas asesinas al oído, y preparo la cena. Cuando acabo, me voy al salón, me siento junto a Kate y leo el periódico. Encuentro un artículo sobre el duro trato que recibieron los judíos en Finlandia, y en Helsinki en particular, durante el siglo XIX. Pienso en la palabra que usó Pasi Tervomaa: confluencia. De pronto me encuentro con la persecución a los judíos por todas partes.

El artículo dice que se confinó a los judíos en vecindarios designados. Se les negaba el pasaporte. Se les prohibían muchos tipos de negocios, incluido —por supuesto— el de préstamo de dinero. La lista de derechos fundamentales que se les negaba es larga. Aquellas leyes opresivas hicieron que una cuarta parte de los judíos de Finlandia se fueran del país por su propia voluntad o que fueran deportados.

Eso va en contra de la percepción que tengo yo del trato que hemos dado los finlandeses a los judíos. Nuestro país se enorgullece de cómo se comportó durante la guerra. La opinión general es que protegimos a los judíos. Durante la guerra, lucharon junto a otros soldados finlandeses. Curiosamente, eso quiere decir que los judíos también lucharon junto a los alemanes. Los soldados finlandeses incluso tenían una sinagoga de campo.

Heinrich Himmler presionó para que deportáramos a nuestros judíos a campos de concentración. Nuestro legendario general Gustaf Mannerheim respondió: «Mientras haya judíos sirviendo en mi ejército, no permitiré que sean deportados».

La fama de Mannerheim es tal que se le considera el Mesías finlandés. Sus proezas militares y sus grandes habilidades políticas le permitieron jugar con la Unión Soviética y la Alemania nazi, asegurándose que ninguna de las dos nos invadiera. El Día de la Independencia de 1944, Mannerheim visitó la sinagoga judía de Helsinki y tomó parte en un servicio en recuerdo de los soldados judíos muertos en la guerra de Invierno y en la guerra de Continuación, y le concedió una medalla a la comunidad judía. Son cosas que sabe todo el mundo.

Un *Stalag* de las SS, gestionado en parte por finlandeses y al que el Gobierno finlandés enviaba judíos sabiendo perfectamente que serían asesinados, es algo frontalmente opuesto a la historia tal como está escrita. ¿Queremos a los judíos? ¿Odiamos a los judíos? Llamo a Pasi Tervomaa y le confieso mi confusión y mis recelos:

—¿Tenía noticias Mannerheim de la matanza del 309? —le pregunto.

—Déjeme que se lo plantee así. Mannerheim tenía medios para saberlo, si es que quería, y por tanto, era responsable. Si el caso del Stalag 309 se hubiera llevado ante un tribunal al final de la guerra, por los principios de Nuremberg, Mannerheim habría sido acusado de cómplice de asesinato. Por otra parte, a su mesa llegaban muchos papeles, y él estaba viejo. Puede que algo se le pasara por alto. Y la responsabilidad no era solo suya. El presidente y el ministro del Interior de la época, Risto Ryti y Toivo Horelli, probablemente también bendijeron la colusión del 309 y la actividad que se desarrollaba en el *Stalag*.

—Recuerdo que el presidente Ryti y algunos ministros fueron imputados en algunos juicios por responsabilidades de guerra. ¿Hay alguna conexión?

—No. Ryti y los otros fueron condenados en un juicio teatralizado como concesión a los soviéticos. Se les acusó de influir sobre el país para que combatiera contra la Unión Soviética y el Reino Unido en 1941, y por impedir la paz durante la guerra de Continuación. Por cierto, corre el rumor de que Mannerheim no fue imputado porque intervino Stalin. Le gustaba Mannerheim. También puede ser que a Stalin no le «gustara» nadie en realidad, pero que Mannerheim le resultara útil.

—Todo esto es desmoralizador.

—Yo también me sentí decepcionado cuando me enteré de estas cosas —admite Pasi—. Hay mucha más información disponible, si le apetece consultarla. Casi toda es de dominio público; está en Internet. La mayoría de la gente sencillamente decide que no quiere saber nada al respecto.

Cuando cuelgo, oigo que Kate, John y Mary están charlando. Mary no les está dando ninguna lección. John no está borracho. Parecen contentos. Están sonriendo. Eso me anima. Me despido de ellos y me pongo en marcha, en busca de Linda, alias *Bettie Page*.

33

Voy en coche hasta Vantaa. La carretera está en muy mal estado. Helsinki sufre unas nevadas de récord. Las quitanieves funcionan durante todo el día, todos los días, pero no dan abasto.

A ambos lados de las calles se levantan muros de nieve. Generalmente la nieve es recogida por camiones que se la llevan, pero la ciudad se ha quedado sin lugares donde echarla. Algunas carreteras están impracticables.

Llego a Filippov Construction a las cinco menos cuarto de la tarde y aparco a unos cincuenta metros de la puerta principal. Con la nevada que cae, a esa distancia el coche resulta casi invisible. Filippov y Linda salen del edificio a las cinco y se van en coches diferentes. Ella conduce un Ford Mustang de 2003. Él lleva un Dodge Journey. Toman direcciones diferentes. Supongo que él se marcha a casa, y que ella va a Helsinki.

Seguir a Linda no es difícil. No conduce demasiado rápido, hay poco tráfico y es difícil que me vea debido a la nieve. Tenía razón, va directamente al centro de Helsinki y entra en un aparcamiento. Yo me meto tras ella. Va a pie hacia los grandes almacenes Stockmann. Cubro la distancia que nos separa y llego a su altura bajo el gran reloj de la entrada principal. Le toco el brazo y ella se gira.

—Señorita Pohjola, me gustaría hablar un momento con usted, si me permite.

Ella parpadea y me mira con sus ojos oscuros; sus labios rojos dibujan una sonrisa encantadora.

—Dígame, inspector, ¿de qué quiere hablar?

—De sexo, mentiras y cintas de vídeo.

Su risa es forzada.

—Vaya por Dios, ese chico que trabaja con usted se ha metido en mi ordenador. También ha curioseado entre mi lencería. Si quiere triunfar como *voyeur*, tendrá que aprender a dejar las cosas en su sitio.

Espero.

—Sí —decide—, charlemos. ¿Tiene algo *in mente*?

—¿Qué tal el Iguana? En las mesas de atrás estaremos tranquilos.

Asiente y se coge de mi brazo. Caminamos como una pareja de novios, cruzamos la calle y nos metemos en el restaurante, de ambiente pretendidamente mexicano.

—Me apetecería algo caliente —dice ella.

Se dirige hacia una gran mesa en la parte de atrás y se quita el abrigo. Debajo lleva un suéter negro ajustado y una falda corta del mismo color. Unas medias negras desaparecen dentro de unas botas de cuero negro. Su indumentaria no me sorprende. Muchas mujeres de Helsinki se niegan a supeditar su forma de vestir al frío, por intenso que sea.

Traigo dos cafés irlandeses y me siento frente a ella. Da un sorbo que le deja una línea de crema sobre el labio superior rematadamente sensual. Se la limpia con la lengua, provocativa. Linda es preciosa.

—¿Por dónde empezamos? —pregunta.

Opto por el enfoque agresivo.

—El asesinato de Iisa Filippov tiene un tono claramente fetichista, y los fetiches que usan usted e Ivan Filippov me conducen a pensar que debería sospechar de ustedes como autores del crimen.

—¿A qué fetiches se refiere, inspector? —responde ella, burlona—. Déjeme adivinar... Usted ha visto un vídeo en el que le hago una felación a Ivan mientras me masturbo con un vibrador. Él lleva una máscara y me trata con cierta dureza. Yo alcanzo el orgasmo, luego le meto el vibrador a él, y él también se corre. ¿Es algo así lo que vio en el vídeo?

Me está poniendo violento. Es lo que pretende.

—Pues sí, se le parece mucho.

Me mira con malicia, regodeándose. Y aunque Linda es guapa, detecto ciertas imperfecciones: le pasa algo en el ojo derecho, es como si reaccionara más lento, y tiene los labios demasiado finos.

—No parece que sea la única que disfruta con ese tipo de juegos sexuales —deja caer—. El comisario superior de policía también. Por lo menos, eso parecía.

Eso me cae por sorpresa y me pilla fuera de juego.

—¿Practicó ese jueguecito sexual en particular con Jyri?

—Algo así. La mañana del asesinato de Iisa. Jyri me puede servir de coartada.

—¿Por qué cree que ni a Filippov ni a Jyri se les ocurrió mencionarme este detalle?

Ella da otro sorbo a su café irlandés y vuelve a hacer el truquito de lamerse la crema.

—A lo mejor porque a usted no se le ocurrió preguntárselo.

Saca un pie de la bota, lo desplaza bajo la mesa y me frota la bragueta con la punta de los dedos. Se me pone dura, de cero a cien en unos dos segundos. Tiene una habilidad sorprendente para ponerme caliente; parece saber qué es lo que quiero antes que yo mismo. Resulta de lo más desconcertante. Mi reacción instintiva es apartarle el pie, pero tengo curiosidad: quiero ver de qué puedo enterarme mientras ella sigue con su pequeña charada. Por lo menos, eso es lo que me digo.

—Le gusta que me parezca a ella, ¿verdad, inspector?

—¿Quiere decir a Bettie Page?

Ella sigue frotando. Hace cosas sorprendentes con los dedos de los pies.

—Sí —respondo—, me gusta.

—A mí también —reconoce ella—. Es agradable ser otra persona. Esa es la naturaleza de mi fetichismo, la negación de mi personalidad. Por eso Ivan se mostró tan duro conmigo en el vídeo. No me trata como a una persona, sino como a una cosa que puede utilizar. Su fetiche, naturalmente, es el de ser dominante, agresivo pero anónimo. Nuestra relación sexual no es nada infrecuente. Quizá debería probarlo. Es varonil. Eso me encanta. Y me gusta que me miren. Por eso hago los vídeos. Al otro inspector, Milo, le gusta mirar. A lo mejor podría chuparle la polla mientras Milo mira y se masturba. Puede correrse en mi boca y Milo en mi cara. Lo grabaré en vídeo y lo veré con Ivan mientras interpretamos nuestro jueguecito sexual de roles.

Se me baja la erección. Le aparto el pie de mi bragueta.

—Gracias, pero creo que a mi mujer no le parecería nada bien.

Los ojos se le iluminan.

—Qué aguafiestas debe de ser. Lo que quiero hacerle ver es que a mí me gusta que me utilicen, no hacer daño a otras personas. Está ladrando ante el árbol que no es.

A lo mejor, o tal vez me está manipulando. Tiene una habilidad extraordinaria para eso.

—¿Le puedo preguntar sobre su relación con Iisa? Tengo entendido que eran íntimas. ¿Cómo acabó teniendo una relación sexual con su marido? Dada su amistad, resulta algo extraño.

Ella pone fin a su demostración de desinhibición sexual y vuelve a meter el pie en la bota. De pronto habla con naturalidad, sin inflexiones.

—Conocí a Iisa hace años, en una fiesta. Le dábamos mucho a la coca (siempre tomamos muchas drogas juntas), y una noche nos dimos cuenta de que nos parecíamos mucho. Empezamos a peinarnos y a maquillarnos igual, por diversión. Incluso nos acostamos juntas una vez, para ver qué se sentía al follar contigo misma, pero aquello no nos iba demasiado. Una noche estábamos calientes e Iisa decidió que engañáramos a Ivan e hiciéramos que me follara, para ver si notaba la diferencia. A Iisa le gustaba mirar, así que se escondió y lo grabó en vídeo. Aquella noche, Ivan y yo descubrimos que tenemos fetiches complementarios. El resto, como se suele decir, es historia. A Iisa le aburría follar con Ivan. Decidió hacerle un favor y dejar que lo hiciera yo en su lugar. Iisa convenció a Ivan para que me contratara en Filippov Construction. Me convertí, por decirlo así, en parte de la familia.

—Tengo entendido que trabajó usted para el padre de Iisa como señorita de compañía al estilo de Bettie Page. ¿Puede hablarme de eso?

Ella se pone en pie y coge su abrigo.

—Inspector, estoy cansada y tengo que hacer unas compras. Dejemos esa historia para otro día.

Igual que me suele ocurrir con Filippov, tengo la sensación de que Linda me está mandando un mensaje, pero aún no sé cuál es. Decido no presionarla y le doy las gracias por su tiempo y su franqueza. Ella me da las gracias por el café. Cada uno se va por su lado.

34

Llego a casa unos minutos antes de las siete. Jari y su familia no deberían tardar. El olor a *karjalanpaisti* flota por toda la casa. Me duele la cabeza. Me gustaría echarme en el dormitorio y descansar un ratito, pero en ese momento suena el timbre de la puerta.

Entran Jari y su familia, se quitan los zapatos y yo los presento a todos. Taina, la esposa de Jari, es una mujer agradable de cuarenta y tantos. Sus hijos, Hannu y Martti, tienen siete y nueve años. Se parecen a Taina, tienen el pelo rubio, casi blanco, como los niños del programa eugénico nazi *Lebensborn,* como si fueran los últimos bastiones de la raza aria. Más confluencia. Han traído juguetes y películas. Desparraman el Lego y se ponen a construir un barco mientras ven *Harry Potter y la piedra filosofal.*

Los adultos nos dirigimos a la mesa del comedor. Yo abro una botella de vino tinto y sirvo a todos menos a Kate y a Mary. A ellas les traigo Jaffa. A Mary le encanta. Tanto Jari como Taina hablan bien inglés. Él me pregunta por mis migrañas.

A pesar de la medicación para el dolor, me siento como si tuviera la cabeza en un torniquete. Me duelen hasta los dientes.

—Estoy bien —respondo.

—¿Has ido usando las medicinas que te prescribí?

No me he tomado los tranquilizantes.

—Sí, me van bien.

—Tus análisis de sangre están limpios, y tienes la resonancia el lunes.

—Me alegro de oír eso.

—¿Y tú, qué tal, Kate? —interviene Taina—. ¿Cómo va el embarazo?

—Ha habido alguna complicación. Tengo preeclampsia, pero he tomado medicación y los médicos dicen que todo está controlado. Salgo de cuentas dentro de once días.

—Mary, ¿tú tienes niños? —pregunta Taina.

Ella responde que no.

A John le aburre la conversación. Se levanta de la mesa y se va al dormitorio de invitados. Allí está su maleta. Estará dándole un par de tragos a la botella de *kossu* que le di.

—¿Qué diferencia hay entre los cuidados prenatales aquí y en Estados Unidos? —pregunta Mary.

Kate se encoge de hombros.

—No lo sé. Nunca he estado embarazada en Estados Unidos, pero aquí me siento bien tratada. Me hicieron los primeros dos exámenes a la séptima y a la duodécima semanas. Me examinó una comadrona…

—¿Una comadrona en lugar de un médico? —le interrumpe Mary. Parece que no le gusta la idea.

—Se veía que sabía lo que hacía —puntualiza Kate.

—Yo soy comadrona —añade Taina.

Espero que la pequeña metedura de pata de Mary no se convierta en algo mayor. Kate sigue hablando para evitar que eso ocurra.

—La semana diecinueve me hicieron otra ecografía, y supimos que esperábamos una niña. Comprobaron el cerebro y los otros órganos del bebé para prevenir anormalidades y le midieron el cuello. No sé cómo, pero parece que así pueden diagnosticar el síndrome de Down. Luego, una semana más tarde, fuimos a una clínica privada y nos hicieron una ecografía en 4-D. La tenemos en DVD. ¡Hace una gracia, verle mover los bracitos y las piernecitas!

John vuelve del dormitorio. Parece que ha bebido bastante. En los ojos se ve que ha quedado saciado. Curiosea entre los libros y los CD del salón.

Jari parece inquieto.

—¿Por qué la ecografía en 4-D? Generalmente se hace únicamente si se teme que pueda haber complicaciones. ¿Fue por la preeclampsia?

Kate me mira y luego baja la vista al mantel.

—El año pasado tuve un aborto. Queríamos asegurarnos de que esta vez todo iba bien.

—¿De qué sirve buscar defectos de nacimiento en una fase tan avanzada del embarazo? —pregunta Mary—. Llegados a ese punto, ya no hay nada que hacer.

—En Finlandia, en caso de malformación del feto, una mujer puede abortar hasta la semana diecinueve —le explica Jari.

—Ya veo —dice Mary, de nuevo disconforme.

Taina parece irritada.

—Mi primer embarazo acabó precisamente así.

Mary da un sorbo a su Jaffa sin decir nada.

Kate y yo cruzamos una mirada fugaz. Esta cena va a acabar mal.

Taina parece afectada. Está claro que para ella es un tema doloroso.

—Mi bebé, una niña, tenía un defecto en el corazón —nos cuenta—. Aunque hubiera nacido, habría tenido una vida corta y dolorosa.

Mary afronta la mirada airada de Taina con cara de circunstancias y sigue sin decir nada. Su silencio hace que su condena sea más hiriente que las propias palabras.

El salón se queda en silencio. Mi dolor de cabeza se dispara. John suelta una risa que parece un rebuzno.

—¿Qué tipo de broma retorcida es esta? —Se acerca a la mesa con una tarjeta de Navidad de mis padres en la mano—. Mira, un trol vestido de Santa Claus.

Por una vez, me alegro de oír las salidas de tono que tiene John cuando bebe. Nos ha evitado un mal momento.

—Es nuestro Papá Noel tradicional —explico yo—. Se llama Joulupukki, que significa «chivo de Navidad». Procede de una tradición pagana. Hubo un tiempo en que Papá Noel no era un personaje bonachón. Asustaba a los niños. No les traía regalos, sino que los exigía.

Cuento una historia con la esperanza de que el insulto implícito de Mary a Taina quede en el olvido. La he oído en algún sitio y me parece una soberana tontería, pero servirá para el caso.

—El mito de Joulupukki y de sus renos voladores se originó entre los lapones. Había unas setas silvestres venenosas. Los chamanes les dieron a comer de esas setas a los renos. Su aparato digestivo filtró el veneno, pero dejó los alucinógenos. Los chamanes se bebieron la orina de los renos, tuvieron algunas experiencias extracorpóreas y volaron. Volvían a sus cuerpos a través del hueco de la chimenea de su tienda o su casa. Y eso explica la leyenda de Papá Noel y sus renos voladores.

John se sienta y sonríe; se sirve el resto de la botella de vino.

—Una historia estupenda. Pido disculpas por mancillar el nombre de vuestro *Pyllyjoki*. Es toda una bestia, de pura raza.

Pyllyjoki. Acaba de llamar a nuestro Papá Noel «río del culo». Por lo menos intenta pronunciar el finlandés.

Kate colabora conmigo, intentando guiar la conversación hacia un terreno más cómodo.

—¡Algo huele muy bien!

—La cena ya debería estar a punto —respondo. Me levanto y me voy a la cocina.

Dispongo las cosas en la mesa, abro otra botella de vino tinto y traigo el *karjalanpaisti*. No sé qué es lo que están diciendo mientras voy y vengo, pero no oigo gritos ni veo sangre, así que parece que están manteniendo las formas. Taina llama a los niños a la mesa.

Me adelanto a los deseos de Mary. Para apaciguarla, le pregunto si quiere bendecir la mesa. Todos lo entienden y agachan la cabeza. Ella tiene el detalle de hacerlo breve. Nos llenamos los platos.

—Es la receta de mamá —observa Jari, sonriendo.

—¿Existe algún otro modo de hacer *karjalanpaisti*? —pregunta Kate.

—La mayoría de la gente solo usa cerdo y cubitos de caldo de carne, patatas, cebollas, hojas de laurel y pimienta en grano —explico yo—. Pero mamá le añade trozos de cordero, de hígado y de riñón. Es fácil. Solo hay que mezclarlo, cubrirlo con agua, meterlo en el horno y dejar que se haga.

—Ella no lo hacía así cuando éramos niños —recuerda Jari—. Era demasiado caro. Cuando papá empezó a beber menos y ella tenía más dinero para la casa, empezó a hacer comida más elaborada.

Todo el mundo se pone a comer con gusto, salvo John y Mary, que apenas lo prueban.

Me dirijo a Jari.

—Hablando de mamá, últimamente he estado pensando mucho en su padre. ¿Tú recuerdas muchas cosas de *Ukki*?

—Sí, muchas. ¿Por qué?

—He descubierto que, a excepción del tiempo que pasó en el frente durante la guerra de Invierno, fue detective de la Valpo desde 1938 hasta el final de la guerra de Continuación. Me gustaría saber algo más de lo que hizo en la Valpo.

—La gente solía hablar de *Ukki* como de un héroe de la guerra de Invierno —dice Jari—, pero yo nunca le oí decir una palabra de aquello. Aun así, no me sorprende. Desde luego, odiaba a los rusos. Si hubiera sido él quien hubiera tenido que decidir si lanzar bombas de hidrógeno o no sobre Rusia, ese país ya no existiría.

Pienso en lo mucho que Arvid me recuerda a *Ukki*, salvo por su mal humor.

—Yo recuerdo a *Ukki* siempre tranquilo y amable. ¿Alguna vez lo viste enfadado?

Él se ríe.

—Una vez oí decir a *Mummo* que no sabía que *Ukki* tuviera genio hasta el día de su boda. No conseguía desenvolver un regalo de boda lo suficientemente rápido. Se puso nervioso, lo tiró al suelo y se puso a dar botes encima.

Me resulta difícil de imaginar; también me hace reír.

—¿Crees que mamá sabrá algo de lo que hizo *Ukki* en la guerra?

—Si mamá supiera algo, a estas alturas habrías oído mil veces las mismas anécdotas.

Es cierto. Observo que Mary y John no se han acabado la comida, pero han dejado los cubiertos sobre el plato. Ya me lo imagino, pero tengo que preguntar.

—¿No os ha gustado la cena?

—Lo siento, Kari —se disculpa Mary—. Quería ser educada y lo he probado, pero no soy capaz de comer órganos de animales. No dejo de pensar en sus funciones.

—Yo tampoco —dice John—. La otra noche me comí el hígado, pero con los riñones no puedo. Especialmente después de que nos contaras la historia sobre esos que bebían pipí de reno.

Está bien. Están en su derecho a tener sus gustos. Retiro la comida y traigo helado de vainilla con mermelada de moras de postre. Hannu y Martti se ponen muy contentos. Son buenos chicos, han comido en silencio mientras los adultos hablaban en un idioma que no entienden.

—Kate, ¿recibiste el *äitiyspakkaus*...? —dice Jari, y me mira.

Yo traduzco:

—El lote de maternidad.

Él acaba su pregunta:

—¿Recibiste el lote de maternidad del Gobierno? —Y les explica a John y Mary lo que es—: En Finlandia, todas las madres tienen la opción de recibir un lote de maternidad del Gobierno o cuatrocientos euros para comprar ellas mismas lo necesario para el bebé.

—Sí, y es magnífico —responde Kate, pletórica—. Es una tradición estupenda. Kari, ¿me traes la caja? Quiero enseñársela a John y a Mary.

La cojo del armario, la pongo sobre la mesa y la abro. Kate les muestra una colección de cosas, prácticamente todo lo que se necesita para embarcarse en la maternidad. Un traje para la nieve y un saco de dormir. Gorritos, manoplas y calcetines. Camisetas y peleles. Leotardos y petos. Un colchoncito y sábanas. Biberones y pañales. Un álbum para las fotos y un sonajero. Tijeritas para las uñas. Cepillo para el pelo. Cepillo de dientes. Termómetro para el baño. Crema. Si tuviéramos que comprar todas estas cosas, costarían una fortuna.

—Mirad —señala Kate—. Hay hasta condones y lubricantes para papá y mamá. Y lo más chulo es que la propia caja está diseñada de modo que pueda ser usada como cuna.

—¿Meterías a tu bebé en una caja de cartón? —pregunta Mary.

—De hecho, Kari y yo pensamos que sería práctico, mientras John y tú estáis aquí, porque no ocupa mucho espacio. Compraremos una cuna de verdad cuando os vayáis.

—Ya veo. ¿Cómo vais a llamar a la niña?

—Habitualmente no escogemos el nombre de un bebé hasta unas semanas después de su nacimiento —digo yo—. No hay necesidad, antes del bautizo.

—¿Os pasáis semanas sin llamar a vuestro bebé por su nombre?

—A veces.

Mary levanta la vista al cielo.

John curiosea en la caja.

—Todo esto es muy chulo. Deben de tomarse mucho trabajo para buscar ropa diferente para tantos recién nacidos.

—No, todo el mundo recibe el mismo paquete —preciso—. Cambian el estilo de ropa cada uno, dos o tres años.

—¿Así que todos los niños de Finlandia llevan la misma ropa el primer año?

—No creo que les importe mucho lo que llevan puesto.

—Suena un poco como si fuera una idea del presidente Mao —señala John.

Mary muestra su acuerdo asintiendo.

—Hace solo unas décadas —explico—, este país estaba muy empobrecido. Ayudas como esa contribuyeron a superar unos años muy difíciles.

Mary se apoya en el respaldo de la silla y coge una cucharada de helado, pensativa.

—Hablando de pobreza e historia, ¿sabéis que después de la guerra Estados Unidos ayudó mucho a Finlandia con el plan Marshall? Me parece raro que Finlandia aceptara esa ayuda de Estados Unidos y que al mismo tiempo mantuviera unos vínculos tan estrechos con la Unión Soviética, nuestro enemigo.

Kate da un golpe sobre la mesa con la palma de la mano.

—¡Hasta aquí hemos llegado! —declara.

Conozco a Kate y sé el genio que tiene. Mary la ha avergonzado delante de mi familia. Ha llegado al límite.

Hago un último esfuerzo de conciliación:

—En parte, Mary tiene razón. Finlandia se vio obligada a rechazar la ayuda del plan Marshall para evitar el enfrentamiento con los soviéticos. La URSS tenía su propio plan de ayuda económica, el Comecon. No obstante, Finlandia no estaba incluida en él. Nos habríamos quedado sin nada, pero el

Gobierno de Estados Unidos envió ayuda en secreto. Ropa. Alimentos. Salvó vidas. Un ejemplo de lo desesperados que estábamos y de lo mucho que nos ayudó es que mi padre y su hermano compartían un mismo par de zapatos. Tenían que ir al colegio por turnos, en días alternos. La ayuda norteamericana nos ayudó a recuperarnos de aquella pobreza extrema.

Mi intento de apaciguar a Kate fracasa. Parece irritada porque le he impedido desplegar un ataque de ira absolutamente merecido. Mary se muestra satisfecha.

—Gracias, Kari —dice.

Jari parece ofendido. Taina tiene la mirada fija en su cuenco de helado. Está toda roja. Los niños no entienden, pero se chinchan el uno al otro y se ríen. Saben que pasa algo. Mi migraña empieza a susurrarme al oído. No puedo pensar con claridad, me gustaría darme un cabezazo contra la mesa.

De pronto Taina reacciona señalando a Mary con la cuchara como si fuera un arma.

—Vienes aquí y te pones a juzgarnos. Vives en un país que nunca ha sido invadido por otro país extranjero, nunca habéis derramado vuestra propia sangre en territorio propio. Dejas bien patente que te parezco inmoral. Queda claro que nunca has tenido que enfrentarte la decisión de poner fin a la vida de tu hijo o traerlo a un mundo de dolor y horror, y aun así te atreves a juzgarme.

—El mensaje de la Biblia es claro —alega ella, muy tranquila—. Y no sé si recordarás que nuestro país sufrió un ataque brutal. Ese día infame se llama 11-S.

—El 11-S no fue más que un maldito atentado —responde Taina—. ¿Cómo te atreves a comparar un suceso puntual con la devastación prolongada de una nación por la guerra? En el 11-S murieron tres mil personas, y eso es una tragedia, pero tu país lo utilizó como excusa para colonizar Irak, una nación soberana, cuando en realidad no había otro motivo que el petróleo y el dinero. Tu país causó cientos de miles de muertes en Irak por pura codicia. Tu país mandó a miles de sus propios hijos a morir a Irak por el todopoderoso dólar.

—Mi país es el portaestandarte de las libertades… —empieza Mary, y se detiene. Supongo que por una vez no está muy segura de qué decir.

—Pues sí. ¡Así nos va! —la corta Taina. Pasa a hablar finlandés y le dice a Jari y a los niños que se van. Inmediatamente.

Jari me habla en un aparte y me explica que Taina se ha disgustado porque tener que abortar fue muy doloroso para ella. Nunca lo superó, y Mary la ha herido en sus sentimientos. Me dice que lo siente, que a lo mejor podríamos volver a quedar cuando John y Mary se hayan ido. A los cinco minutos, ya han salido por la puerta.

Kate, John, Mary y yo estamos sentados en silencio a la mesa de la cocina. Kate tiene una expresión indescifrable para mí. John parece divertido; los ojos le bailan. Mary tiene el ceño fruncido. La migraña me ataca con fuerza.

John rompe el hielo:

—Creo que esto se merece una copa.

Yo le digo lo que él ya sabe:

—El *kossu* está en el congelador.

Trae la botella y dos vasos.

—Sí, claro —reacciona Mary—. Empezad a beber. Eso es lo que se os da bien a vosotros dos.

Yo sirvo dos tragos. Nos los bebemos y sirvo otra ronda.

—Kari, no tienes buen aspecto —observa Kate.

Sus voces reverberan como si tuviera la cabeza dentro de un tambor. Tengo miedo de volver a perder la conciencia, como en casa de Arvid. Necesito tomar un analgésico, pero no quiero dejar a Kate sola con este lío, ni por un minuto.

—El dolor de cabeza —respondo—. Necesito irme a la cama pronto. Kate, ¿te vienes conmigo?

Kate se gira hacia Mary.

—Estaba orgullosa de vosotros. Quería presumir de mis hermanos ante la familia de Kari. Era la primera vez que los veía y quería darles una buena impresión. Me has humillado ¿Por qué?

—No era esa mi intención —se defiende Mary—. Ya sabes lo que pienso del aborto, pero no dije nada, pese a que mi deber como cristiana es manifestarlo.

Kate mira fijamente a Mary y levanta la voz:

—Has insultado a dos buenas personas. Has insinuado que, por algún motivo, los norteamericanos somos mejores que ellos.

—He señalado que la generosidad de Estados Unidos contribuyó a que Finlandia sea lo que es actualmente. No veo nada malo en ello. —Mary me señala a mí—. Tú dejaste que tu familia me insultara a mí y a mi país. Eso no ha estado bien.

Ahora es culpa mía. Tiene cojones la cosa. Pienso en cuánta mierda más voy a tener que comerme para mantener la paz y la buena relación. Pienso en Kate y en la tensión que esto le está causando, y en la posibilidad de que perdamos a nuestra hija. Yo me comería toda la mierda que Mary quisiera echarme, pero Kate ha tomado una posición. Tengo que respaldarla.

—Entiendo que tus creencias religiosas sean importantes para ti, pero Jari y Taina han venido con intención de crear un ambiente familiar y de amistad. Has dejado claro que consideras que su cultura y sus creencias son inferiores a las tuyas. Y cualesquiera que sean tus creencias, Taina ha compartido contigo una experiencia íntima y sin duda dolorosa. No lo has expresado con palabras, pero has dejado muy claro lo que pensabas. Tú cree en lo que quieras, pero desde luego hay ciertas líneas que no hay que traspasar.

Ella junta las manos, como en posición de oración, y me mira.

—Kari, te seré franca. No me gusta que bebas ni que digas palabrotas, y odio que mi hermana tenga que vivir a medio mundo de su casa por tu culpa.

Me deja estupefacto. No sé cómo tratarla, porque no la entiendo.

—¿Qué tiene Finlandia de malo? —le pregunto.

—Vives en un país donde el Gobierno defiende las relaciones homosexuales y el aborto. Este país vive desafiando la ley de Dios.

—Pero el aborto también es legal en Estados Unidos. Y algunos estados aprueban las relaciones del mismo sexo.

—Eso son pasos en falso en la búsqueda del buen camino y muy pronto se corregirán. Los finlandeses, en cambio, viven en pecado.

Sacudo la mano, incrédulo. Me recuerda a Legión.

John da una palmada en la mesa, igual que Kate cuando se enfada. Imagino que lo aprendería de ella cuando eran niños.

—Joder, Mary, deja en paz a Kari. Es un buen tipo.

John parece tener una faceta oculta por debajo de la imagen que da en un principio. No deja de sorprenderme.

—Kari, lo siento, pero... a la mierda. Ya es hora de que todos empecemos a contar la verdad —dice.

Va a contarle a Kate la verdad sobre su vida. Me aterra solo pensarlo.

—No lo hagas, John.

Observo la cara de Kate, pero no sé descifrarla. Tiene un dedo apretado contra los labios fruncidos. La migraña me grita que la tensión le provocará un aborto a Kate y que la matará. Y todo porque no he podido mantener controlado al idiota de su hermano. La visión se me nubla. Me pitan los oídos. El corazón me late con tanta fuerza contra el pecho que me duele.

Gracias a Dios, John me hace caso y cede. Se pone en pie, se pone la chaqueta y las botas.

—Ahora me voy. Tengo una cita. Kari, gracias por la cena y por todo lo que has hecho por mí. Mary, mientras estemos por aquí, por lo menos intenta fingir que eres un ser humano decente.

¿Una cita? Coge las llaves del colgador tras la puerta y se va.

Kate, Mary y yo nos miramos unos a otros durante unos segundos. Sin decir nada, Mary se va a la habitación de invitados y cierra la puerta.

Kate estira la mano sobre la mesa y coge la mía.

—Estoy mareado —le digo—. ¿Podrías traerme la bolsa con la medicina que me prescribió Jari y un vaso de agua?

Me lo trae y se sienta a mi lado. Echo un analgésico en el agua y observo cómo se disuelve; luego decido que qué narices. Me meteré una dosis de caballo. Rompo un tranquilizante y un somnífero en pedacitos y los meto en el vaso. Me queda un poco de *kossu*, así que también lo meto con lo demás. Me bebo el cóctel.

—Déjame que te lleve a la cama —me dice Kate.

Nos desnudamos y nos metemos bajo las sábanas. Kate apoya la cabeza sobre mi hombro, y aunque no la oigo llorar, siento el contacto de sus lágrimas sobre la piel.

—Nunca habría imaginado que mis hermanos se convertirían en lo que son ahora —me confiesa.

El chute actúa enseguida. Me cuesta mantener los ojos abiertos.

—Lo sé. Y lo siento.

—Nunca he dudado de lo mucho que me quieres —añade—, pero aun así a veces me sorprende ver hasta dónde eres capaz de llegar para demostrármelo.

Me doy cuenta de que ve lo que le pasa a John y que sabe en qué se ha convertido. Es más, detecta que, de algún modo, he estado protegiéndola de él. Me pregunto hasta dónde sabe, si comprende que le he estado ocultando otras cosas sobre mí y, si es así, si sabe cuáles son. La envuelvo con mis brazos y me duermo.

35

Me despierto a las ocho y media. He dormido bien, me siento descansado por primera vez desde hace no sé cuánto. Kate no está en la cama a mi lado. Voy a la cocina en busca de un café. Kate ha dejado una nota firmada con un beso de pintalabios. Mary y ella se han levantado pronto para hacer un poco de turismo e ir de compras. Supongo que están haciendo un esfuerzo por reconciliarse. John está desaparecido. Sus botas no están en el recibidor. Supongo que la cita le fue bien.

Fumo, bebo café y proceso mi conversación con Linda *Bettie Page*. Esta investigación huele a tapadera, y si el comisario superior de policía no está detrás de todo esto, al menos es consciente de ello. Creo que sé por qué, y es hora de que me hable claro. Le llamo. Se pone a la ofensiva.

—Vaara, tus actos van más allá de la simple insubordinación. No solo no has presentado los cargos por asesinato contra Rein Saar, sino que ahora la prensa sabe que a Iisa Filippov y a él les paralizaron con una pistola eléctrica. ¿Por qué tengo la impresión de que la información la filtras tú?

—Te lo explicaré, pero primero hablemos de Arvid Lahtinen.

—Otro caso de insubordinación por tu parte. ¿Por qué no has acabado ya con el asunto?

—Porque es culpable. Él, mi abuelo y otros detectives de la Valpo cometieron crímenes de guerra. Tomaron parte en el Holocausto. Arvid lo admitió.

Silencio.

—Es más, Arvid exige que mandes a los alemanes a tomar por culo. Te está haciendo chantaje. Si sigue siendo objeto de lo que él considera un acoso, dice que escribirá un libro en el que explicará detalladamente la persecución de los judíos llevada a cabo por el Gobierno. Afirma que el mariscal Mannerheim estaba dispuesto a entregar a los judíos finlandeses a los alemanes para su exterminio. Dice que la Valpo entregó a más de ciento treinta presuntos comunistas a la Gestapo, pero que el ejército entregó más de tres mil. Dice que matamos a los prisioneros de guerra de hambre y los explotamos con trabajos forzados, y que compartíamos la ideología nazi y sus sueños expansionistas.

Escucho la respiración de Jyri un minuto.

—La publicación de un libro así sería inaceptable —dice, por fin.

—Arvid dice que tiene más cosas que contarme. Voy a verle hoy. Quería ponerte al día de la situación porque emitir un simple comunicado de desmentido no va a arreglar las cosas. La verdad va a salir a flote.

—Vale —accede Jyri—. Pondré al día al ministro del Interior. Tomaremos alguna decisión después de tu reunión con Arvid de hoy y tendremos más información con la que trabajar.

Entonces levanto el hacha.

—Han ido apareciendo más verdades. Sobre el caso Filippov. Creo que tendríamos que hablar de ello.

Otra pausa.

—¿Qué verdades?

Dejo caer el hacha sobre su cuello.

—Por ejemplo, la de tu peculiar encuentro sexual con Linda Pohjola solo unas horas antes del asesinato.

Le oigo tragar saliva.

—Recuerdo que, cuando investigué el asesinato de Sufia Elmi, en su teléfono tenía tu número, así como el de otras personalidades de la política. Me dijiste que no hiciera pública esa información.

—¿Y?

—Que te la follaste y me utilizaste para taparlo, para evitarte un mal trago a ti y a otros.

Recupera su aplomo, intenta pasar de nuevo al ataque.

—Todo el mundo, salvo, quizás, tú, algo que me toca las narices, tiene pecadillos. Me gustan las tías. Eso no es un delito. Sufia Elmi era material del bueno. Excepcional. Le habría recomendado un polvo con ella a cualquiera, y no me gusta que me hables con ese tono de superioridad.

—No me importa que te follaras a Sufia Elmi, pero el hecho de que lo ocultaras me hace pensar que no eres franco conmigo, y ese hábito está suponiendo un escollo para mi investigación. Iisa Filippov tenía un largo historial de relaciones digamos... desinteresadas con los hombres. Creo que también te la follaste a ella, antes que a Linda Pohjola. Te follaste a las dos mujeres de Ivan Filippov, y dudo que le gustara. Sabes algo de este asesinato. Es hora de contármelo.

Toma aire, cabreado.

—Que te jodan, Kari. No sé nada de eso.

—Estás implicado. Te has convertido en sospechoso.

Él jura entre dientes, calla y se queda a la espera.

—¿Dónde tuvisteis vuestro encuentro Linda y tú? —le pregunto.

Casi puedo oírle pensar las ramificaciones de la verdad hacia nuevas y diversas salidas. Pasan los segundos.

—Nunca había estado allí. Un apartamento en Töölö. Yo estaba borracho. Ella me llevó allí y me chupó la polla. Luego me pidió que me fuera. Di una vuelta, encontré una parada de taxis, me fui a casa y me metí en la cama.

Jyri suele ser tan arrogante que disfruto con esta humillación.

—¿Incluyó tu encuentro sexual el uso de un vibrador verde de doble punta?

Creo que se lo metió en el culo y, ahora que sabe que yo lo sé, me dirá todo lo que yo quiera. No responde. Me lo imagino al otro extremo de la línea, a punto de llorar.

—Creo que sé dónde estabas, y quiero que lo comprobemos.

Le doy la dirección de Rein Saar. No parece que le suene. Le cito allí a las once y cuelgo sin esperar a que acepte o se niegue.

36

Esta mañana, mi terapeuta, Torsten Holmqvist, va vestido como si fuera su día de fiesta: pantalones marrones de sarga, una camisa de pata de gallo con un cárdigan de lana y mocasines. El duro Torsten, un hombre de contrastes. Sus diversas fachadas no dejan de divertirme, pero la aversión que sentía hacia él ha desaparecido.

Está de buen humor, y el mío también ha mejorado. Nos sentamos en sus grandes butacas de cuero. Me ofrece café. Hoy su infusión es de manzanilla. Fumamos, nos relajamos. Mira por la ventana, hacia el mar. Yo sigo su mirada. En la calle se ha acumulado mucha nieve. Las aguas del puerto se han congelado. Está saliendo el sol; el cielo es claro.

—Hace un bonito día —dice. Yo asiento—. Le he visto en las noticias —comenta—, reduciendo a un hombre armado en la escuela Ebeneser. Es bastante casualidad que atacara a un hombre y salvara a un niño en el mismo lugar solo unos días después.

—No fue ninguna casualidad. Era el mismo hombre.

Él levanta las cejas y da una calada a la pipa.

—¿Cree que ambos incidentes están relacionados?

Ojalá no me tratara como a un idiota.

—Claro que están relacionados. El que yo le pegara le impulsó a asaltar el colegio —digo. No lo había reconocido en voz alta hasta el momento; no quería pensar en ello.

—¿Cree que usted provocó su muerte?

—Sí.

Él cruza las piernas, se arregla la raya de los pantalones, que está perfecta, y se frota la barbilla con los dedos al más puro estilo «psiquiatra».

—Es razonable pensar que su decisión errónea influyera en cierta medida en sus acciones, pero mi opinión como profesional es que era una bomba de relojería y que habría explotado antes o después. No sea demasiado duro consigo mismo. ¿Podría hablarme del incidente?

Le hago un breve resumen. Le digo que creo que Legión no tenía intención de hacer daño a nadie; solo fue allí a morir. Le explico que me puse la pistola contra la cabeza. Le explico la actitud de Milo, comportándose como un vaquero.

—Parece que su compañero le admira —observa Torsten— hasta el punto de que está orgulloso de haber matado a un hombre para ser como usted.

No había pensado en ello.

—¿Me está diciendo que yo he convertido a Milo en un homicida?

—Milo probablemente hizo lo correcto, pero su bravata hace pensar en una relación insana entre ustedes. No obstante, al igual que Vesa Korhonen, muy probablemente él también era una bomba de relojería, y su influencia sobre él ha sido el detonante.

Enciendo otro cigarrillo. No digo nada.

—Kari, si tuviera que elegir una palabra que describiera la emoción que más ha definido su vida hasta el momento, ¿cuál sería?

El uso de mi nombre para crear una falsa intimidad. Lo paso por alto y me planteo la pregunta.

—Remordimiento.

Él toma nota en su cuaderno.

—¿Le importaría que exploráramos eso?

—Sí.

Torsten es lo suficientemente listo como para entender que necesito tiempo, preciso tomar distancia con respecto al tiroteo de la escuela para poder contextualizarlo. Cambia de tema, me pregunta cómo va mi dolor de cabeza y si he visto a Jari.

—Sí. Quiere que me haga pruebas para descartar algún tumor, enfermedades o daños neuronales en la cara. Me encuentro en la extraña posición de tener que esperar que usted tenga razón y que únicamente se trate de ataques de pánico que estoy sublimando.

—¿Cómo se siente ahora?

—Jari me dio narcóticos para el dolor y me he tomado uno antes de salir de casa. Funcionan. En este momento no me duele. No obstante, he sufrido una mala experiencia. Me desmayé mientras interrogaba a una persona.

Le hablo de Arvid y de cómo eso implica a *Ukki*.

—Parece que quiere proteger la memoria de su abuelo.

Me imagino a *Ukki* azotando con una porra hecha con una manguera a un prisionero muerto de hambre atado a una silla. El tubo se abre y los perdigones salen volando. La imagen me da un escalofrío.

—¿Usted no lo haría?

—Quizá no. —Se encoge de hombros—. Dependería de la situación. Hábleme de sus abuelos, paternos y maternos.

—A mis abuelos maternos los llamaba *Ukki* y *Mummo*. No íbamos a verlos a menudo, pero me encantaba ir a su casa. Eran muy cariñosos conmigo, con mis hermanos y mi hermana. Tras la muerte de Suvi, me cogieron especial cariño, supongo que por ser el más pequeño después de su desaparición. No obstante no llegué a conocerlos muy bien, porque murieron cuando yo tenía once y doce años, respectivamente. *Ukki* fumaba como un carretero y murió de cáncer de pulmón. Creo que *Mummo* murió de soledad. Lo único raro que recuerdo de ellos era su odio visceral a los rusos. La simple mención de la palabra «Rusia» les ponía histéricos.

—¿Por la guerra?

Asiento.

—Usted me dijo que sus abuelos paternos eran crueles.

—Mezquinos hasta el extremo. Mala gente.

—Así que no tiene ningún deseo de proteger su memoria, a diferencia de la de sus abuelos maternos.

—Se portaban mal con sus hijos. Un año, en la víspera del solsticio de verano, mi abuelo se puso de pie en una barca para orinar, se cayó al lago y se ahogó. Un tiempo después, se les prendió fuego a la sauna y mi abuela murió en el incendio. Unas muertes muy apropiadas para ambos.

—Eso es mucha acritud.

Me encojo de hombros.

—Bueno. —Entonces recuerdo algo—. Odiaban a los alemanes como a la peste; tanto como *Ukki* y *Mummo* odiaban a los rusos.

—La guerra afectó mucho a la gente. ¿Quiere hablar de cómo manifestaban su crueldad?

—Ahora no.

Enciendo otro cigarrillo más. Solo pensar en ellos ya me pone incómodo.

Él cambia de tema.

—¿Cómo va la visita de los hermanos de su esposa?

—No va bien. Mary parece ser buena persona, pero es una fanática religiosa de extrema derecha. John será un tío decente, pero tiene un problema con el alcohol y las drogas.

Le hablo a Torsten de los problemas que me ha dado John.

—Esta semana —resume— ha atacado a un enfermo mental para proteger a unos niños. Se ha obcecado tanto en proteger a su abuelo que ha sufrido un desvanecimiento, y le ha mentido a su esposa para protegerla de su propia familia. Su deseo de proteger no parece tener límites.

—¿Es eso una crítica?

—No. Una observación. ¿A quién ha querido usted en su vida?

Me temo que es una pregunta tonta de pretendido efecto lacrimógeno, pero me he prometido intentar cooperar con Torsten. Me lo pienso.

—A mis padres, a *Ukki* y *Mummo*, a mis hermanos y hermana, a mi ex esposa, cuando éramos jóvenes, y a Kate.

—¿A nadie más?

—A personas no, pero quería a mi gato, que se llamaba *Katt*. —Me río ante lo sensiblero de mi ocurrencia—. El cabrón era tan tonto que se ahogó con una goma.

Adopta un aire pensativo, ceba la pipa y acto seguido vuelve a encenderla.

—¿Puedo hacer una conjetura? —pregunta.

—Allá usted.

—Su padre le pegaba cuando era niño, pero dice que no le guarda rencor. Aun así, tenía poco contacto con su familia más próxima. ¿Es posible que ahora no los vea porque era el más joven y ninguno hizo nada por protegerle de su padre?

—Ellos también le tenían miedo.

—Dejar de proteger es una forma de traición. Su hermana murió. Ella le dejó. Otra forma de traición. Su ex mujer le traicionó en sentido literal y le abandonó. Incluso *Katt* murió y le dejó. Su *Ukki* ha resultado ser un criminal de guerra y eso empaña la imagen que tenía de él. Otra traición. ¿Es posible que se muestre excesivamente protector con Kate porque es la única persona de su vida que le ha querido sin traicionarle y que, en el fondo, tema que, si la pierde, no volverá a querer a nadie?

—Tendré que pensarlo.

—Me dijo que, durante la investigación del caso de Sufia Elmi, sentía que un sospechoso amenazaba a Kate. Desarrolló síntomas similares a los del infarto de miocardio, paró el coche en el arcén, le puso la pistola en la cabeza y le amenazó con matarle.

—No estoy orgulloso de eso.

—Eso es irrelevante. El caso es que sus síntomas y respuestas coinciden con los de un ataque de pánico grave. Eso da cuerpo a mi hipótesis.

Tiene razón.

Se inclina hacia delante.

—¿Se le ha ocurrido pensar que *Katt* y Kate son casi el mismo nombre? Curiosa coincidencia.

Ya tengo bastante. No puedo más de tonterías freudianas, y tengo que contenerme para no burlarme de él.

—Vamos a dejarlo aquí —propongo.

Torsten es un profesional y tiene buenas intenciones, pero dudo que vuelva a verlo. Me doy cuenta de que, si voy a abrirme a alguien, solo puede ser a Kate.

37

La nieve, que ya llega casi a la altura de la cintura, cae como un torrente. Lucifer no da tregua. Dante decía que el diablo reside en el noveno círculo del Infierno, atrapado en el hielo como todos nosotros, y tengo la sensación de que está aquí, mirándonos desde arriba y regodeándose. No me importa un comino, salvo por el hecho de que el frío extremo me deja inutilizada la pierna mala. Que caiga la nieve.

Encuentro a Jyri Ivalo tiritando en la entrada del bloque de apartamentos de Rein Saar. Nos saludamos con un movimiento de la cabeza, pero no hablamos. Cogemos el ascensor hasta el cuarto piso. Rompo el precinto policial y abro la puerta. Entramos.

—¿Te suena?

A Jyri se le cae la cara de vergüenza. Intenta torpemente desabotonarse el abrigo, pero los dedos le tiemblan tanto que no puede. Está experimentando un *déjà vu* y está horrorizado. Espero y dejo que la verdad vaya calando. Ahora me queda claro el significado de los mensajes crípticos que me han enviado Filippov y Linda *Bettie Page* de forma velada. No tienen miedo de que los acusen porque han tendido una trampa a Jyri. Si Rein Saar no va a la cárcel, Jyri ocupará su lugar. Nunca dejará que la investigación tome un rumbo peligroso para él. ¿Quién mejor para protegerles que el comisario superior de policía?

Jyri camina por la habitación, mira alrededor, incrédulo, se sienta en la cama manchada de sangre.

—¿Por qué me está pasando esto a mí?

—Descríbeme exactamente qué sucedió cuando viniste aquí con Linda.

Él se recompone lo suficiente como para responder.

—Te dije que estaba borracho, lo tengo todo un poco confuso. Pero ocurrió aquí, en esta habitación.

Me acerco a él.

—He dicho «exactamente».

—Entramos en esta habitación y fue al grano. Se quitó toda la ropa, salvo unas medias negras, y me pidió que me desnudara. Tenía un vibrador, como decías, y lo sacó del armario. Me la chupó y lo usó para masturbarse. —Aparta la mirada—. Luego lo usó conmigo.

—Indícame dónde estabais y la posición en que estaba ella cuando te hizo la mamada.

Se pone en pie y se dirige a un punto junto a la cama, frente al armario.

—Yo estaba aquí, de pie. —Mueve las manos al lugar donde estaba la cabeza de ella—. Y ella se arrodilló aquí. La cosa duraría diez minutos.

—Y luego, ¿qué?

—Luego se fue al baño, supongo que a lavarse la boca.

Sacudo la cabeza ante su estupidez y le indico el agujero en la puerta del armario.

—Te colocó de modo que pudiera grabarlo en vídeo a través de ese agujero. —Abro la puerta y le enseño el taburete—. Ahí es donde estaba la cámara.

Se sienta de nuevo en la cama y hunde la cara en las manos.

—Que sepas que practicaste el sexo con Iisa Filippov. Linda e Iisa se parecen. Ella se situó de modo que, de espaldas a la cámara, nadie pudiera distinguirla de Iisa. Fue al baño a escupir tu semen y guardarlo, para disponer de una muestra de ADN para acusarte de haberte liado con Iisa, si fuera necesario.

Levanta la mirada, demacrado. La boca le tiembla.

—¿Cómo arreglamos esto?

Me pongo en cuclillas y le miro a los ojos. Pocas veces he visto a un hombre tan devastado.

—Cuando me digas por qué te tendieron una trampa, quizá pueda responderte esa pregunta.

Jyri hace un esfuerzo por concentrarse.

—Como decías, he estado con Iisa y con Linda. El haberle puesto los cuernos dos veces a Filippov debe de ser lo que le ha incitado al asesinato y a buscar venganza.

Jyri necesita un momento para asumir una situación que podría acabar con él.

—Vamos a la cocina —propongo.

Me sigue. Encuentro un cenicero y nos sentamos a la mesa. Saco un par de cigarrillos de mi paquete de Marlboro. Fumamos y dejamos pasar un rato en silencio.

—Te sigues mostrando evasivo —le digo—. Deja de irte por la tangente y cuéntame la verdad. Toda. Si no, no voy a poder ayudarte.

Asiente, se arma de valor. Llegar aquí y darse cuenta de lo que le han hecho ha sido todo un bofetón, pero el cabrón es duro. Veo que se recupera por momentos. No tarda mucho.

—No sé los detalles de la relación de Filippov con su esposa y con Linda —explica—, pero puedo hablarte de sus negocios... y de algunas otras cosas.

—Cuenta.

—Filippov quería expandir su negocio de construcción. Quería contratos del Gobierno para grandes proyectos. Invirtió mucho dinero en diferentes personas para conseguirlos.

—Estás diciendo que sobornó a empleados del Gobierno.

—Correcto.

—¿A cuáles?

—En este momento, sus nombres son irrelevantes. Te lo diré más tarde si es necesario. Se gastó mucho dinero en sobornos y no quedó satisfecho con los resultados. El motivo de que viniera a la fiesta la noche en que fue asesinada su mujer era el de expresar su insatisfacción de forma categórica.

—¿Y cuál fue el resultado?

—Ninguno. Le dijeron que le darían lo que pudieran, cuando fuera posible.

—¿Y las «otras cosas» que has mencionado?

—Yo no era el único que me lo hice con Iisa y Linda. Somos al menos cuatro cargos públicos, que yo sepa. Podría haber más.

—Así que, además de sobornarte, chuleaba a su mujer y a su querida para conseguir esos contratos.

—Por lo visto, parece que sí.

Me recuesto en la silla y me tomo un segundo para unir las piezas del puzle.

—Yo apostaría que Filippov y Linda les hicieron a los otros la misma trampa. Es más que probable que Filippov grabara vídeos y obtuviera muestras de ADN de todos los políticos corruptos que aceptaron dinero y se follaron a su mujer. Tú también te lo follaste «a él». Fuiste demasiado lejos.

—Pero ¿por qué iba a matar a su mujer?

Para darle una visión global, le cuento a Jyri que Milo se coló en el apartamento de Linda, le hablo de la grabación de audio del asesinato y del vídeo que encontró. Jyri lo asimila todo.

—Aparte de sus curiosas costumbres fetichistas, Filippov es un tío estirado. Su mujer era una zorra y le avergonzaba constantemente. Se negaba a acostarse con él. Se follaba a todo el que pillaba, menos a él. Él tenía una historia aparentemente gratificante con Linda y obtenía de ella lo que necesitaba. Iisa se convirtió en un estorbo inútil. Asesinarla le sirvió al mismo tiempo para vengarse de ella y para obtener lo que quería del *establishment*. Además, a dos fetichistas como Linda y él mismo, aquello les ponía mucho.

Supongo que cuando Iisa fue asesinada, aunque Jyri no supiera los detalles, sí sería consciente de que les estaban tendiendo una trampa a él y a otros cargos políticos. Planeaba cargarle el mochuelo a Rein Saar para salvarse él. Estoy seguro de que se ha descargado la conciencia, del mismo modo que Arvid, al explicarme lo que pensaba el mariscal Mannerheim de los judíos. Al igual que Mannerheim, el comisario está dispuesto a echar a un inocente a los perros por lo que él ve como el bien de la nación. Rein Saar es su chivo expiatorio.

Los dos encendemos un nuevo cigarrillo con el anterior.

—Cuéntame cómo piensas sacarnos a mí y a los otros de esto —me dice Jyri.

—El asesinato fue grabado en vídeo. Es más que probable que os grabaran también a todos vosotros. Y están vuestras muestras de ADN. Además, Iisa Filippov escribía un diario.

Puede que contenga información que acuse a su marido. Si recuperamos todas esas cosas, es posible que podamos tapar todo el montaje.

—Hazlo. Me aseguraré de que dispongas de todos los recursos necesarios. Pero hazlo.

Sacudo la cabeza.

—El caso es que no estoy seguro de que quiera. No permitiré que condenen a Rein Saar por un asesinato que no ha cometido. Filippov tiene que responder del crimen. Cuando vaya a juicio, por muchas pruebas que se oculten, todo esto va a salir a la luz, y las carreras de todos vosotros se van a ir al garete. Y tengo que decir que os lo merecéis.

Jyri tamborilea sobre la mesa con los dedos, pensativo.

—Filippov mató a su esposa, en parte al menos, por vergüenza. Si recuperas los vídeos de sus numeritos fetichistas con Linda, puedo amenazarle con hacerlos públicos. Le ofreceré la posibilidad de que se suicide y deje una carta de confesión para ahorrarle la humillación. Siendo como es él, puede que acepte el trato.

Al principio me cuesta creer que lo haya dicho. No me había dado cuenta de que estaba sentado en la misma mesa que Maquiavelo. Si es capaz de llegar hasta ahí, me pregunto si no será capaz de ir un paso más allá, fingir el suicidio de Filippov y encargarse de que lo maten.

—Te daré lo que quieras —insiste—. Pero haz que esto desaparezca.

—Ese es otro problema que tienes —digo yo—. No quiero nada.

Él se inclina hacia mí.

—He estado pensando en montar una unidad de policía secreta contra el crimen organizado, con instrucciones de perseguir a los criminales por cualquier medio necesario, usando sus propios métodos, sin restricciones.

—Ya tenemos un grupo así. Se llama SUPO.

—El SUPO tiene un problema: no trabaja para mí.

Sacudo la cabeza de nuevo; esta vez, divertido.

—Así que quieres ser una especie de John Edgar Hoover finlandés.

—Sí.

Al oír eso no puedo evitar reírme en su cara.

—No —respondo.

Hace una mueca tan forzada que me recuerda una gárgola.

—Tú crees que no te conozco, pero sí que te conozco —argumenta—. Sufres de una patética necesidad patológica de proteger a los inocentes. Te crees que eres una especie de buen samaritano con sombrero blanco, pero no lo eres. Eres un poli de porra en mano, un matón y un asesino, tal como has demostrado. Harás cualquier cosa por conseguir lo que tú ves como justo. Déjame que te dé un ejemplo de lo mucho que necesitamos esa unidad. En Helsinki solo hay media docena de polis que investiguen el tráfico humano. En Finlandia y en los países vecinos, miles de gánsteres orquestan la compra y venta de jovencitas, y cada año pasan por este país cientos de miles de esas chicas. Con nuestros limitados recursos legales, no podemos hacer la más mínima mella sobre la industria del tráfico humano. Imagínate todas esas víctimas y cuántas de sus pobres caritas podrías salvar de una vida miserable, de los abusos y del terror, de ser violadas una y otra vez.

Está consiguiendo lo que quiere.

Jyri tiene la sensación de que la cosa empieza a intrigarme.

—A Milo se le da bien el trabajo encubierto. Es un genio con los ordenadores y también sabe matar. Podría ser el primer hombre de tu equipo. Luego puedes reclutar a quien quieras.

—Yo no voy a matar a nadie.

—Eso lo dejo a tu discreción.

—Milo es un bala perdida y un peligro.

—Milo es un cachorro nervioso. Necesita una mano firme para guiarle. La tuya.

—Eso costaría un pastón —objeto—. Ordenadores. Vehículos. Equipo de vigilancia.

—Dentro de dos semanas, los gitanos suecos y finlandeses van a cerrar una gran operación de venta de éxtasis. Ciento sesenta mil euros cambiarán de manos. Puedes interceptarlos y usar el dinero para empezar a acumular un fondo para sobornos.

Me tienta, pero no tanto.

—No.

La frustración aflora en su rostro. Por un segundo, tengo la impresión de que va a darme un puñetazo.

—Te he dicho que te conozco, y es cierto. Puedo verte el alma. Odias tu trabajo. Te sientes frustrado porque no puedes hacer algo que cambie las cosas. Le has fallado a mucha gente. A tu hermana muerta. A Sufia Elmi y a su familia. A tu subordinado, el sargento Valtteri, y a su familia. A tu ex mujer. A tus gemelos muertos antes de nacer y, en consecuencia, a tu mujer. A ese patético pistolero de colegio al que mató Milo. Te has fallado a ti mismo. Has fallado a todo el que has tenido cerca, y vas a tener que salvar a mucha gente para compensarlo. Aceptarás este trabajo para salvarte. Te estoy ofreciendo todo lo que has podido llegar a desear alguna vez.

Se ve que ha trabajado mucho recopilando información. Lleva tiempo pensando en mí para este cargo.

—¿Por qué yo?

—Por esa desquiciante incorruptibilidad tuya que he mencionado antes. Tú no quieres nada. Eres un maniaco, pero eres una roca. Puedo confiar en que dirigirás esa unidad y que no te aprovecharás de mí.

Me gustaría olvidarme del asunto, pero no puedo.

—Me lo pensaré.

Él alarga la mano por encima de la mesa y coge la mía. Me deja de piedra.

—Que nadie se entere nunca de nada de esto. Yo lo organizaré todo, te conseguiré el personal. Esta tarde, Milo y tú supervisaréis la operación de registro de los apartamentos y lugares de trabajo de Filippov y Linda. Agujeread los tabiques con palancas si hace falta, pero encontrad esas pruebas, enséñamelas y luego quémalas.

No me fío de Jyri. Encontraré las pruebas y me las quedaré, por si pasara algo, por si me traicionara.

—De acuerdo.

Él me estrecha la mano con las dos suyas.

—Arregla esto por mí y dirigirás mi unidad secreta.

Aún no estoy listo para acceder —no quiero darle la satisfacción—, pero sé que lo haré.

38

De camino a Porvoo, la nieve y un viento feroz sacuden mi Saab, haciendo que cueste no salirme de la carretera. Suena el teléfono. Es Milo. No contesto. Vuelve a sonar. No reconozco el número, pero respondo de todos modos.

—Vaara.

—Soy el ministro del Interior.

—¿Qué tal le va? —saludo. Me siento gracioso.

—Me va de mierda, así es como me va. Se supone que usted tenía que enterrar el asunto de Arvid Lahtinen. Ahora me dicen que usted afirma que es un criminal de guerra. Eso no es lo que se le dijo que hiciera.

Menudo capullo.

—Yo solo he repetido lo que me ha dicho Arvid.

—¡Me importa una puta mierda lo que diga ese viejo! —me grita—. ¡No hay ningún criminal de guerra finlandés!

—De hecho eso no es cierto —le corrijo—. Varios miles de finlandeses fueron acusados de crímenes de guerra, en su mayoría de delitos violentos contra prisioneros de guerra, de acuerdo con los principios de Nuremberg. Y cientos de ellos fueron condenados.

Sigue gritándome. Ahora más fuerte.

—Escúcheme, listillo. Le repito: ¡no hay criminales de guerra finlandeses! ¡A ver si le entra en esa cabezota de chorlito! —Se calma, baja la voz—. Escriba el informe tal como se le ha ordenado, o haré que le despidan. Nunca más volverá a trabajar de policía. ¿Está claro?

Cuelga.

No estoy preocupado. Si no me hubiera colgado, le habría dicho que se fuera a tomar por culo. Su ataque de rabia no me sorprende. Una de las cosas de la guerra que los finlandeses no entendemos es que estos juicios no han tenido ningún impacto en la conciencia nacional, y la mayoría piensa que no existe ningún criminal de guerra finlandés. Sospecho que la mayoría de los finlandeses de nuestra generación se sorprendería si supieran que eso no es así.

Tengo ganas de ir a almorzar con Arvid y Ritva. No he disfrutado de la compañía de nadie más que Kate desde hace mucho tiempo. Arvid abre la puerta antes de que llame. Me estaba esperando.

—Llegas tarde —me dice.

Arvid parece cansado y nervioso. A lo mejor la acusación sobre los crímenes de guerra le ha acabado afectando. Por primera vez desde que nos conocemos, lo veo viejo.

—Me he liado con un caso. ¿Es mal momento?

Señala una pala de nieve en la esquina del porche.

—Ritva no se encuentra bien. Yo tengo que ocuparme de ella un poco. El chico que nos quita la nieve hoy no ha venido. ¿Podrías hacerme ese favor?

Contengo una sonrisa. Me está tratando como si yo tuviera doce años.

—Claro que sí.

—Entra y ponte cómodo cuando acabes.

Cierra la puerta.

Estamos a dieciocho bajo cero, pero limpiarle el porche y el camino de entrada no me lleva más que veinte minutos, y no me importa hacerle el trabajo.

Después entro y me quito las botas y el abrigo. Ha encendido un buen fuego, así que me caliento frente a la chimenea. Baja y se sienta a la mesa, me invita a sentarme con él. Tomo asiento enfrente.

—¿Tienes cigarrillos?

Dejo un paquete y el encendedor sobre la mesa, entre los dos.

—No sabía que fumara.

—No mucho, pero de vez en cuando me entran ganas.

Se va a la cocina y vuelve con dos tazas de café y un cenicero.

—Hijo —me dice—, hoy no tengo ánimo para cocinar. Si tienes hambre, puedo hacerte unos bocadillos.

—Está bien, no tengo tanta hambre.

Me examina con la mirada y pregunta:

—¿Cómo va la cabeza?

—Me duele.

—¿Ya saben qué es lo que lo provoca?

—No. Me van a hacer unas pruebas. ¿Qué le pasa a Ritva?

—Sufrimos enfermedades de viejos. Se le pasará.

Compartimos un incómodo silencio que dura unos minutos. Me hace pensar que tiene muchas cosas en la cabeza y que prefiere organizarse las ideas solo. Fumamos y bebemos café en silencio un rato.

—¿Tienes algún caso interesante? —pregunta—. Quiero decir, aparte del mío.

Asiento.

—Algo realmente interesante. Aunque no debería hablar de ello.

—Tú quieres oír todos mis secretos —responde, con una sonrisa forzada—. Vas a tener que contarme los tuyos si quieres los míos. Deja que un viejo recree sus años de detective a través de ti.

Igual que cuando me dijo que le llamara *Ukki*, eso despierta mis sospechas sobre sus motivaciones, y me pregunto si busca información para ampliar su estrategia de chantaje. Luego decido que, si es así, ¿por qué se lo voy a impedir? Que se imponga la verdad. Además, puedo usarlo como caja de resonancia. A veces verbalizar los problemas me ayuda a resolverlos. Le hablo del asesinato de Iisa Filippov, de las inusuales y aberrantes circunstancias del caso, de que al final se ha convertido en un caso de chantaje y que si consigo resolverlo me pondrán al mando de una unidad especial de operaciones secretas.

Él manifiesta su aprobación con la cabeza.

—Buena historia —admite—. Pero ¿qué pasa si no encuentras esas pruebas y las ocultas? Tendrás un montón de mierda de gente importante y no habrás podido hacer nada por ellos. Eso no les va a gustar. Intentarán acabar contigo de algún modo u otro.

Me encojo de hombros.

—¿Qué pueden hacer?

—Depende. ¿Dónde la has cagado últimamente? Te viste implicado en aquel ataque a la escuela y murió alguien. ¿Podrían usar eso en tu contra de algún modo?

De hecho, sí que podrían. Me doy cuenta, y eso me inquieta.

—Le di una paliza al tipo que asaltó la escuela solo unos días antes del ataque. Podrían decir que yo provoqué el incidente, y probablemente tendrían razón.

—Entonces ahí es donde te van a atacar. Te acusarán de matón policial, te desacreditarán y te echarán del cuerpo.

Encendemos un nuevo cigarrillo cada uno.

—¿Alguna idea de cómo evitarlo? —pregunto.

—Me pondré la gorra de detective y lo pensaré. No obstante, tengo que decirte que eres jodidamente inocente, chico. Algún día te costará caro.

No es el primero que lo dice.

—Su turno —digo yo—. Cuénteme alguna historia buena.

Esboza una sonrisa taimada.

—Muy bien, chico, te contaré cómo tu bisabuelo, mi padre y el ex presidente de Finlandia se convirtieron en verdugos y asesinos en masa.

Al igual que Milo, disfruta sorprendiéndome, y lo ha conseguido. Está radiante de satisfacción.

—Y con la bendición de nuestro señor y salvador, el mariscal Mannerheim.

Me ha vuelto a pillar. Estoy fascinado.

—Según los registros históricos, Kekkonen solo ejecutó a un rojo —señalo—, y si mal no recuerdo, manifestó su arrepentimiento por ello.

—¿Alguna vez has estado en el museo Mannerheim?

Estoy que rabio por la historia sobre nuestras familias, pero va a hacerme esperar.

—No.

—Cuando murió Mannerheim, convirtieron su casa en un museo conmemorativo en recuerdo del gran hombre. Yo fui una vez. Tienen pieles de tigre en el suelo, cachibaches y recuerdos que se trajo de todos los rincones del mundo. A Mannerheim, como a mí, le encantaban los buenos vinos y licores. Le dije a la guía que quería ver la bodega. Ella, una jovencita menuda, flacucha y con tetas enormes, me dijo que no estaba permitido el acceso. Decidí meterme con ella un poco y le dije: «Yo serví a las órdenes de Mannerheim y soy un puto héroe de guerra, y voy a echar un vistazo a los putos vinos del mariscal y, si me sale de los cojones, abriré una botella y beberé a su salud».

Me imagino perfectamente a *Ukki* haciendo algo así; me hace reír.

—Ella se puso nerviosa y me confesó que unos años atrás habían dado instrucciones a unos obreros para que limpiaran la bodega. Como buenos finlandeses, hicieron lo que les habían dicho. Trajeron un contenedor y tiraron dentro todas aquellas botellas de buen vino y coñac. Lo destruyeron todo. Hoy en día valdría cientos de miles o millones. Mannerheim se levantaría de su tumba gritando como un poseso si se enterara.

Está yéndose por las ramas para hacerme desearlo más. Como Milo. Espero. Se da cuenta de que le dejo hacer lo que quiere.

—Bueno —dice por fin—, fue así. Yo te contaré la historia tal como me la contó mi padre. El futuro presidente Urho Kaleva Kekkonen tenía diecisiete años cuando estalló la guerra civil, en 1918. En aquella época, estaba estudiando en Kaajani, en el noreste. Llevaba la guerra en la sangre. Entre el verano y el otoño de 1917 sirvió en la Guardia Blanca. A finales de 1917, decidió ir a la academia militar a Alemania. Su plan se vio truncado por el anuncio de los alemanes de que no aceptarían más reclutas finlandeses. Kekkonen estaba decepcionado, pero entonces la guerra civil le permitió unirse al Ejército Blanco. La Guardia Blanca de Kajaani estaba organizada en lo que se conocía como Regimiento de Guerrilla de Kajaani, una unidad de caballería itinerante.

Arvid me está contando lo que ya sé. Información que se puede encontrar en los libros de historia. Eso me devuelve a esa zona gris: a la duda de si puedo confiar en él o si me está manipulando con medias verdades y mentiras.

—Kekkonen era un soldado raso y sus compañeros eran chicos de su misma escuela. Entre ellos estaban mi padre y tu bisabuelo. Primero fueron a Kuopio, donde la Guardia Blanca ya había tomado el control de la situación. De allí fueron a Iisami, donde apresaron a rojos de la zona. Mi padre me dijo que allí ejecutaron a un rojo. Su primer rojo. La siguiente escala fue Varkaus, bastión rojo en medio de una Finlandia predominantemente blanca. Las tropas blancas estaban concentradas en los alrededores de Varkaus, y entre ellas el Regimiento de Guerrilla Kajaani. Hacia el final del enfrentamiento, los rojos se retiraron a una granja y por fin se rindieron cuando la incendiaron. Llevaron a los prisioneros a un lago helado cercano. Los lugareños identificaron a los rojos más destacados, los separaron del grupo y los mataron a tiros. Los blancos ejecutaron a más de un centenar de personas. También apartaron a uno de cada diez hombres y los ejecutaron.

En las memorias de Kekkonen he leído que había visto los cuerpos en el hielo tras aquel suceso, pero no admitía haber tomado parte en la matanza.

—No hay pruebas de que Kekkonen ejecutara a nadie en Varkaus —objeto.

Arvid se encoge de hombros.

—Yo solo te cuento lo que me dijo mi padre. ¿Quieres oírlo o no?

—Sí, claro. Perdón.

—Después de Varkaus, el regimiento combatió en el frente de Savo. A finales de abril, los enviaron a Viipuri. La batalla de Viipuri fue el último gran combate de la guerra, y murieron cientos en el frente. Rodearon a más de doscientos vecinos rusos, se los llevaron a la muralla de la ciudad vieja y los ejecutaron. Les dispararon con metralletas. La matanza duró casi veinte minutos, y los ejecutores no eran otros que los miembros del Regimiento de Guerrilla Kajaani.

Rumores y especulaciones con el sello de veracidad —de segunda mano— de un héroe de la guerra de Invierno. No tengo ni idea de si se está inventando todo esto a medida que habla, pero desde luego cabrearía a mucha gente si lo dijera en público. La guerra civil sigue siendo el episodio más sensible de la historia de este país. Después de casi cien años, ni siquiera nos hemos puesto aún de acuerdo en el nombre que hay que darle: guerra civil, Rebelión Roja, guerra de la Libertad, guerra de Clases... La lista sigue.

—La guerra prácticamente había acabado —prosigue—, pero para entonces mi padre y los otros ya conocían el olor de la sangre de los rojos. En Hamina, durante la segunda semana de mayo, ejecutaron a más de sesenta prisioneros. La última semana de mayo abatieron a más de treinta. Kekkonen dio el salto de ejecutor a líder y ordenó la ejecución de otros nueve rojos en Hamina. En junio, Kekkonen, mi padre y tu bisabuelo fueron enviados a Suomenlinna como guardias del campo de prisioneros. Básicamente era un campo de concentración. Y el resultado fue que Kekkonen se convirtió en un reconocido héroe de guerra. Tras la guerra, trabajó siete años como investigador de la policía estatal, tiempo que se dedicó a la caza del comunista. Como yo. Como tu abuelo.

Cuando yo era niño, tenía a Kekkonen por un héroe, un personaje casi divino. Supongo que nos pasaba a todos. Era un atleta, un héroe de la guerra, nos protegió de los soviéticos. Salvo por un breve periodo, gobernó como primer ministro de 1950 a 1956, y como presidente de 1956 a 1982. Fue, en esencia, un gobernante absolutista. En alguna ocasión, humilló a sus oponentes a las elecciones presidenciales al no presentarse a un debate televisado. Sabía que era invencible. De niño, yo pensaba que «kekkonen» significaba «presidente». Recuerdo que le pregunté a mi madre quién pensaba que sería el próximo «kekkonen».

—Durante la guerra civil y justo después —explica Arvid—, los rojos ejecutaron a unos mil quinientos prisioneros blancos, y los blancos ejecutaron a diez mil rojos. ¿Sabías quién ordenó la ejecución de esas casi diez mil personas?

Hago que no con la cabeza, ya temeroso de sus terribles relatos.

—¿Quién?

—Nuestro señor y salvador, el mariscal Mannerheim. Ese mismo. Los grandes hombres de nuestro país se encargaron del exterminio de los comunistas. Yo maté a unos cuantos presos políticos en un campo de prisioneros de guerra, una nimiedad en comparación. ¿Por qué se meten conmigo? No tiene ningún sentido.

Bajo la influencia de su versión revisionista de la historia, yo tampoco le encuentro ningún sentido.

—El gran hombre, Kekkonen —prosigue Arvid—. No me hagas reír. Era un putero borracho. Folló más que el jodido JFK, y su esposa, Sylvi, aguantó mecha. Y todos aquellos documentales propagandísticos que proyectaban sobre él cada año, el Día de la Independencia: un material al estilo Leni Riefenstahl digno del Tercer Reich. Vean a Kekkonen, el gran atleta. Vean a Kekkonen yendo a la sauna. Vean a Kekkonen nadando en el lago. Vean a Kekkonen cortando leña. Vean a Kekkonen, contemplativo hombre del pueblo, sentado al borde del embarcadero, pescando.

—¿Por qué esa acritud? —pregunto—. Kekkonen hizo muchísimo por este país. Mantuvo buenas relaciones con la Unión Soviética y nos permitió conservar la soberanía a lo largo de la finlandización.

—Porque detesto la hipocresía, y ahora soy su víctima. Ahora mismo estoy cabreado. Kekkonen pagó un precio por su éxito. Era un asesino de comunistas, igual que yo; es lo que me enseñaron. ¿Cómo te crees que debió de sentirse teniendo que lamerles el culo a los rusos para salvar a su país, aceptando órdenes de gente que querría ver muerta? A veces debió de ser un infierno en vida.

Ya voy entendiéndole.

—Así que, gracias a sus contactos de la guerra civil, su padre y mi bisabuelo consiguieron colocarles a usted y a mi abuelo en Valpo.

Asiente.

—Exacto. Matando comunistas. El negocio familiar. El mío y el tuyo, por herencia.

Y ahora Jyri quiere que dirija una unidad de operaciones secretas para combatir las organizaciones criminales nacidas de las cenizas de la Unión Soviética. Qué casualidad.

Arvid me mira desde el otro lado de la mesa con ojos tristes. Compartimos un momento de tranquilidad, pero esta vez el silencio es cómodo. Un silencio finlandés. Pasa un rato.

—Ahora tendrías que irte, hijo —dice por fin—. Estoy cansado. Tanta charla me ha agotado, y tengo que cuidar a Ritva.

—Sí —digo yo—. Más vale que vuelva al trabajo.

Yo también estoy cansado, y melancólico, cansado de tantas cosas desagradables. Comparado con tener que reinterpretar la historia de mi país a la luz de estas revelaciones, hasta el caso Filippov me parece alegre.

39

Emprendo el regreso a Helsinki y enciendo la radio. La previsión meteorológica anuncia que se acerca la peor tormenta de la temporada. Teniendo en cuenta la intensidad de la que acabamos de experimentar, me parece casi imposible, pero al cabo de unos minutos el paisaje empieza a cubrirse de gruesas capas de nieve. La visibilidad en la carretera se reduce hasta que casi no veo nada. Conduzco despacio.

Me llama Jyri.

—Ivan Filippov y Linda Pohjola están en Filippov Construction, y sus vehículos también. Te he conseguido dieciséis agentes. Doce están ya allí, esperando a que llegues para organizar la operación. Dos agentes más han precintado la casa de Linda, y otros dos la de Filippov. Os esperarán al resto para iniciar los registros. ¿Te basta con eso?

—De momento.

Cuelga el teléfono. Yo cambio de dirección y me dirijo a Vantaa. Llamo a Milo y le digo que se reúna conmigo en Filippov Construction.

Llego allí antes que él. Los otros policías están escondidos en sus vehículos por la zona. Aparco. Me ven y me siguen hasta la puerta principal. Les explico que lo que estamos buscando son discos de vídeo, que no deben visionarlos, sino entregármelos a mí para su inspección. También videocámaras y teléfonos móviles, cualquier aparato capaz de grabar vídeo, prendas de protección manchadas de sangre y una pistola eléctrica paralizante.

Asigno a tres agentes la tarea de registrar el Mustang de Linda y a otros tres el registro del Dodge Journey de Filippov. Filippov debe de habernos visto a través de una cámara de seguridad, y sale del edificio a la carrera, hecho una furia. Ni siquiera lleva abrigo.

—Inspector, ¿quién cojones se cree que es y qué cojones cree que está haciendo?

—¿A usted qué le parece? Registrar su propiedad.

—¡Eso ni hablar! ¡Enséñeme la orden!

—En casos urgentes, cualquier agente de policía puede llevar a cabo un registro sin una orden. Además, tengo la autorización verbal del comisario superior de policía. Deme las llaves del coche.

Él se cruza de brazos, desafiante.

—Lo tiene claro.

Jyri no estaba de broma; los agentes han traído palancas. Cojo una y la uso para abrir la puerta del acompañante del Dodge como si fuera una lata, luego saco mi navaja de bolsillo y rajo el asiento. El relleno sale a borbotones.

—Puedo registrar sus casas y sus vehículos así, si quiere, o puedo ser un poco más delicado. Usted escoge.

Está a punto de escupir espuma por la boca de la rabia, me llama jodido chupapollas. Yo le tiendo la mano. Él me pone un llavero en la palma de un manotazo.

—¿Aquí están las llaves de su vehículo, su casa y su negocio?

—Sí, hijo de puta. Pagará por esto.

—A lo mejor sí.

—¿Dónde espera que vayamos Linda y yo mientras violas nuestras propiedades y nuestra intimidad?

Pateo el suelo y me froto las manos, con los guantes puestos, para combatir el frío.

—No me importa lo más mínimo. Coja un taxi y vayan a algún sitio. Tómense un par de copas y coman algo. Diviértanse.

Él ya está cubierto de blanco por la nieve, se calma y piensa en lo que le conviene.

—¿Cuándo podrán devolvernos nuestras propiedades?

—Depende —respondo, encogiéndome de hombros—. Tengo bastantes agentes en ello. Probablemente solo sean unas horas.

—¿Y cuándo me devolverá el cuerpo de mi esposa para que pueda enterrarla?

—Cuando haya acabado con ella.

Vuelve a entrar en el edificio resoplando. Yo le sigo, repito la rutina con Linda, cojo las llaves y los teléfonos móviles de ambos.

Los agentes se ponen manos a la obra: van sacando equipo de construcción de los estantes, lo inspeccionan y lo van echando al suelo.

Llega Milo. Le hago pasar a la oficina de Filippov para que podamos hablar en privado y nos sentamos alrededor de la mesa de reuniones.

Milo parece cabreado.

—Has estado ilocalizable —me dice.

—He estado ocupado.

—Me has apartado de esta investigación.

—Ahora ya vuelves a estar dentro.

Le cuento el trato que me ha ofrecido Jyri. Se lo pido formalmente, pero, por supuesto, ya sé la respuesta:

—¿Quieres formar parte de una unidad de operaciones secretas? ¿Cuento contigo?

Su sonrisa es enorme. Se le iluminan los ojos. Está flotando.

—Pero quiero algunas cosas —dice.

—¿El qué?

—Un fusil de asalto H&K. Un fusil de francotirador Barrett del calibre 50. Granadas de iluminación.

Milo, el niño y sus juguetes.

—Podemos arreglarlo. A lo mejor incluso podemos encontrar a alguien que te enseñe a utilizar todo eso.

Él pasa por alto el desaire.

—Entonces cuenta conmigo.

—En primer lugar, necesitamos recuperar las pruebas contra Jyri —le recuerdo. Señalo el ordenador de Filippov—. Podrías empezar por ahí.

—Ya he revisado los ordenadores de aquí. No contienen pruebas.

—¿Cómo has hecho eso?

—Con software de intrusión informática. Volqué los discos duros en un servidor de Ámsterdam y creé un espejo. No encontré nada relacionado directamente con el asesinato de Iisa Filippov, pero sí algunos desajustes en sus cuentas de cientos de miles de euros. El dinero fue depositado en cuentas numeradas en el extranjero.

Estoy impresionado. Es ideal para el trabajo en operaciones encubiertas.

—¿También examinaste los ordenadores de sus casas?

—No, estaban apagados y no pude entrar. No obstante, contacté con alguien que trabajaba en Oulun Palvelukoti, donde murió Marjut, la madre de Linda. El tipo lleva allí veinte años y conocía bien a Marjut. Me hizo el favor de comprobar los registros de visitas. Linda la había visitado más o menos regularmente, y vio a su madre el 9 de septiembre de 1998. Era el decimoctavo cumpleaños de Linda. Después, no volvió a ver a su madre. Marjut solía estar de buen humor, pero después de la visita de Linda se sumió en una depresión que le duró hasta su muerte. Marjut había entrado en la residencia en 1990, cuando Linda tenía diez años. Esta vivió con una familia de acogida hasta los dieciséis años, luego desapareció y se la perdió de vista hasta que fue mayor de edad. Cuando Marjut concibió a Linda, vivía en Helsinki y trabajaba como señorita de compañía o prostituta.

—¿Para Jonne Kultti?

—Bingo. Y Kultti se suicidó tres días después de que Linda visitara a Marjut, tras lo cual madre e hija perdieron el contacto. Yo creo que Marjut le escribió a Kultti.

—Y el contenido de la carta le llevó al suicidio. Una teoría viable.

Milo enciende uno de sus cigarrillos de tipo duro.

—También seguí tu consejo y busqué a Bettie Page en Internet. Buena idea. Encontré algunas cosas interesantes.

Hace una pausa. Me temo que va a volver a divagar otra vez: «Y en Belén nació un niño». Pero no lo hace.

—A Bettie Page la dejaron en un orfanato a los diez años, más o menos a la misma edad a la que dieron a Linda en acogida. El padre de Bettie Page abusó sexualmente de ella cuando dejó el orfanato. Creo que es posible que Kultti fuera el padre de Linda. Marjut nunca se lo dijo, pero se lo dijo a Linda, y esta fue en su busca. Puede que Linda temiera que Kultti la rechazara y que nunca le dijera que era su padre. A lo mejor pensó que el único modo de tener una relación con Kultti era trabajar para él, y adoptó el papel de Bettie Page hasta el punto de que llegó a mantener relaciones sexuales con su propio padre. Se lo dijo a su madre y esta, consumida por el dolor, le escribió a Kultti y le comunicó que su propia hija le estaba chupando la polla. Él se derrumbó y se disparó.

—Eso convertiría a Iisa y a Linda en hermanastras y explicaría su gran parecido —observo.

—Necesitaríamos llevar a cabo un análisis de ADN para descubrirlo.

Sentado en la silla de Filippov, estiro los brazos. Esa línea de investigación me parece interesante. Si Linda e Iisa eran hermanastras, eso explicaría motivaciones para el asesinato que aún no hemos considerado.

—Eso es difícil. Con hermanastros, es complicado determinar el parentesco sin la participación de los padres potenciales, y en este caso están muertos. Se puede hacer, pero podría llevar semanas.

—Me pregunto si Iisa sabía que Linda era su hermana —se plantea Milo.

Entonces se me enciende la bombilla y me levanto de golpe.

—Yo me pregunto si la mujer que apareció muerta en la cama de Rein Saar era realmente Iisa o si era Linda.

La idea nos inquieta a los dos, y la contemplamos un rato en silencio.

—Vamos a dividir el equipo —propongo—. Registremos los tres lugares a la vez. Dejamos unos hombres aquí; tú te llevas unos cuantos a casa de Filippov; y yo me llevo a otros a la de Linda, ya que no hemos estado allí antes. A lo mejor encontramos algo de documentación que apoye todo esto.

Milo y yo acabamos en Filippov Construction, revisamos los teléfonos y todos los discos de vídeo que encontramos. No hallamos nada y nos vamos a registrar las casas de Linda y Filippov.

40

Me llevo mi Saab y a cuatro agentes en otro vehículo y nos ponemos en marcha en medio de una ventisca en dirección a Helsinki y al apartamento de Linda. Es un pequeño piso de un dormitorio, pero limpio y ordenado. De las paredes cuelgan pósteres antiguos de Bettie Page.

Los agentes conocen su trabajo. Introducen largas agujas por los sofás y los colchones en busca de algún obstáculo sólido metido dentro. Tantean las paredes, en busca de cajas fuertes tapadas o escondrijos. Les dan la vuelta a los aparatos y miran en su interior.

Yo voy al dormitorio e inspecciono las cosas de Linda. Encuentro una arqueta llena de artículos de colección sobre Bettie Page, revistas y películas. Abro otra caja y siento el olor del cuero engrasado. Está llena de artículos fetichistas: zapatos de tacón alto y botas, látigos, trajes de cuero y correas, cuerdas y mordazas.

Pongo en marcha su ordenador. Tiene un salvapantallas de Bettie Page. Está lleno de vídeos, entre ellos lo que debe de ser la colección completa de películas de Bettie Page. Echo un vistazo rápido y encuentro escenas de secuestros, azotes, dominación, encierros y sumisión con ataduras. Page a veces hacía de dura dominadora y a veces de víctima indefensa, atada de pies y manos.

Luego encuentro los archivos personales de Linda. Vídeos

que ha grabado de sí misma, recreando las películas de Betty Page. Vídeos suyos con Filippov y sus juegos sexuales. Solo hay unas cuantas variaciones del tema que ya he visto en el vídeo que Milo se llevó de aquí. No veo nada del apartamento de Rein Saar, ni imágenes de Jyri ni de sus compinches políticos, nada que los relacione con el asesinato. Solo cosas personales. Me llevaré el ordenador para que lo analicen, pero estoy seguro de que ya han eliminado los rastros digitales.

Examino la ropa de Linda. Viste bien. Abro el cajón de la ropa interior. Le gusta la lencería cara, con un toque fetichista. Debajo, encuentro su famoso vibrador: enorme, liso, verde y de dos puntas. Me la imagino metiéndoselo a Jyri por el culo y me río; luego lo introduzco en una bolsa para buscar rastros de ADN.

Junto a la cama de Linda, en un cajón, encuentro un álbum familiar. Contiene fotografías de Linda y de su madre, desde la infancia de aquella hasta la época de la muerte de su madre. Allí también está su correspondencia, a partir de la fecha en que Marjut ingresó en el sanatorio mental, en sus sobres originales. Las cartas de su madre son conmovedoras; en ellas siempre le aseguraba que estaba mejorando y que saldría pronto. Luego las dos empezarían una vida nueva y mejor. Las últimas dos cartas tienen fecha del 9 de septiembre de 1998, el día del decimoctavo cumpleaños de Linda y la última vez que vio a su madre con vida. Ambas cartas son breves.

Marjut le escribió a Linda: «Te quiero, cariño, pero lo que has hecho es más de lo que puedo soportar. Por favor, para. Mamá».

La que escribió a Kultti dice: «Puede que no te acuerdes de mí, pero una vez me dijiste que me amabas, cuando era joven. Di a luz una hija tuya que se llama Linda. La estás violando, a tu propia hija. Por favor, para. Marjut».

Me pregunto si Linda vio esta carta antes o después de que su padre se volara los sesos.

Suena mi teléfono.

—Vaara.

—Soy Stefan Larsson, el propietario del Silver Dollar.

—¿Cómo ha conseguido mi número?

—Llamando a Información —responde. Su tono deja claro que soy un capullo.

Qué tonto he sido de no borrarlo de la guía. Me propongo llamar a la compañía para que lo quiten.

—¿Qué quiere?

—Usted investiga la muerte de un cliente de mi bar. Ahora ya tiene algo más que investigar.

—¿Y eso?

—Después de dos días en el calabozo, un castigo que no merecían, mis porteros han sido absueltos de toda responsabilidad y liberados. Han venido a trabajar. Esta noche un encapuchado los ha atacado. En una mano llevaba un llavero con llaves, un par de ellas sobresalían entre sus dedos y las ha usado para golpearles en la cara. La paliza les ha dejado terribles heridas muy profundas. En la otra mano llevaba un estilete con el que los ha apuñalado repetidamente. Ha intentado asesinarlos. Mis porteros están hospitalizados.

—¿Y por qué me llama?

—El agresor era un gigantón con una sudadera con capucha. Sé perfectamente que era Sulo Polvinen, pero cuando los agentes fueron a su casa, sus padres le montaron una coartada y dijeron que había estado toda la noche en casa, viendo la tele con ellos. Le exijo que haga algo al respecto.

—En primer lugar, yo soy del Departamento de Homicidios, y los porteros no están muertos, así que no es asunto mío —respondo. En realidad sí entra dentro de mis competencias, pero dudo que él lo sepa—. En segundo lugar, creo que los porteros se llevaron lo que merecían. En tercero, que le jodan.

Le cuelgo el teléfono.

El dormitorio está limpio. Salgo a ver qué tienen los otros agentes. El apartamento está patas arriba, lo han revuelto todo. No han encontrado nada.

Llamo a Milo.

—Muy a mi pesar, me encuentro con cuatro bolsas de congelados en la mano, y parece que todas ellas contienen esperma. Supongo que una muestra procede de Jyri y que las otras tres corridas son de sus colegas. Estaban en el congelador de Filippov, numeradas del uno al cuatro, en lugar de con nombres.

Bueno, es algo. Aparte de eso, su informe también es negativo, y el registro está a punto de concluir. Filippov asoma la cabeza por la puerta. Cuelgo el teléfono.

—Hombre, Ivan. ¿Qué puedo hacer por usted?

Él entra; ya ha recuperado el control y su actitud intimidatoria.

—Confío en que no haya encontrado lo que esperaba encontrar.

—No, pero sigo confiando en que lo encontraré.

Él se apoya en la pared con los brazos cruzados, en actitud chulesca.

—He venido a comunicarle que tengo intención de asegurarme de que la investigación del asesinato de mi esposa se cierre lo antes posible, y de que se juzgue a Rein Saar. Y presentaré una queja formal por su acoso. Ha registrado mi casa y mi empresa sin causa. A un viudo en pleno duelo habría que dejarlo que llorara en paz su pérdida, en lugar de tratarlo de este modo.

—Su esposa era una zorra, y su amante también lo es. Hemos encontrado cuatro muestras de semen en su congelador. Estoy casi seguro de que sé de dónde proceden.

Su voz adopta un tono lastimero que, además de resultar increíble, queda fuera de contexto:

—La pobre Iisa tenía tendencia a la promiscuidad, pero Linda siempre ha sido fiel. Y si no lo ha sido, ha sido por mí, por nuestro bien.

Finjo una seguridad que no siento. Es muy posible que no pueda llegar a presentar cargos contra Filippov. Han planificado y ejecutado el asesinato con gran habilidad, hasta el truco del chantaje. Yo me muestro conciliador y llano, como si estuviera autorizado a negociar en nombre de Jyri, solo por ver con qué me encuentro.

—Mire —le digo—, quizá podríamos dejar de lado nuestras diferencias. Usted quiere unas cosas; Jyri, yo y otros más queremos otras. Hablemos de ello.

Ahora se da cuenta de que Jyri me ha metido en el ajo y que sé la verdad, pero se escapa por la tangente para ganar tiempo e intentar decidir qué significa eso.

—No sé a qué cosas se puede referir.

—A lo mejor podríamos consultarlo ambos con la almohada. Quizá se nos ocurra qué cosas son esas, y cómo conseguir lo que queremos.

Me escruta, escéptico.

—Muy bien, inspector. Quedemos en el Kämp mañana a las cinco de la tarde. Puede invitarme a cenar.

—Trato hecho —respondo. No nos damos la mano, y sale.

No tengo ni idea de qué voy a decirle mañana, pero para que su venganza sea completa, Rein Saar tiene que ir a la cárcel. Si no se me ocurre algo, podría suceder. Eso me resulta inaceptable. Desgraciadamente, Jyri no compartirá mis preocupaciones. Tengo que pensar en algo yo solo.

Vuelve a sonar mi teléfono. Es Kate y está llorando.

—Kari, ¿dónde estás? Es la una y media de la madrugada.

—Lo siento, es esta investigación de asesinato.

—¿Puedes venir a casa enseguida? —Solloza—. Te necesito.

—Salgo ahora mismo.

Me pongo el abrigo y me dirijo a la puerta.

41

Me encuentro a Kate tendida en el sofá a oscuras, con el albornoz puesto y las manos cruzadas sobre su enorme vientre. Le cojo las piernas, me cuelo por debajo y me siento a su lado; sus piernas sobre las mías. El tenue brillo de las luces de la calle me deja ver las lágrimas que le caen por las comisuras de los ojos. Se sorbe la nariz.

—¿Qué ha pasado? —pregunto.

—Es cierto —susurra—, lo que te he dicho antes. Les he fallado a mis hermanos.

—Cuéntame.

—Mary podría oírnos. Ayúdame y vamos al dormitorio.

Me pongo de pie y la ayudo a ella. A medida que se acerca la fecha del parto, le cuesta cada vez más moverse.

Vamos a la habitación y nos echamos sobre la colcha. Kate adopta su posición habitual, con la cabeza sobre mi hombro y la cara encajada contra mi cuello.

—Mary solo tiene veinticinco años, pero actúa como una anciana.

—Ya me he dado cuenta.

—Quería descubrir qué es lo que le pasa, por qué es tan adusta, por qué es tan fundamentalista con respecto a la religión. Hoy he hablado mucho con ella, y le pregunté indirectamente qué le pasó cuando yo me fui a la universidad y ella tenía dieciocho años.

Kate reprime un sollozo, se toma un segundo y se recompone.

—Mary me ha dicho que, cuando me fui a la universidad, papá empezó a traer amigos a casa y que tomaban copas juntos. La he presionado para que me lo contara, porque me daba cuenta de que me escondía algo. He insistido para que me lo dijera y luego le he preguntado sin más si la habían violado. Ella me ha negado que la violaran, pero me ha dicho que uno de los amigos de papá solía hacerle beber alcohol y que luego le hacía algo que «sabía mal».

Kate pierde la compostura. Me coge la cabeza con las manos y presiona su rostro contra el mío para sofocar el ruido de su llanto. Habla con palabras entrecortadas:

—Mary fue víctima de abusos y la obligaron a hacer cosas horribles y asquerosas. No creo que recuerde siquiera lo que ocurrió.

La estrecho aún más cerca.

—Si no lo recuerda, quizás es mejor que no lo haga.

Ella limpia los restos de los mocos y lágrimas de mi cuello con su albornoz.

—¿De verdad crees eso?

—No lo sé. Puede ser.

—Y yo pensaba que estaba felizmente casada, y quizá lo esté, pero tengo la impresión de que su marido no es bueno con ella, que llevan un estilo de vida muy religioso, y que cuando se aparta de los preceptos, le pega. Creo que por eso actúa como una mujer mayor.

Desearía poder decirle algo que la reconfortara, pero la explicación que me ha dado Kate de la personalidad de Mary me parece acertada.

—Lo siento.

—Lo único que quería yo era que los tres fuéramos felices.

—Lo sé.

—¿Cómo va tu cabeza? —me pregunta.

—Bien.

Con dificultades, Kate se gira y enciende la lámpara de la mesilla. Vuelve a girarse hacia mí.

—Mírame a los ojos.

Obedezco.

—Cuando tus migrañas son fuertes, las pupilas se te ponen tan pequeñas que apenas puedo verlas. Cuando son muy, muy fuertes, casi no se te ve más que el blanco de los ojos. Ahora mismo tus pupilas son casi invisibles. La cabeza te está matando, ¿a que sí?

—Sí —confieso. Me ha pillado.

Su voz se llena de rabia y de frustración.

—¿Por qué me mientes?

Me tomo un segundo antes de responder.

—Porque tengo miedo por ti y por el bebé. Porque no quiero provocarte un estrés y una preocupación inútiles.

—Cuando mientes para protegerme, me tratas como a una niña. No es justo y no está bien. Hoy también he tenido una charla con John.

Reprimo un suspiro. Supongo que hoy me toca recibir.

—¿Y?

—Pues que yo ya sabía que los dos os traíais algo entre manos, y le he obligado a decirme lo que era.

Ha presionado a John, pero yo le avisé de que nuestras cosas tenían que quedar entre nosotros. Me toca las narices.

—Se supone que no debía decírtelo.

—Eso me ha dicho, pero también me ha contado que le has dicho que fuera mi amigo, y ha pensado que el mejor modo de hacer eso era contarme lo bueno que es mi marido. Me ha contado la verdad sobre su problema, sobre el despido de la Universidad de Nueva York y el porqué. Luego me ha contado cómo ha metido la pata desde que ha llegado a Finlandia y cómo tú le has sacado las castañas del fuego. Cómo recuperó sus botas.

No digo nada; me preparo para un merecido ataque de rabia.

Kate me rodea el cuello con los brazos y me abraza fuerte.

—Gracias, cariño —me dice—. John tiene razón: eres un marido maravilloso.

Siempre pienso que conozco bien a Kate, y ella nunca deja de sorprenderme.

—Aun así —puntualiza—, deberías haberme dicho la verdad.

—Me daba miedo. La vida de John es suya, y no me pareció que pudiera servir de nada disgustarte con sus problemas.

—Es mi hermano, y tú no tienes derecho a tomar esas decisiones por mí. Y esta discusión va más allá.

Ya me lo temía.

—¿Y eso?

—Tú me ocultas todo tipo de cosas. Llevamos juntos casi dos años y medio, hemos pasado muchas cosas los dos, y aun así me ocultas cosas. Sé que hay cosas que te duelen. Quiero que me hables de ellas.

—No veo de qué podría servir.

—Quizá deberías intentarlo, y ya veríamos.

Estoy contra la pared. Suspiro.

—Dime qué quieres saber.

—Todo. Pero lo de Mary me ha enseñado que necesito saber cosas de tu infancia.

—¿Como qué?

—Hubo gente que te trató mal, especialmente tu padre. Quiero que me lo cuentes.

Intento hacer un esfuerzo y contárselo, pero no puedo. No quiero que lo sepa.

—Quizás otro día —sugiero—; ahora no estoy preparado.

—¿No confías en mí?

—Sí, pero no se trata de ti. Es solo que no estoy preparado.

Nos abrazamos en silencio un buen rato.

—No debería haberte presionado, pero, por favor, no vuelvas a mentirme.

Me planteo si me va a ser posible. Sí lo es.

—No lo haré, pero a veces necesito tiempo para encontrar el modo de decirte las cosas. Tienes que dejarme hacerlo a mi modo y cuando sienta que es el momento.

—Vale —concede.

Kate se duerme. Yo me quedo despierto, pensando. Nos abrazamos fuerte, en un estado de calma tensa.

42

El sábado por la mañana me despierto pronto, pensando en Sulo Polvinen. Me parece un buen chico que ha recibido un duro golpe. No tengo duda de que fue él quien atacó a los gorilas del Silver Dollar, y con la coartada de sus padres o sin ella, van a pillarle. Si se entrega, conseguirá una reducción de sentencia. Decido tener una charla amistosa con él. Consulto mi bloc de notas y encuentro su dirección.

Vive en Pasila-Este, no muy lejos de la comisaría. Es un vecindario de mala muerte, construido en los años setenta. Muchos lo llaman la RDA, porque sus edificios de hormigón, estilo búnker, recuerdan la arquitectura de la Alemania Oriental durante la era soviética. Me presento allí sin llamar antes, porque creo que si se lo pido se negará a verme.

La temperatura se mantiene en unos veinte bajo cero. Aún cae la nieve. Resulta difícil conducir.

Mamá Polvinen abre la puerta de su deprimente apartamento. Me presento. Pone cara de asco, pero me deja pasar. Los muebles están todos viejos. Papá Polvinen está sentado en un vetusto sofá, leyendo el periódico y dándole sorbitos a su cerveza de la mañana contra la resaca. Sulo está sentado en el suelo frente a la tele, con las piernas cruzadas, jugando con la consola. Deberían llamarse la Familia Enorme. Mamá Polvinen tiene una envergadura equivalente a dos troncos de árbol juntos. Papá Polvinen es aún más grande, con un cuerpo construido con miles de litros de cerveza. Sulo es colosal; ha salido a ellos.

—Sulo, ¿hay algún lugar donde podamos hablar en privado?

A papá no le parece bien:

—Lo que tenga que decirle a él, se lo dice delante de mí.

Sulo se encoge de hombros, tendrá que ser así.

Nadie me invita a tomar asiento, así que me quedo de pie junto a la puerta, con las botas puestas.

—Solo he venido a darte un consejo de amigo —le digo—. Anoche apuñalaste a esos gorilas. Probablemente recibieron su merecido, pero te van a crucificar por ello. Te va a costar años de tu vida. Me gustaría que te plantearas entregarte. Tendrás que responder por el delito igualmente, pero quizá te caigan tres años en lugar de cinco.

Sulo abre la boca, pero papá habla por él.

—Sulo estaba aquí con nosotros, tal como os dije ayer, cabrones. Saca el culo de aquí y déjalo en paz. Ha perdido a su hermano. Esta familia ya ha sufrido bastante.

—Han sufrido mucho —reconozco—, pero perder a Sulo durante una larga temporada de reclusión no va a mejorar las cosas.

Papá apura su cerveza y tira la lata junto al sofá.

—Si Sulo hubiera apuñalado a esos chupapollas, que no lo hizo —lanza a su hijo una mirada asesina—, habría hecho un trabajo de mierda. Están vivos, y nuestro Taisto está muerto.

Así que papá y Sulo planearon el ataque juntos.

—Inspector, le agradezco que haya venido —dice por fin Sulo—. Sé que lo ha hecho de buena fe, pero yo no he hecho nada malo. Además, estoy pensando en abandonar el país muy pronto. No tengo trabajo. Puede que me vaya a Suecia a buscar un empleo.

Como si no lo pudiéramos extraditar desde Suecia. Parece que está todo dicho. Por lo menos lo he intentado.

—Muy bien, Sulo, te deseo suerte. —Saco una tarjeta de visita de mi cartera y la tiro en su dirección—. Llámame si necesitas algo —le digo, y me voy a seguir con mi trabajo.

Y

Conduzco unos minutos hasta la comisaría de Pasila y me cuelo en mi despacho sin pasar por la sala común. Me quedo un rato sentado, contemplando *Día de diciembre*, mi reproducción de la pintura de Albert Edelfelt. Representa un pueblo junto a un río helado en sepia y tonos monocromos. La colgué ahí porque me calma.

Pienso en el encuentro de más tarde con Filippov y en lo que podría decirle. No se me ocurre nada. Llamo a Jyri y le pongo al día. No quiero, realmente, porque sus sugerencias serán maquiavélicas, pero no tengo muchas opciones. Él se toma su tiempo, le da vueltas a la cabeza. Yo enciendo el grabador de mi teléfono móvil para tener una prueba válida y protegerme, por si todo esto sale mal.

—¿Por qué crees que dejó el semen en su congelador, a la vista? —pregunta Jyri.

—Por arrogancia. No creía que pensáramos que su plan de chantaje incluyera el uso de muestras de ADN.

—Entonces también habrá cometido otros errores. Solo necesitamos ganar tiempo y descubrirlos.

—No estoy seguro de que tengamos mucho tiempo. Filippov puede cabrearse, o sentirse acorralado, y tirar de la manta. Puede publicar los vídeos y desviar la atención.

—Puede ser. —Jyri hace una pausa—. Dile que le daremos los contratos de los negocios por los que nos pagó.

Observo el uso del pronombre, «nos». Jyri también acepta sobornos.

—Y dile que, si entrega los vídeos, le garantizaremos que nunca más vuelva a figurar como sospechoso en la investigación del asesinato de su esposa.

Eso es lo que me temía. Jyri toma la opción fácil y decide empapelar a Rein Saar.

—¿Dejarías que un inocente cargara con un asesinato?

—¿Tienes un plan mejor?

«Sí —pienso—. Dejar que la verdad salga a la luz y que se haga justicia.»

—De momento no.

—La única alternativa —plantea Jyri— es dejar el caso sin resolver. Soltar a Rein Saar alegando que no pudo recibir una descarga paralizante y matar luego a Iisa Filippov.

—Ese sería el mal menor, pero también insatisfactorio. Ivan Filippov merece su castigo. ¿Y qué hay del precioso historial de casos resueltos de tu querida *murharyhmä*?

—Se trata de una necesidad.

—Y yo, que lo habré estropeado, quedaré como un capullo, como un investigador de mierda. Y tampoco será un inicio brillante para la carrera de Milo.

—Es cierto, pero, por otra parte, los dos sois los héroes del momento. Desacreditaros y provocar vuestra desaparición servirá para que la unidad de operaciones secretas pase desapercibida. Como si os diera una nueva identidad. Desaparecéis de la vista del público y luego volvéis a aparecer discretamente.

Y se supone que yo debería confiar en él. Ni por asomo. Tomo mi decisión: de un modo u otro, el asesinato de Iisa Filippov —eso, si es Iisa, y no Linda, la que está en un cajón refrigerado del depósito— será castigado. Lo que pasa es que aún no sé cómo hacerlo. Le miento:

—Muy bien, Jyri, lo haremos a tu modo. Te llamaré más tarde y ya te diré en qué ha quedado el encuentro con Filippov.

—Tú gana tiempo para encontrar otros errores suyos. Haz algún trato de pacotilla y, cualquiera que sea vuestro acuerdo, más adelante ya le pillaremos.

Tal como es costumbre en Jyri, cuelga sin decir gracias, adiós o que te jodan.

Vuelvo a mirar *Día de diciembre*. Me planteo llamar a Milo para pedirle opinión, pero decido que no la quiero. Repaso mentalmente mis últimas conversaciones con Filippov y Jyri, intento encontrar grietas que pueda abrir en su armadura, pero no las encuentro. Suena mi teléfono móvil. Es Arvid.

—Hola. ¿Cómo está?

Él no responde inmediatamente, y cuando lo hace se le quiebra la voz:

—Hijo, he estado mejor.

Arvid controla muy bien sus emociones, salvo la ira. Me preocupa.

—¿Qué ha pasado?

—¿Puedes venir? ¿Enseguida?

Miro por la ventana y veo la ventisca. La nieve cae a raudales.

—No sé si podré. Puede que la carretera esté impracticable.

—Te lo pido por favor.

—¿Qué pasa?

Largo silencio.

—Es Ritva. Ha fallecido.

Casi se me llenan los ojos de lágrimas.

—Por Dios... Lo siento.

—Necesito que te encargues de la investigación de su muerte.

—Aunque quisiera, no es mi jurisdicción.

Emite un suspiro largo y lleno de dolor.

—Tiene que ser tu jurisdicción. Ritva tenía cáncer de huesos. Yo la he ayudado a morir. Necesito que me encubras.

No sé qué decir, y no digo nada.

—Era lo que ella quería —explica—. Ya sé que no tienes por qué creerme. Hacía mucho tiempo que sabíamos que llegaría este día, y lo habíamos planeado. Ritva te ha dejado una carta en la que te lo explica.

Aún no sé qué decir.

—Por favor, ayúdame —dice Arvid.

—Espéreme ahí. Llegaré lo antes posible.

43

El camino hasta Porvoo es traicionero. Mi Saab resbala y va dando bandazos por la carretera, y la visibilidad es nula. Un viaje que habitualmente es de poco más de media hora me lleva más de dos horas.

Arvid me hace pasar. Lleva los pantalones planchados y almidonados, como siempre, y el cabello perfectamente peinado. Me imagino que se ha puesto todo lo presentable posible para despedirse de su esposa, para hacer que sus últimos momentos juntos sean tan especiales como pueda.

Ocupamos nuestros sitios de siempre junto a la mesa de la cocina. Él trae café y coñac.

—Bebamos por ella —propone, y levanta su copa.

Yo también levanto la mía.

—Por Ritva, que descanse en paz —dice.

Repito sus palabras y bebemos.

—¿Quiere hablarme de ello? —le pregunto—. No tiene por qué, si no quiere.

—Chico, ¿vas a hacerme este favor y certificar su muerte? Te traeré la carta que te ha dejado Ritva.

El dolor en su voz hace innecesaria cualquier otra prueba.

—No necesito ver la carta, a menos que usted quiera que la lea. Y por supuesto que le ayudaré.

—El cáncer de huesos estaba destrozando a Ritva. Sus dolores eran cada vez peores, y los días en que conseguía levantarse de la cama eran cada vez menos y más distanciados. Al final, vivía en una agonía casi constante.

—Ya le he dicho que no tiene que contármelo si no quiere.

—Sí que quiero. Solo tenía setenta y seis años; yo tengo noventa. Hago lo que puedo, pero ya no tengo las fuerzas necesarias para cuidar de una inválida. Llegó un momento en que tenía que irse a un hospital a morir, y ella no quería. Quería morir aquí, conmigo. En nuestra casa, y en mis brazos. Así que hoy renovamos nuestros votos de matrimonio y le di una sobredosis de morfina. Se durmió y falleció sin sentir ningún dolor.

Empieza a llorar un poco. Necesita intimidad.

—Déjeme ir a echarle un vistazo —propongo—, solo para asegurarme de que no ha dejado ninguna pista que alguien pueda detectar.

Asiente.

Subo y encuentro su dormitorio. Ritva está cubierta con una sábana. Tiene los ojos cerrados, los brazos cruzados sobre el pecho y el cabello recogido en un moño. Retiro la sábana. Lleva un camisón largo de seda. No veo nada que pudiera hacer sospechar que haya muerto de otra cosa que no sea el cáncer, ningún motivo para una autopsia.

Bajo de nuevo.

—Todo está bien. Lo ha hecho todo bien. ¿Quiere que llame a los servicios fúnebres?

—Déjame primero unos minutos con ella.

Me quedo allí sentado un rato, pensando en solitario. Cuando vuelve, me dice que haga esa llamada. La hago y me siento con él mientras esperamos.

—Cuéntame cómo te va con el caso Filippov —dice Arvid.

En este momento, se le reflejan en la cara cada uno de los días de sus noventa años. Acaba de perder a su compañera desde hace más de cincuenta. Su rostro es todo dolor y pena. Supongo que quiere distraer la mente un rato.

Le pongo al día rápidamente, le digo que me da la impresión de que Filippov —con la protección de los poderes implicados— quedará impune tras haber matado a su esposa, si es que se trata de su esposa y no de la hermanastra de esta. Puede que un hombre inocente se convierta en su chivo expiatorio y que le arruinen la vida. Y yo tengo la sensación de que me van a poner la soga al cuello y me van a destrozar la carrera. Le digo que no tengo ni idea de qué decir o hacer cuando vea a Filippov en el Kämp a las cinco, pero que, se pongan como se pongan, estoy decidido a que pague por su crimen.

—El Kämp —repite él—. Ese lugar me encantaba en los años de la guerra. La comida era estupenda. Echo de menos esa comida.

—Mi mujer es la directora general del hotel. Venga algún día. Le diré que nos invite y disfrutaremos de una agradable comida juntos.

—Suena bien —admite—. Pero el caso de este tal Filippov se te está atravesando. De un modo u otro, vas a resultar perjudicado, y los responsables van a librarse, como si nada.

Enciendo un cigarrillo. Él también coge uno.

—Cuando era joven fumaba como un carretero —me cuenta—. Siempre me encantó fumar. Voy a volver a coger el hábito.

—A veces, Arvid, pienso que estos pitillos son lo único que me mantiene vivo.

Él apura un cigarrillo, enciende otro y se acaba el coñac.

—Eres un buen muchacho. Esa situación tuya... Vamos a tener que hacer algo al respecto.

No tengo ni idea de qué quiere decir al hablar en plural. A veces me pregunto si sigue siendo tan agudo o si va sintiendo el efecto de los años en la mente.

—Ahora mismo usted tiene sus propios problemas.

Su sonrisa es de complicidad. El viejo a veces me desconcierta.

—Bueno —responde—, supongo que entonces más vale que hagamos algo también con eso. —Cambia de tema—: ¿Sabes algo del caso del *Arctic Sea*?

—Algo, ¿por qué?

—Era un barco que salió de Kaliningrado, en Rusia, el mes de julio del año pasado, y que cargó poco menos de dos millones de euros en madera en Finlandia. Según algunas versiones, hicieron pruebas de radiación en el barco, o no. Si las hicieron, los documentos han desaparecido. Poco después de salir de Finlandia, fue secuestrado por ocho hombres, supuestamente de diversas nacionalidades de países del antiguo bloque comunista. Pero los secuestradores hablaban en inglés a la tripulación, que era rusa. A pesar de la tecnología de que disponemos hoy en día, el barco desapareció. Cuando por fin lo localizaron, el *Arctic Sea* estaba a trescientas millas de Cabo Verde, a miles de millas de su destino original. ¿Quién coño secuestra un barco por madera?

Parece que ese episodio le fascina.

—¿Qué es lo que le interesa del asunto?

—Está claro que el barco estaba cargado con armas nucleares vendidas en secreto, con destino desconocido. Los encubrimientos de alto nivel siempre me han interesado.

La llegada del coche fúnebre interrumpe nuestra conversación. Me quedo con Arvid mientras se llevan a Ritva de la casa.

—Más vale que te vayas —me dice—. Con este tiempo, no llegarás a tu cita con el cabrón de ese asesino ruso si no te apresuras.

Ahora mismo, el caso Filippov no me parece tan importante.

—Que le jodan al cabrón ruso. Puedo quedarme un rato con usted. O si quiere, puede venir a pasar la noche conmigo y con Kate. Ahora mismo la casa está un poco llena, pero encontraremos espacio.

Me da una palmadita en la espalda.

—Gracias, hijo, pero no. Este viejo necesita estar solo un rato.

Yo también querría. Le dejo con sus recuerdos y su dolor.

44

Vuelvo a Helsinki a paso de tortuga. De pronto la migraña ataca con fuerza. El blanco de la nieve me hace daño a los ojos. Me cuesta ver. Pienso en el pobre Arvid, solo después de tantos años con Ritva. Me imagino el bonito rostro de ella, muerta. Y luego una procesión de rostros muertos, desde mi infancia en adelante.

Mi hermana, Suvi, con sus ojos agonizantes, aterrorizados, mirándome a través de la capa de hielo de un lago helado. Una larga serie de víctimas de asesinato, muertas a lo largo de mi carrera como policía, me miran, juzgándome. Luego Sufia Elmi, solo que ella no puede mirarme porque le han sacado los ojos. Mi antiguo sargento, Valtteri, con sus ojos muertos como los de un pez y el cerebro reventado. Su hijo, Heikki, colgando de una viga del sótano, con los ojos desorbitados. El padre de Sufia en llamas, furioso y con los ojos abiertos como platos. Iisa Filippov, si es que es Iisa, con el rostro destrozado por quemaduras de cigarrillo y azotes, me mira con el único ojo que le queda y exige justicia. Legión, con sus ojos en paz. Veo prisioneros de guerra, hambrientos e indefensos, mirando hacia arriba desde el interior de un cráter de bomba, con ojos implorantes. Arvid y mi abuelo los ametrallan hasta matarlos a todos y una excavadora cubre la fosa con tierra.

Suena el teléfono, que me saca de mi infame ensoñación. Es Milo. No me apetece responder, pero lo hago de todos modos.

—Adivina dónde estoy —me dice.

—No estoy para adivinanzas. ¿Dónde andas?

—En el hospital de Meilahti. Adivina.

Estoy de un humor de perros.

—¿Qué cojones te acabo de decir?

—Joder, no te pongas así. El padre de Sulo Polvinen ha tomado las riendas del asunto, ha venido aquí y ha matado a puñaladas a los gorilas ingresados.

Detecto la satisfacción en la voz de Milo.

—Les ha clavado un cuchillo de caza en el pecho y ni siquiera ha intentado escapar; se ha quedado sentado en una silla después de matar al segundo, esperando a que vinieran a detenerlo. También ha confesado el ataque en el Silver Dollar.

—Él no los atacó en el club. Fue Sulo. Estoy seguro. El padre confesó que haría lo que fuera para evitar que Sulo fuera a la cárcel y perder así al otro hijo.

—Ya, pero a fin de cuentas a Taisto Polvinen se le ha hecho justicia.

Resisto la tentación de responderle a gritos.

—¿Se te ha ocurrido pensar que ahora Sulo ha perdido a su hermano y a su padre? Y su madre, un hijo y al marido. Va a pudrirse en una celda durante diez años por vengar a su hijo.

El remordimiento no es el punto fuerte de Milo.

—Bueno, no, la verdad es que no había pensado en eso, pero aun así…

Le cuelgo. Ahora mismo no puedo escuchar más tonterías en estado puro. Estoy a diez minutos del centro de Helsinki y del hotel Kämp, y aún no tengo ni puta idea de cómo voy a encarar a Ivan Filippov.

45

A pesar del frío y de la nieve, el restaurante del Kämp está a reventar. Los clientes del hotel, en su mayoría hombres de negocios extranjeros, necesitan un lugar para comer y beber, y es más fácil hacerlo aquí que echarse a la calle cubierta de nieve. Filippov y Linda están sentados, uno al lado del otro, en una mesa junto a la ventana: él en la parte interior; ella junto al cristal. La mesa de al lado está reservada y de momento vacía.

Me siento frente a Filippov. Están dándose un festín a base de caviar y Dom Pérignon.

—Es un placer volver a verle —saluda Linda—. Ivan, ¿te he dicho lo encantador que es el inspector?

—Lo mencionaste. —Filippov indica el champán con un gesto—. Inspector, ¿le apetece una copa? Ya que invita usted, pensamos que no teníamos por qué mostrarnos comedidos.

—No, gracias.

Un camarero viene a preguntarme qué quiero beber. Pido *kossu* y cerveza.

—Así pues, tiene una propuesta que hacerme —arranca Filippov—. ¿De qué se trata?

Busco una posición intermedia, solo por ver si funciona. Jyri tenía razón. Debería prometerle cualquier cosa para ganar tiempo, pero si me muestro blando, se olerá la mentira.

—El asesinato queda sin resolver —le ofrezco—. Linda y

usted salen limpios, y consigue los contratos que considera que se le prometieron. Nosotros obtenemos los vídeos.

El camarero llega con mi bebida y una docena de ostras crudas para Filippov y Linda. Él hace una pausa para masticar, se zampa una ostra y se limpia los labios con una servilleta de lino.

—No, inaceptable. Mi esposa fue asesinada brutalmente. El culpable es Rein Saar. Tiene que cumplir una larga pena de prisión.

Strike uno. Filippov negocia desde una posición de fuerza. No se atendrá a razones.

—Sea razonable —replico—. A su esposa la mataron Linda y usted, pero saldrán indemnes y el asunto se olvidará. Saar es inocente. Déjelo en paz.

—Se equivoca —responde, plantándome un dedo frente a la cara—. Saar es culpable. Se folló a mi mujer durante dos años. ¡Mi mujer! —Levanta la voz—. Se merece ir a la cárcel. Se merece lo peor. No va a librarse tan fácilmente.

Filippov hace una pausa y se mete otra ostra en el gaznate.

—Tal como señaló usted anoche —añade—, mi mujer era una zorra. No puedo castigar a todos los que se la follaron, pero sí puedo castigarle a él. Si él y otros como él hubieran respetado mi matrimonio y hubieran mantenido las manos lejos de mi esposa, Iisa aún estaría viva, y no tendríamos esta conversación. El castigo de Saar tiene un valor simbólico. Su reclusión no es negociable.

Debo admitir que su planteamiento es extremo pero convincente. Miro a Linda en busca de ayuda, pero ella se limita a guiñarme un ojo y a dar un sorbo al champán para acompañar una nueva ostra.

El camarero trae los platos principales. Interrumpimos nuestra conversación mientras los coloca. Arvid entra en el comedor. Mi asombro no tiene límites. El camarero se va. Arvid se acerca a la mesa y se sitúa junto a Filippov.

—¿Cómo ha llegado hasta aquí? —le pregunto.

—En taxi. Me ha costado doscientos euros. ¿Es este el bastardo ruso? —pregunta.

—El mismo. ¿Qué está haciendo aquí?

Él acerca una silla de la mesa de al lado y se sienta junto a

Filippov. Arvid lleva puesto un largo abrigo. Sacude las mangas y nos muestra la pequeña pistola Sauer para suicidios que tenía sobre el estante de la chimenea, solo que ahora lleva acoplado un silenciador. Vuelve a bajarse la manga para ocultarla y la coloca contra las costillas de Filippov.

—Tal como te he dicho antes —responde—, arreglar nuestros problemas.

Filippov parpadea y se humedece los labios, confuso. Sabe que algo ha salido mal. Yo también, pero no tengo ni la más mínima idea de qué es.

—*Vijo* —dice Filippov—, ¿se puede saber quién cojones eres y qué quieres?

—Admite que mataste a tu mujer —le ordena Arvid.

Filippov se encoge de hombros.

—Muy bien, lo admito.

—No muevas un músculo, cabrón.

Filippov nota que Arvid no está de broma. Se queda rígido, sentado y con la mirada clavada al frente.

Arvid coge una copa de vino de la mesa con la mano izquierda, se pone en pie, y con la derecha apoya la pistola contra la cabeza de Filippov, por debajo, donde empieza el cuello. Arvid deja caer la copa de vino en el suelo al tiempo que aprieta el gatillo. Le dispara en el punto de unión del cerebro con el tronco encefálico, del mismo modo que Milo disparó a Legión. Es evidente que es algo que Arvid ha hecho muchas veces. Arvid se guarda la pistola en el bolsillo y aguanta a Filippov de modo que no caiga de bruces sobre la mesa.

El silenciador ha ahogado el sonido del disparo y le ha cambiado el tono. Los comensales se giran, curiosos. Arvid pone cara de estar avergonzado y se encoge de hombros. Su expresión dice: «Lo siento, chicos, no soy más que un viejo tonto y patoso».

Todo el mundo cree que el ruido solo se ha debido a una copa de vino al romperse, y vuelven a sus conversaciones. Arvid equilibra a Filippov para que no se caiga y se sienta de nuevo a su lado. El tipo no parece muerto, solo aburrido. La pistolita de Arvid no tenía suficiente potencia como para hacer un estropicio. Un mozo llega corriendo, recoge los trozos de cristal en diez segundos y vuelve a irse.

Me quedo tan impresionado que se me escapa una risita tonta. Linda se pone en pie, se acerca a Arvid y le da un beso en la mejilla.

—La verdad es que me ha cambiado los planes —le dice—, pero gracias. Eso es lo más bonito que ha hecho nadie por mí. ¿Quién es usted?

—Ya no lo sé —responde él, sacudiendo la cabeza.

Ella vuelve a sentarse.

—¿Alguien querría explicarme qué acaba de suceder?

—Sí —digo yo—, en cuanto lo entienda yo mismo.

Arvid se acerca el plato de Filippov y se queda mirando su contenido.

—¿Qué es lo que estaba comiendo?

Yo frecuento mucho este local y conozco la carta.

—Es un filete de buey a la parrilla con judías verdes, champiñones, cebolla caramelizada y patatas al gratén. ¿Me hace el favor de decirme por qué acaba de matar a un hombre?

Él coge un juego de cubiertos, se corta un trozo de carne y se pone a comer.

—Es evidente que este caso de asesinato iba a joderte la vida. Ahora tu asesino ya ha confesado, aunque desgraciadamente no va a poder personarse en el juicio. Has hallado al culpable y has cerrado el caso.

Arvid se sirve Dom Pérignon. Yo me bebo mi *kossu* de un trago. Lo necesito. Filippov permanece erguido. Tiene los ojos abiertos, y me mira como los muertos que me imaginaba un rato antes, de camino al restaurante. Antes o después se caerá hacia delante. No tenemos mucho tiempo. Me giro hacia Linda.

—¿Quién es usted? —le pregunto.

Ella da un sorbo al champán.

—Iisa.

—¿Por qué mataron a Linda?

Su fachada de Bettie Page ya ha desaparecido. Se convierte en una mujer de negocios.

—Primero lo primero —puntualiza ella, señalando a Filippov—. Tal como ha dicho el viejo, ya tiene a su asesino. Tras esta breve charla, yo voy a levantarme, saldré de este hotel, desfalcaré las acciones de Filippov Construction (que en cualquier caso me pertenecen legalmente) y nunca volverán a oír a hablar de mí. Si no, pondré al descubierto a todos los implicados.

Quizá sea el modo más razonable para todos de salir de este jaleo.

—Si su historia me satisface, trato hecho. Cuéntela rápido.

Ella se bebe media copa de champán de un trago para calmarse. Su tono de voz cambia, supongo que del que imitaba el de Linda al suyo propio.

—Yo había quedado con Rein en su apartamento el domingo por la mañana. Decidí que lo más fácil sería echarme a dormir en la cama de Rein y esperarle.

—¿Iba a verle follar con otra mujer?

Asiente.

—Hacia las cinco de la mañana, oigo cómo se abre la puerta. Me imagino que han llegado pronto y me oculto en el baño. Oigo dos voces. La de Linda y la de un hombre. Me pregunto qué demonios hace Linda en el apartamento de mi amante con un tío, así que me quedo y escucho. Ella le chupa la polla y le saca a empujones.

—¿Nadie la vio?

—No. Ese juego se me da bien. Cuando el tipo se fue, Linda llamó a Ivan para regodearse con su plan para matarme. Colgó el teléfono y empezó a prepararse, colocando sus juguetes. Yo salí del baño, cogí la pistola paralizante, me coloqué tras ella y le solté una descarga.

Ahora me queda todo claro.

—Decidió castigarlos a los dos. Torturó a Linda con cigarrillos para desfigurarla hasta que no se la reconociera, le aplicó descargas de vez en cuando para mantenerla controlada e hizo que le contara el plan que tenían con todo detalle.

—Cuando acabó, me puse las ropas protectoras, para que Ivan no pudiera reconocerme, y le esperé.

—La tortura con cigarrillos no era parte del plan. ¿Eso no le cabreó?

—Le dije que me había dejado llevar. Lo aceptó.

—¿Y su amante, Rein Saar? ¿Estaba dispuesta a dejar que pagara el pato y fuera a la cárcel?

—No tenía más remedio —responde, encogiéndose de hombros—. En ese momento, me pareció que era o él o yo.

—Así que se limitó a llevar a cabo el asesinato tal como se lo había explicado Linda.

—Y después me puse la ropa de Linda, me caractericé adaptando el maquillaje y el pelo, imité su voz y fingí que era ella hasta que llegamos a Filippov Construction. Entonces cambié la voz de Linda por la mía y dije: «Sorpresa».

Me lo imagino perfectamente. Solo tenía que mantener el engaño hasta llegar en coche al trabajo. Él estaría tan excitado tras el asesinato y la ejecución de su fantasía sexual soñada que no resultaría difícil engañarle. ¿Cómo podría sospechar que había matado a Linda, no a Iisa, después de compartir un acto de desenfrenada intimidad como aquel?

—Me sorprende que no la matara allí mismo.

—Sabía que no podría tapar un segundo asesinato. Negociamos vender Filippov Construction, dividir los beneficios de mi seguro de vida y no volver a vernos nunca más.

—¿Y fingir ser amantes cuando los vi aquí, en el Kämp, la noche del asesinato?

—Igual que cuando pasamos la noche juntos en el apartamento de Linda, era todo una fachada.

—¿No deseaba castigarle por planear su tortura y su muerte?

—Le engañé y conseguí que torturara y asesinara a la mujer que quería. Me pareció suficiente castigo.

—¿Y lo de grabar el asesinato, y hasta ponerle música?

—Es parte del castigo a Ivan. Ellos pretendían hacerlo con mi asesinato, para disfrutar aún más escuchándolo mientras follaran. Sencillamente llevé el plan a término, de modo que Ivan pudiera oír la agonía de su amante una y otra vez, consumido por la culpa.

Incluso después de tantos años en la policía, la maldad inherente a la naturaleza humana aún sigue sorprendiéndome. A veces pienso que debería llevarme a Kate y a nuestra hija a las profundidades del bosque y vivir allí, lejos de las bestias que llamamos humanos, a algún lugar tranquilo y seguro.

—¿Sabía que Linda era su hermanastra? —le pregunto.

Ella ladea la cabeza. No comprende.

—¿Mi hermanastra? Imposible. Solía hacérselo con mi padre.

—Creo que ese es el motivo de que quisiera matarla. Durante nuestra última charla, me dijo que el fetiche de Linda era la negación de su propia identidad, que quería ser otras personas. Supongo que era porque el incesto hacía que se aborreciera a sí misma. Su padre tuvo un lío con la madre de ella, pero no sabía que había tenido una niña. La madre de Linda le escribió y se lo dijo, y él se suicidó de desesperación.

Ella se queda sin respiración, pero no me interrumpe, así que debe de querer oír toda la verdad, por amarga que sea. Yo también quiero que la oiga.

—Usted recibió de su padre un amor incondicional. Linda tuvo que chuparle la polla a papi para conseguirlo. Debió de odiarla a usted por ello. Usted era cruel con su marido, pero ella le amaba. Usted tenía todo lo que ella quería. Con su muerte, ella se convertiría en usted, en una versión nueva y mejorada, y Linda, la niña no deseada y víctima de abusos, dejaría de existir de una vez por todas.

Se pone en pie, impávida. No me imagino cómo se siente.

—Creo que aquí acaba nuestro trato —declara.

—No del todo. Necesito los vídeos.

—Me los quedo yo.

—Ni hablar. Es condición *sine qua non*. Permitiré que se quede con el dinero y desaparezca, pero si no me da los vídeos, o si descubro que ha hecho copias, la encontraré y la llevaré a juicio por el asesinato de su hermana.

Ella mira la puerta, ansiosa por marcharse, y se plantea las posibilidades.

—Están enterrados en la nieve, envueltos tres veces en bolsas para congelados. Dé cuatro pasos desde el porche de atrás de mi casa, gire a la izquierda, dé cuatro pasos más y cave. ¿Estamos, entonces?

—Desaparecer no es tan fácil como usted pueda pensar. Si me está mintiendo, la encontraré y me encargaré de que pague. Dudo que me lleve más de un par de días.

—No estoy mintiendo.

—Entonces sí, ya estamos.

La observo mientras se va y me pregunto cómo puede vivir consigo misma. Sospecho que no podrá; puede que un día me encuentre investigando su suicidio. Puede que no pague por el asesinato, pero ya tiene su castigo.

Arvid está muy ocupado dando cuenta de la comida de Filippov.

—El asesino está identificado y el caso está cerrado, pero usted va a ser juzgado por asesinato.

Él traga la carne acompañándose del champán.

—*Au contraire,* más bien no. Me enfrentaba a una extradición a Alemania y a un largo juicio por complicidad en asesinato. Ahora que he cometido un asesinato en Finlandia, no me pueden extraditar hasta que concluya mi juicio aquí. Mientras espero juicio en este país, al ser un anciano de salud delicada y, por si fuera poco, un héroe de guerra, me dejarán en libertad sin fianza hasta el juicio. Tú serás el agente encargado de la investigación, hay una serie de personajes públicos que no quieren que la verdad salga a la luz, y estoy seguro de que entre todos podremos retrasar mi juicio unos años, años de los que no dispongo. Estaré en la tumba antes de que se convoque el juicio.

Su genialidad me deja pasmado. No puedo evitar sacudir la cabeza, sin salir de mi asombro.

—Además —añade Arvid—, ahora que no tengo a Ritva, no me queda nada por lo que vivir, y quería matar un puto ruso más antes de morir.

Se acerca el plato de Linda. No espero a que me pregunte:

—Liebre salteada, corazones de alcachofa, habitas y piñones tostados sobre un lecho de pasta. ¿Cómo va a explicar por qué disparó a un sospechoso en mi caso?

—Los últimos dos días he estado haciendo unas llamadas. Al presidente y a varios ministros y generales. Por respeto al servicio que he prestado a mi país, no les importa atenderme al teléfono unos minutos y escuchar las divagaciones de un viejo. Tengo intención de afirmar que Filippov era un espía ruso implicado en el asunto del *Arctic Sea,* y que le maté porque era mi deber como patriota. Tal como demostrarán los registros telefónicos, me habré enterado de su implicación a través de las charlas con altos funcionarios del Gobierno, que me suelen contar sus tejemanejes para intentar aplicar a estos asuntos de importancia capital la sabiduría de un respetado anciano. Como el asesinato de Filippov está relacionado con asuntos de seguridad nacional, mi juicio deberá celebrarse a puerta cerrada y los detalles no se harán públicos. Además de mis logros como veterano de guerra, pasaré a los anales de la historia de Finlandia como uno de sus mayores héroes.

—Parece que ha pensado en todo.

—Pues sí —reconoce, mientras engulle la pasta.

—Bonito silenciador —observo—. ¿De dónde lo ha sacado?

—Lo compré ayer. No hay ninguna ley que lo prohíba. ¿Pedimos postre?

Sonrío y sacudo la cabeza.

—Lo siento, no hay tiempo. Tiene que ir enseguida al calabozo.

Asiente, resignado.

—Toda esa historia de «chico», «hijo» y «llámame *Ukki*»... Ha estado jugando conmigo todo el tiempo, preparando este momento, ¿no?

Él se echa adelante y junta las manos sobre la mesa.

—Chico, te dije que eres de lo más inocente. No era pensando en este momento específicamente (no supe con certeza que mataría a este cabrón ruso que tengo al lado hasta ayer), pero sí, tras la muerte de Ritva lo planeé para que me ayudaras a que no me extraditaran a Alemania. Aun así, no todo era mentira. Realmente eres un buen chico, y lo cierto es que te he cogido afecto. Y te he salvado el culo, ¿no? No es que no te esté agradecido por todo lo que has hecho por mí.

—Y todo lo que me dijo sobre la guerra civil y la Segunda Guerra Mundial, y sobre mi abuelo... ¿Era todo una enorme mentira?

—No, te conté la verdad sobre cuando Toivo y yo estuvimos en el Stalag 309. En cuanto al resto... Bueno, digamos que la verdad exacta sobre la historia de este país morirá conmigo. Creo que es lo mejor para Finlandia.

A lo mejor tiene razón en eso. Suena mi móvil. Es Kate.

—Kari, estoy de parto —me anuncia—. ¿Puedes venir a casa y llevarme al hospital?

El corazón me da un vuelco, de miedo y de alegría.

—¿Estás segura? No sales de cuentas hasta dentro de nueve días.

—Parece que la niña no piensa lo mismo —responde, con una risita alegre—. He roto aguas.

—Puedo estar ahí dentro de media hora. ¿Es demasiado tiempo?

Ella detecta el pánico en mi voz y chasquea la lengua.

—Está bien, cariño. Hasta ahora.

Cuelga.

—Lo siento, mi hija viene de camino y tengo que llevar a mi mujer al hospital. Así que tiene que ir al calabozo enseguida.

Él se inclina hacia mí y me da una palmadita en el brazo.

—Enhorabuena, hijo. Y por favor, llámame *Ukki*. Me gusta. Si fueras de verdad mi nieto, para mí sería un orgullo —declara. Se saca la pistola del bolsillo del abrigo y la deja sobre la mesa, entre los dos—. Más vale que te lleves esto.

Me la meto en el bolsillo y pido una patrulla por teléfono.

46

Conduzco hasta casa todo lo rápido que puedo en estas condiciones, paro frente a la puerta, llamo a Kate por el interfono y le digo que ya he llegado. Ella me dice que no hace falta que suba a buscarla. John y Mary la ayudarán a bajar. Por una vez, estoy contento de que estén aquí. Así Kate no ha tenido que esperarme sola.

Se apretujan en el Saab y emprendemos juntos el camino al hospital. Kate está tranquila y sonriente. Yo estoy hecho un manojo de nervios. El coche va resbalando y dando botes. Me imagino la escena si tuviéramos un accidente y Kate acabara dando a luz en un coche congelado, en la cuneta.

Pero llegamos al hospital de Kätilöopisto sin incidentes. Ayudo a entrar a mi mujer. Le toman los datos del ingreso. John lleva la bolsa de Kate. La preparó hace semanas, por si acaso. Contiene todo lo que pensó que podría necesitar para estar cómoda. Cosas para darse masajes: pelotas de tenis, un rodillo, latas de zumo congeladas. Para estar cómoda: una almohada térmica, artículos de aromaterapia, calcetines para los pies fríos. Ropa y artículos de aseo para cuando nazca el bebé. Ha traído de sobra, por si hay complicaciones debido a la preeclampsia y su ingreso se alarga más allá de los dos días habituales.

Decidimos no traer la cámara. Kate dijo que con nuestros recuerdos nos bastaría. Ella prefiere mantener un mínimo decoro y no verse grabada sudando y gruñendo. Yo le dije que asistiría a las clases de preparación para el parto con ella y que la ayudaría, pero se negó. Dijo que no me imaginaba cogiendo aire y resoplando con ella, y que con que le cogiera la mano bastaría.

Un celador y yo la ayudamos a meterse en la cama, en una habitación individual del Servicio de Maternidad. John y Mary no se meten por medio; se van a la sala de espera, cosa que agradezco. Me siento en una silla junto a la cama de Kate e intento mostrar una tranquilidad que no siento. En las horas siguientes, las contracciones de Kate se vuelven más intensas y más frecuentes. Al principio eran cada quince o veinte minutos y duraban unos treinta segundos, pero se han acelerado gradualmente hasta producirse cada tres o cuatro minutos y ahora duran sesenta segundos. Kate no se queja, parece tomárselo como viene, dice que ni siquiera necesita las cosas que se ha traído para estar más cómoda. De vez en cuando le pregunto si el dolor es soportable, y ella me responde que no es tan grave.

Para distraerla de las contracciones, hago algo raro en mí y le cuento mis cosas. Empiezo con los casos en los que he estado trabajando y le cuento con todo detalle el caso Filippov y cómo ha acabado, con la muerte de Filippov a manos de Arvid, que le ha disparado en el restaurante que ella misma dirige. Interrumpo el relato cuando acude a verla la comadrona; luego le cuento que Arvid ayudó a Ritva a morir, y cómo se las arregló para salvarse a sí mismo y salvarme a mí, y para castigar al culpable. Es una charla extraña e infantil, pero la historia es tan morbosa y retorcida que atrae toda su atención. De momento dejo lo de mi posible trabajo al frente de la unidad de operaciones secretas para más adelante.

Solo hace un día, Kate quería oír historias sobre mi infancia, así que le cuento alguna, pero solo las agradables. Como cuando era niño y papá y sus amigos se reunían, bebían y cantaban valses y tangos acompañados por el acordeón. Le cuento que una vez fuimos a una exposición canina. Mi hermano Timo miró alrededor y empezó a decir tonterías como «parece que todo el mundo está de un humor de perros», aunque solo se veían sonrisas, o «si atan a los perros con longanizas, estos ya se las han comido». Kate suelta una risa entrecortada a pesar de una fuerte contracción.

El médico acude de vez en cuando a verla, y por fin anuncia que hay que ponerse manos a la obra. Está asomando la cabeza del bebé. Le indica a Kate que empiece a empujar. Ella quiere acabar con esto lo antes posible, y empuja con todas sus fuerzas. Apenas una hora después, nuestra niña ya está en el mundo. El médico le da una palmadita. Ella coge aire y llora, y él le corta el cordón umbilical. Kate se deja caer sobre las almohadas, exhausta. Desde la primera contracción que tuvo en casa hasta ahora, han pasado dieciséis horas.

Una enfermera coge a nuestra niña, que parece una ranita con la cabeza de melón, cubierta de sangre y de un pringue viscoso, la limpia un poco con una toalla, la envuelve en una mantita y me la da. En un principio estoy nervioso, tengo miedo de hacer algo mal, de cogerla demasiado fuerte o de dejarla caer. Miedos irracionales. Pero desaparecen a los pocos segundos y me doy cuenta de que quiero a esta ranita con cabeza de melón más que a nada en el mundo.

El médico me dice que el parto de Kate ha sido uno de los más fáciles que ha visto nunca. Sin complicaciones, ni rasgado vaginal, nada. Ni siquiera ha hecho falta una episiotomía. Las contracciones vuelven, y al cabo de unos minutos Kate expulsa la placenta y el cordón umbilical. Y todo acaba ahí. Y mis miedos se quedan en nada.

Le doy la niña a Kate, y ella me pide que vaya a buscar a John y Mary. Les hago entrar en la habitación. Nos abrazamos y nos felicitamos mutuamente. Por primera vez desde su llegada, siento que son realmente parte de mi familia, y eso me complace.

John y Mary vuelven a la sala de espera para darnos un poco de intimidad a mí, a Kate y a nuestra ranita con cabeza de melón. Kate y yo nos quedamos en silencio un rato, regodeándonos con la situación. Al cabo de media hora más o menos, ella me dice que está cansada y que desea dormir. Quiere que yo también duerma. Yo no quiero irme, pero sé que es lo mejor.

Hablo con John y Mary. Él quiere volver a casa conmigo. Mary dice que ha dormido durante la espera, y que se quedará por si Kate necesita algo. Me pide que no me preocupe, que si pasa algo, ella me llamará enseguida. Para no caerle bien, está empleándose a fondo en su intento por ser mi amiga.

47

Volvemos a casa. John se deja caer a plomo en el sofá. Yo me voy a la cama y, por primera vez en no sé cuánto tiempo, no me duele la cabeza ni siento ninguna ansiedad, y duermo como un tronco.

Me despierto a media tarde y echo un vistazo a mi teléfono móvil. Lo he dejado en silencio mientras dormía. Tengo setenta y dos llamadas perdidas. La prensa, la policía y Dios sabe quién más están intentando contactar conmigo para enterarse de cómo fue que en mi presencia, en el restaurante del mejor hotel de la ciudad, un nonagenario héroe de la guerra de Invierno le metió una bala en el cerebro a un hombre de negocios ruso cuya mujer había sido asesinada recientemente.

Vuelvo al hospital para estar con Kate, pero la encuentro profundamente dormida. Cojo a nuestra hija, me siento a su lado y disfruto de la paz del momento. Al final decido que Kate puede tardar aún horas en despertarse, así que vuelvo a casa a comer algo. Mary se queda esperando por si Kate se despierta y necesita algo.

Me encuentro a John en la cocina con una botella de *kossu* delante. No está colocado, solo bebe.

—Supongo que ya sabes que le conté a Kate lo mío y todo lo que hiciste por mí.

—Sí, ya lo sé.

—¿Estás cabreado conmigo?

—No.
—¿Puedo darte un abrazo fraternal de enhorabuena por el nacimiento de tu hija?
Me hace reír.
—Si es necesario.
Él se pone en pie y me da un fuerte abrazo.
—¿Quieres tomarte una copa conmigo?
—Claro —respondo, y me siento a su lado.
Él coge un vaso y me sirve un trago. Con nuestros vodkas en la mano, compartimos un cómodo silencio, algo de lo que no le creía capaz.
Suena el teléfono. Es Jari.
—Hola, hermanito. No hemos hablado desde que me fui de tu casa a toda prisa. Lo siento.
Me hace gracia que me llame «hermanito», ya que soy casi el doble de grande que él.
—No pasa nada, solo es un pequeño choque cultural. Son cosas que pasan.
—Quería saber cómo estabas. ¿Qué tal la migraña?

—Hoy mejor. Kate me ha regalado una hijita esta mañana; ambas están bien, y el dolor de cabeza ha desaparecido.
—¡Tienes una hija! ¡Guau! ¡Enhorabuena! ¿Estás liado ahora mismo?
—No. Kate está durmiendo y yo estoy en casa.
—Entonces vamos a celebrar tu *varpajaiset*.
—¿Ahora?
—Ahora.
—¿Es necesario?
—Sí.
—Vale. —Sonrío y suspiro—. Pues ven al Hilpeä Hauki y lo haremos.
Por su voz, está pletórico.
—Te veo allí dentro de una hora.
Colgamos.
—Venga, John, que nos vamos. Es hora de celebrar mi *varpajaiset*.
—*¿Varpajaiset?*
—*Varpaat* son los dedos de los pies. Un *varpajaiset* es una fiesta. Cuando un hombre tiene un hijo, se supone que tiene

que tomarse una copa por cada dedo de los pies de su hijo recién nacido. Así que se espera que yo me tome diez copas. Supongo que tú también lo harás. Estoy seguro de que te encantará.

Nos abrimos paso por entre la nieve hasta el Hilpeä Hauki y tomamos una mesa en una esquina. Suena el teléfono, es Milo:

—Arvid Lahtinen mató a Filippov —dice—. Eso es la hostia. Tienes que contarme la historia.

—Ahora no —le digo—. Kate acaba de tener una niña, y yo estoy celebrando mi *varpajaiset* en el Hauki.

—Qué gran noticia. ¿Puedo unirme?

Su voz está tan llena de entusiasmo que no puedo decirle que no.

—Claro. Vente. Invítame a una copa.

Al cabo de unos minutos, Jari y Milo están sentados con nosotros, y nuestra mesa está cubierta de cervezas y chupitos de vodka. Según parece, esperan que supere la cuota de diez copas. El ambiente es distendido, las bromas son tontas.

—Bueno, Milo, ya estoy listo —declaro—. Cuéntame la historia que hay tras tu daga de las Juventudes Hitlerianas.

Él se hincha como un pavo, encantado de que le haya pedido que me cuente una historia.

—Mi bisabuelo se la quitó a un soldado ruso en la guerra. Lo que significa que el ruso debió de quitársela a un soldado alemán.

Hace una pausa, en un nuevo intento de crear suspense.

—Eso tiene cierto interés —admito—, pero me esperaba algo más.

—Solo esperaba que preguntaras. Ahora viene lo bueno. Mi bisabuelo se la dio a mi abuelo, que se la dio a mi padre, que tenía una debilidad por las mujeres. Un día, mi madre decidió que ya no podía más y se la clavó a mi padre.

Milo esboza una mueca. No sé si se supone que debo reírme o no.

—¿Lo mató?

—No, se la clavó en la pierna y le hizo una raja de dieciocho centímetros. Él estuvo a punto de perder la pierna, estuvo de baja durante semanas. Mamá dejó claro lo que pensaba. Y a partir de entonces él dejó de ponerle los cuernos.

Buena historia. Me hace reír. Brindamos por Kate, y todos nos atizamos un nuevo trago de *kossu*.

Vuelve a sonar mi teléfono. Es Jyri Ivalo. Él también quiere saber cómo es que Arvid se ha cargado a Filippov, y pretende averiguar si tengo en mi poder las pruebas que le incriminan a él y a otros personajes públicos. Le digo que estoy celebrando el nacimiento de mi hija y que, si quiere hablar conmigo, tiene que venir al Hauki y pagarme una copa para ganarse el privilegio. Le cuelgo, igual que me ha hecho él tantas veces.

Milo planta su vaso sobre la mesa para llamar nuestra atención. No tiene suficiente masa corporal como para aguantar bien el alcohol, y los ojos le brillan. Me da una palmada en el hombro. Levanta la voz, como suelen hacer los borrachos:

—Admiro a este tipo —declara—. Yo he matado a un hombre esta semana, y eso me está reconcomiendo. Me siento como el culo. Kari, a ti no parece que te afecte en absoluto. Este jodido cabrón es de piedra.

No se me ocurre nada que esté a la altura de sus expectativas. Me encojo de hombros.

—Pasó y ya está. Hiciste lo correcto. Con el tiempo te sentirás mejor.

—Tú mataste a un hombre una vez. ¿Cómo conseguiste vivir con eso? ¿Te sentiste mejor con el paso del tiempo?

Hemos estado bebiendo mucho y rápido, y a mí también se me ha subido el alcohol a la cabeza. Siento que se merece que le cuente la verdad.

—Cuando le volé la tapa de los sesos a aquel delincuente, no sentí nada más que alivio por que fuera él y no yo. No tuve sensación de culpa, ni de ninguna otra cosa. Nunca la he sentido. El único motivo por el que fui a terapia es porque pensé que la falta de sensación de culpa significaba algo malo.

Los otros me miran durante un minuto larguísimo, intentando entender si estoy de broma o no. Jari decide que sí, y se echa a reír, así que los demás también lo hacen. Me gusta que Milo sienta remordimientos. Eso me hace pensar que aún tiene remedio.

Jyri entra en el bar y se coloca a mis espaldas.

—Quiero hablar contigo, inspector.

Está desconcertado, incómodo. Me apetece jugar un poco con él.

—Hablaremos cuando traigas una ronda de cervezas y chupitos a la mesa —le digo, sarcástico—. Usaremos un lenguaje velado y misterioso para que los demás no se enteren.

No tiene elección; hace lo que le digo. Cuando vuelve, le pregunto:

—¿Qué es lo que quieres saber?

Vuelve a sonar mi teléfono. No veo en la pantalla quién llama, pero respondo para interrumpir a Jyri y desconcertarlo un poco más.

—Inspector, soy Sulo Polvinen. ¿Puedo hablar con usted?

Le doy mi respuesta del día:

—Estoy celebrando el nacimiento de mi hija en el Hilpeä Hauki. La dirección es Vaasankatu, 7. Ven aquí si quieres hablar conmigo. —Y también le cuelgo.

—¿Qué ha pasado en el Kämp? —pregunta Jyri.

Ha traído una ronda de *kossu*. Insisto en que bebamos y brindemos por Kate una vez más antes de responder. Luego le hago un sucinto resumen.

—Arvid Lahtinen ha matado a Filippov porque, si es procesado en Finlandia, no podrán extraditarlo a Alemania. También lo hizo como un favor personal hacia mí, para que tú y tus colegas no me deis más la lata. Filippov creía que estaba matando a su esposa, pero Iisa le engañó y mató a Linda, la mujer a la que amaba. Dejé que Iisa se fuera. Va a desfalcar los fondos de Filippov Construction, desaparecer y vivir su vida, supongo, como Linda Pohjola, probablemente en otro país.

—¿Conseguiste las cosas de las que hablamos?

—Sé dónde están y las iré a buscar a su debido momento.

Me mira como si quisiera echarse por encima de la mesa y estrangularme.

—Quiero esas cosas.

—No, Jyri —respondo—. Creo que me las quedaré un tiempo. No tienes que preocuparte por nada.

No sabe cómo responder y me mira con cara de pocos amigos. Ahora me da pena.

—No corres ningún riesgo. Todo se ha resuelto del modo más satisfactorio para ti. Tienes mi palabra. Y ese trabajo que me has ofrecido… lo acepto.

—¿De verdad? —El rostro se le ilumina.

—Sí, y ahora que somos cómplices, te consideraré precisamente eso, un colega, más que mi jefe.

Su euforia se desvanece.

Por la puerta entra Sulo Polvinen. Le digo que se siente.

—No hace falta —dice él—. He venido a entregarme por el ataque a los gorilas del Silver Dollar.

—¿Llevas algo de dinero encima?

—¿Por qué? —responde, sorprendido.

—Porque el precio de admisión a esta mesa es una ronda de *kossu*. Hasta que no la traigas y bebas con nosotros, no me plantearé siquiera tu detención.

Hace una mueca, no sabe qué decir, se va a la barra y hace lo que le he dicho. Reparte los tragos por la mesa y se sienta.

—Por mi maravillosa esposa y mi preciosa hija —brindo.

El grupito ya está borracho, y el brindis es sonoro y estridente.

—Bueno, Sulo, explícame por qué debería detenerte.

—He intentado matar a dos hombres. Van a castigar a mi padre por un delito que he cometido yo.

Acompaño la cerveza con un trago de *kossu*.

—Tu padre va a ir a la cárcel por asesinato. Le caerán diez años. Si tú confiesas la agresión, irás a la cárcel y él seguirá teniendo que cumplir diez años. ¿De qué te serviría ir tú también a la cárcel?

—He hecho algo malo. Me merezco el castigo.

—Para empezar, tu padre es un cabrón que te predispuso a que cometieras la agresión. Si vas a la cárcel, tu madre os pierde a los dos. Tu petición de reclusión queda denegada.

No se lo esperaba. Se queda pasmado, en silencio.

—Bueno… —dice, balbuceando—. ¿Y qué se supone que debo hacer, entonces?

Jyri está sentado frente a mí, aún desconcertado. Quería algo. Le he dicho que no. A eso no está acostumbrado.

—Lo que se supone que debes hacer, Sulo, es seguir con tu vida y hacer algo de provecho —le digo.

Se queda mirando a la mesa. Le paso una pinta de cerveza.
—Yo no sé hacer nada —confiesa.
Jyri quiere un equipo de operaciones secretas. Necesita tipos duros, y dice que puedo contratar a quien me dé la gana. Pongo a prueba la sinceridad de Jyri:
—Claro que puedes. Haz algo con la gente de la calaña de los que mataron a tu hermano. Hazte poli. Voy a crear una unidad nueva y me iría bien un tipo grande como una montaña y que no tenga miedo de enfrentarse a dos gorilas con un cúter. —Miro a Jyri—. A ti no te importa, ¿verdad?
Volvemos a jugar al juego del perro grande y el perro pequeño, solo que ahora los papeles se han invertido.
—Claro —dice él—. Allá tú.
—Y te ocuparás de que mañana suelten a Arvid Lahtinen, ¿verdad?
Jyri asiente.
—¿No hay que ir a la academia para ser poli? —pregunta Sulo.
Esto lo hago porque soy consciente de mi poder, porque puedo:

—Tu empleo está condicionado a que estudies mientras trabajas. —Señalo a Jyri—. Te ocuparás de que le admitan en un programa de formación policial. Te pagaré dos mil al mes en efectivo mientras estudias.
Sulo no puede creerse cómo ha cambiado su suerte. Toquetea su vaso y derrama un poco de cerveza en la mesa.
—Vale —responde.
—Por supuesto, yo no te conozco —le advierto—, y podré poner fin a tu contrato en cualquier momento. Tienes que demostrar lo que vales. No me decepciones, o me joderá mucho.
Jari está anonadado; no entiende la conversación. Supongo que piensa que el alcohol le ha confundido. Milo se entera de todo. Le encanta ver cómo maltrato a Jyri y está haciendo un esfuerzo por no partirse de la risa.
Me siento satisfecho, incluso algo mareado.
—Bueno, caballeros —anuncio—, creo que he cumplido con mi deber en cuanto al consumo de alcohol por esta noche. Es hora de que vuelva a casa. Tengo una esposa y una niña de las que ocuparme por la mañana.

—No te olvides que tienes una resonancia por la mañana —me recuerda Jari.

Se me había olvidado.

—¿Vuelve Kate a casa mañana? —pregunta.

—Debería.

—Tenemos unas cosas que darte para tu familia. ¿Te importa si vamos? Para Taina es importante. Quiere hacer las paces.

—Jari, tú no tienes que preguntarme nunca si puedes venir a mi casa —le digo, mientras me pongo el abrigo.

John no se ha enterado de la conversación, pero está encantado de poder beber tanto. Los otros hombres que dejo alrededor de la mesa se sienten perplejos, furiosos o divertidos, cada uno por sus propios motivos.

48

La mañana siguiente me levanto pronto. La tarde anterior bebí bastante, pero me acosté relativamente pronto, así que la resaca es limitada y, a pesar de ello, no tengo migraña. Ha dejado de nevar, y el trayecto en coche hasta el hospital de Meilahti no es problemático. Me presento a mi cita de las nueve, y los técnicos me colocan dentro de una especie de nave espacial que emite un zumbido. Me dan unos tapones para los oídos para suavizar el efecto cacofónico de la máquina de resonancias. Me estiro y me paso media hora escuchando música clásica mientras toman cientos de imágenes de mi cerebro. No es de las peores pruebas hospitalarias que podían hacerme.

Más tarde voy hasta el hospital de Kätilöopiston. Kate está despierta y en pie, recogiendo sus cosas.

—Mary me ha dicho que ayer estuviste aquí casi todo el día —me dice—. Nunca me he sentido tan cansada en toda mi vida. He dormido casi veinticuatro horas. Pero me han dicho que ya me puedo ir a casa.

Mary se ha quedado en el hospital con Kate y el bebé desde que se vino conmigo. Se lo agradezco, hace que la valore más de lo que podía imaginar. Me siento en una silla con nuestra niña. Ella me coge el meñique, agarrándose a la vida.

—Parece que tenemos una luchadora en la familia —observo.

Llevo a Kate, Mary y la pequeña a casa en coche. John está

en el sofá, durmiendo la mona. Todos seguimos su ejemplo y nos echamos una siestecita. La niña duerme en la cama, entre los dos. Yo no puedo dormir, porque tengo miedo de girarme y aplastarla. Hacia mediodía nos levantamos y empiezo a preparar el almuerzo para todos, aunque no hace falta. Llegan Jari y Taina, cargados de comida y de regalos.

—¿Qué es todo esto? —pregunto.

—Se llama *rotinat* —dice Taina—. En Imatra, de donde soy yo, es tradición que, cuando nace un niño, los familiares preparen comida y le tejan algo de ropa al bebé. La idea es cuidar a la mamá para que pueda descansar y recuperarse, y también celebrar la llegada del bebé. Hemos traído comida suficiente para unos días, ropa para la niña, pañales, toallas y algunas cositas más.

Imatra está en el este de Finlandia, y en la zona de Laponia de donde soy yo no tenemos esta tradición. Nunca había oído hablar del *rotinat*. Estoy conmovido y sorprendido; no sé qué decir. Kate se levanta de la mesa de la cocina y se acerca. Ya no se tambalea; ha recuperado el equilibrio en cuanto ha nacido la niña. Abraza a Taina y habla por los dos:

—Es el detalle más bonito que ha tenido nunca nadie con nosotros. Muchísimas gracias.

Miro alrededor. John bosteza, tiene una resaca de campeonato. Mary parece inquieta. Jari mira al suelo. Me pregunto si estará preocupado por lo que pasó la última vez que vinieron a casa.

Miro el termómetro. Trece bajo cero, es la temperatura más alta que hemos tenido en mucho tiempo. Sin dirigirme a nadie en particular, pregunto:

—¿Creéis que debería sacar el cochecito del armario, envolver bien a la niña y sacarla al balcón unos minutos para que disfrute por primera vez del invierno?

Mary se pone histérica y suelta un chillido:

—¿Qué?

Una vez más, su enfado me confunde.

—¿Qué es lo que he dicho?

Ella se pone en pie y se me acerca, agitando un dedo, farfullando, rabiosa:

—¿Estás loco? ¡No puedes sacar a un bebé y exponerlo a una temperatura bajo cero!

La última semana he tenido sensaciones enfrentadas con respecto a Mary, en su mayoría buenas, últimamente, pero esto es la gota que colma el vaso.

—Mary —le digo—, ¿podríamos hablar en privado?

Ella entra hecha una furia en la cocina, que no es todo lo privado que yo habría querido, se cruza de brazos y me fulmina con la mirada. Procuro no levantar la voz para no ponerla en evidencia.

—En este país —le explico—, sacar a los bebés un ratito, bien abrigados al exterior cuando hace frío, se considera una práctica saludable. Todo el mundo lo hace. ¿Cuál es tu problema?

Ella se deshincha, deja caer los brazos, baja la mirada y se queda mirando a la nevera.

—Mary, he intentado por todos los medios congeniar contigo, y en ocasiones hasta lo he conseguido. En el hospital, he visto el cariño que le tienes a Kate y he sentido por primera vez que somos una familia. Pero aquí eres una invitada, y esta casa nos pertenece a Kate y a mí. Tenemos un modo de hacer las cosas al que puede que tú no estés acostumbrada, pero somos buenas personas y no tienes derecho a criticarnos. Hay dos opciones: o aceptas y respetas nuestras diferencias culturales, o te vas. Si prefieres irte, te llevaré al aeropuerto hoy mismo.

Ella me mira sin expresión en los ojos, planteándose qué responder. Luego su rabia se disipa y su aire bravucón desaparece. No llora, pero se la ve decaída. En ese momento, adquiere el aspecto de una joven de su edad disgustada, en vez de la mujer de mediana edad resentida que parece tan a menudo.

Mary habla bajito, con la mirada en el suelo.

—Vosotros tenéis un bebé. Yo no puedo tenerlo. Mi marido es mayor que yo; entre nosotros hay la misma diferencia de edad que entre tú y Kate. Cuando nos casamos, pensábamos tener una gran familia. Pero después de intentarlo durante un par de años, descubrí que, a causa de algo que me pasó cuando era joven, no puedo tener hijos. Eso hace que haya perdido todo valor a ojos de mi marido. Soy una decepción para él y para mí misma.

Levanta la cabeza y me mira con ojos llorosos.

—A veces me he comportado mal, ya lo sé. Tengo celos de

Kate, es tan sencillo como eso. Por favor, no me eches. No quiero volver a casa. Soy más feliz aquí.

No quiero que se sienta peor de lo que ya se siente. Le doy un momento para reponerse y luego le digo:

—Vamos con los demás.

Volvemos al salón. Kate está mirando las prendas que Taina ha tejido, poniéndoselas delante a la niña y no para de decirle lo bonitas que son. Jari está alicaído, frente a la librería, curioseando, con las manos en los bolsillos. Ahora me doy cuenta.

—Jari, ¿me acompañas al balcón mientras me fumo un cigarrillo?

Veo que no quiere. Le doy un par de zapatillas para que no se moje los calcetines, y los dos salimos.

—Cuéntame —le digo.

Él finge confusión.

—¿Que te cuente qué?

Me enciendo un Marlboro.

—Me han hecho la resonancia esta mañana. Se supone que los resultados iban a tardar unos días, pero tú estabas preocupado por mí y has conseguido que te los pasen antes. Cuéntame.

Él sacude la cabeza y se queda mirando hacia Vaasankatu.

—Hoy no, Kari.

—Si, Jari, hoy.

—Hoy debería ser un día alegre. Acabas de tener a tu primera hija. Es momento de estar contento.

—Acabo de tener a mi primogénita —respondo, pasándole un brazo por encima del hombro—. Digas lo que digas, estaré contento.

Él no puede mirarme a los ojos.

—Hermanito, tienes un tumor cerebral.

Ya me lo había imaginado.

—¿Es maligno?

—No lo sabremos hasta que te hagan una biopsia.

—Mírame —le pido.

Él hace un esfuerzo y lo hace.

—¿Voy a morir pronto?

—No es grande, y teniendo en cuenta su localización, puede que podamos extirparlo sin provocarte ningún daño cognitivo. No te puedo decir mucho más.

—Dame un porcentaje. ¿Qué posibilidades de supervivencia tengo?

—Si el tumor es benigno, ochenta y cinco por ciento —consigue decir por fin—. Si es maligno, bastante menos.

Pobre Kate. Se mostraba escéptica ante la posibilidad de quedarse en casa durante meses para cuidar al bebé. Ahora tendrá que cuidarnos a los dos.

—Jari, ahora vamos a volver a entrar, y vas a sonreír y a charlar con todos y fingir que todo va bien. Ni una palabra. ¿Entendido?

Él asiente.

—Déjame que me quede un minuto para recomponerme.

Echo la colilla de mi cigarrillo a la calle y entro. Kate, Taina y Mary están charlando y sonriendo; las tres parecen cómodas. Taina ha traído un cogollo de col. Está explicándole a Kate que poniéndose una hoja de col en el interior del sujetador evitará que los pezones se le irriten demasiado al dar el pecho. Cojo a mi niña y la acuno en mis brazos. Me agarra el meñique. Nos sentamos juntos y nos quedamos escuchando.

Mi agradecimiento [illegible]
[illegible] y Aapo [illegible]
[illegible] (España); [illegible]
[illegible], por [illegible]
con amabilidad a los extraños.

Agradecimientos

Mi agradecimiento especial a los historiadores Oula Silvennoinen y Aapo Roselius, y a los buenos samaritanos de Torrevieja (España): Lisa Anne Barry, Dominic Shaddick y Stuart Cunningham, por reforzar mi fe en que aún queda gente que trata con amabilidad a los extraños.

Este libro utiliza el tipo Aldus, que toma su nombre
del vanguardista impresor del Renacimiento
italiano Aldus Manutius. Hermann Zapf
diseñó el tipo Aldus para la imprenta
Stempel en 1954, como una réplica
más ligera y elegante del
popular tipo
Palatino

***
**
*

El noveno círculo de hielo
se acabó de imprimir en un día
de invierno de 2011,
en Rodesa, Villatuerta,
(Navarra)

***
**
*